미인의 법칙

초판 1쇄 펴냄 2017년 7월 25일
7쇄 펴냄 2021년 4월 12일

지은이 나윤아

펴낸이 고영은 박미숙
펴낸곳 뜨인돌출판(주) | 출판등록 1994.10.11.(제406-251002011000185호)
주소 10881 경기도 파주시 회동길 337-9
홈페이지 www.ddstone.com | 블로그 blog.naver.com/ddstone1994
페이스북 www.facebook.com/ddstone1994
대표전화 02-337-5252 | 팩스 031-947-5868

ISBN 978-89-5807-653-7 03810

이 도서의 국립중앙도서관 출판예정도서목록(CIP)은 서지정보유통지원시스템 홈페이지(http://seoji.nl.go.kr)와 국가자료종합목록 구축시스템(http://kolis-net.nl.go.kr)에서 이용하실 수 있습니다. (CIP제어번호 : CIP2017016966)

나윤아 지음

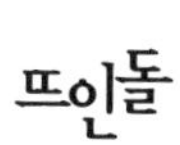

#프롤로그

美(아름다울 미), 人(사람 인). 엄마는 그 두 글자를 성씨 옆에 적어 넣고서야 마음이 놓였다고 했다. 8시간 가까이 산고를 겪고 낳은 딸은 믿기지 않을 만큼 사랑스러웠지만 유난히 눈이 작고 콧대가 낮아 보였다. 엄마는 눈이 크고 코가 높은 전형적인 미인이었기에 순간 '이 애가 정말 내 애가 맞나' 하고 생각했으나 가슴에서 뭉클 솟아오르는 사랑스러움에 그 의심을 지웠다고 했다.

'갓난쟁이라 그런가 보다.'

엄마는 생각했다. 그러나 곧 눈물을 그렁그렁 매달고 수술실에 쳐들어온 남편의 단춧구멍만 한 눈을 보고 나자 내 딸의 유난히 작은 눈과 (갓난애임을 감안해도) 너무 낮은 콧대가 어디로부터 왔는지를 알 수 있었다.

'아이고… 첫딸은 지 애비 닮는다더니.'

엄마는 그 속설인지 뭔지를 떠올린 순간, 반은 진심으로 아빠와 결혼한 걸 후회했다. 이토록 사랑스러운 딸이 〈운수 좋은 날〉의 김첨지를 떠올리게 하는 제 남편과 닮은꼴로 큰다는 게 못내 가슴이 아팠다. 결혼할 때까지만 해도, 남자의 인품만을 생각했지 후에 낳게 될 자식의 외모 걱정까지는 미처 하지 못했던 것이다. 여하간에 엄마는 그간 쭉 적어 놓았던 명단을 모조리 물리고 (당시 후보로 올라온 이름은 한별, 샛별, 금별, 은별, 달별이었다고 한다.) 부디 엄마처럼 '아름답게 자라라'는 의미로 '미인'이라는 이름을 붙였다. 그래, 그래서 내 이름은 박미인이다. 작은 눈과 낮은 코는 자라서도 그대로였지만 어쨌거나 난 18년 동안 쭉 미인이었으며 개명을 하지 않는 한은 앞으로도 평생 미인으로 살 것이었다. 그러나 난 그 미인이라는 이름이 전혀 달갑지 않았다. 그 이름이 달가워질 가능성? 글쎄, 앞으로도 아마 0퍼센트가 아닐까. 단언컨대, 그날 엄마가 나의 이름을 박미인으로 결정한 것은 딸에 대한 배려와 사랑이 아니라 시대에 대한 무지이자 경솔함이었다고 나는 생각한다.

내가 초등학교 2학년이 될 무렵, 우리나라에는 한문 열풍이 불어닥치고 있었다. 내가 다니던 학교는 망설임 없이 그 흐름에 편승하여 한문 교과 수업에 바싹 힘을 주었다. 학교에는 새로운 한문 선생님이 한 분 더 채용되었는데 무척 예쁘고 젊었다. 날갯죽지 아래, 브래지어 끈에 닿을 정도의 검고 긴 생머리에다 피부는 햇살처럼 환하고 투명했다. 입술은 늘 분홍색이었고 만져 보지 않아도 촉촉함이 느껴질 정도로 보드라워 보였다. 시간이 지나면서 그 이미지가 더욱 미화되었을 수도 있지만 내 기억 속의 한문 선생님은 그렇게 예쁜 사람이었다. 나뿐만이 아니라 모두가 다 그 선생님을 좋아했다. 선생님이 지나가면 활발한 애들은 따라붙어서 장난을 걸거나 괜히 말을 시켰고 다들 잘 보이려고 유치한 자랑을 하기도 했다. 어쩌면 기존에 계시던 한문 선생님이 생활한복을 즐겨 입는 펑퍼짐한 중년의 아주머니였기 때문에 (더구나 성격도 까탈스러웠다.) 그 선생님을 더욱 흠모했던 것일지도 모른다.

3학년이 되고, 처음으로 선생님의 수업을 들었던 날이 생각난다. 선생님은 무릎까지 오는 벽돌색 치마에 까만색 골지 셔츠를 입고 계셨다. 그 우아한 몸의 굴곡과 하얀 피부, 까만 생머리의 조화는 아주 강렬하게 마음을 파고들었다. 나는 약간 충격을 받았던 것 같다. 선생님은 얌전하지만 밝게 웃었다.

"만나서 반가워요. 저는 여러분들에게 한문을 가르쳐 줄 한문 선생님이에요. 이름은…."

"김소영이오!!"

누군가가 큰 소리로 외쳤다. 선생님은 눈을 동그랗게 떴다가 피식 바람 빠지는 웃음소리를 냈다.

"그래요, 맞아요. 나는 김소영 선생님이에요."

그러고 나서 선생님은 칠판에 한자를 쓱쓱 그렸다. 나는 선생님이 한자를 쓰는 게 아니라 그리는 것 같다고 느꼈다. 昭(밝을 소), 詠(노래할 영). 밝음을 노래하는 사람이 되라는 의미로 지어 주신 이름이라는 선생님의 말은 아직도 그 음절까지 생생하다. 선생님은 자신의 이름을 소개한 뒤, 혹시 우리 중에 한자로 자기 이름을 쓰고 뜻까지 말할 수 있는 사람이 있는지 물었다. 나는 즉시 손을 들었다. 아름다울 미, 사람 인. 한자도 쉽고 뜻도 쉬운 이름이었기 때문에 나는 여덟 살 때부터 내 이름자 정도는 한자로 쓸 수 있었다. 나 말고 손을 든 애는 없었다. 오오- 아이들의 감탄 소리가 일었다. 나는 한치의 망설임도 없이 칠판에 한자를 쓱쓱 써 내려갔다. 美人.

"제 이름은 미인이고요, 성은 박입니다. 아름다울 미, 사람 인이라는 한자인데요 아름다운 사람이 되라는 뜻으로 지어 주신 이름입니다."

난 내심 선생님의 칭찬을 기다렸다. 그러나 선생님이 뭔가 말을 꺼내기도 전에 4분단의 남자애가 갑자기 불쑥 끼어들었다.

"근데 넌 왜 못생겼어?"

그 말 뒤로 와- 하는 남자애들의 웃음소리가 파도처럼 밀려들었다. 내 친구들 몇 명이 발끈 화를 내면서 "니가 더 못생겼거든!" 하고 대항해 주었다. 나는 얼어붙어 있었다. 못생겼다는 말을 들은 건 그때가 처음이었던 걸까? 그래서 나는 그렇게 얼어붙고 말았던 것일까? 아니면 너무나 아름다운 선생님 앞에서 그런 말을 들었기 때문일까? 그런 수치심을 알 만한 나이던가? 그 무엇도 정확히 기억나지 않는다. 앞의 기억이 유난히도 선명한 것과는 달리 이상하게 그때부터는 기억이 흐리다. 다만 수업이 끝난 뒤, 선생님이 가만히 내 자리로 와 내 책상 높이만큼 쪼그려 앉아서 한 말만큼은 기억이 난다.

"사람은 이름대로 되는 거야. 미인이 되라고 지어 주신 이름이라면 넌 미인이 될 거야."

그 말이 몹시도 다정해서 수그렸던 고개를 들었다. 그런데 그 순간 내 눈에 비친 선생님의 모습은 김소영, 그녀가 아니었다. 커다랗고 쌍꺼풀이 진 눈은 끝이 살짝 올라간 작은 민눈으로 바뀌었고, 오뚝했던 코는 콧대가 내려앉아 있었다. 통통했던 양 뺨엔 광대가 툭 불거져 있었고 햇살처럼 투명한 피부색은 특별할 것 없는 누리끼리한 살구색으로 변해 있었다. 그대로인 것은 보드라운 피부결 정도였다. 그래, 그건 김소영 선생님이 아니었다. 그건 박미인이었다.

"흐억-."

숨을 목 끝에 턱 걸고서 깨어났다. 눈을 끔쩍거리자 창문과 그 너머의 나뭇가지가 선명하게 들어왔다. 손끝이 저렸다. 가끔 이 꿈을 꾼다. 귀신이나 살인자가 나오는 악몽에 비하면 무서울 것도 없는 꿈인데 이 꿈에서 깰 때면 항상 손끝이 저렸고 두피가 서늘했으며 숨이 턱턱 막혔다.

"아하하하하- 아 뭐야, 존나 웃겨."

"뭐야, 쟤 자다 꿈 꿨나 봐."

우르르 폭소하는 소리가 귀를 자극했다. 나는 밍기적 밍기적 몸을 일으켰다. 기가 차다는 표정으로 나를 바라보는 중국어 선생님이 보였다. 문득 꿈에 나왔던 선생님… 그 한문 선생님의 아름다운 얼굴이 다시 머리를 스쳤다.

"박미인. 너 저녁에 뭐 하냐?"

선생님의 두꺼운 눈썹이 꿈틀거렸다. 저녁에 뭘 하냐고? 어제 저녁에 뭘 했더라?

"아르바이트요."

"아르바이트??"

"선생님, 박미인 목, 금 알바해요."

반 애들 중 한 명이 나를 대신해 대답했다.

"아니 고등학생이 웬 아르바이트? 내년이면 고3인데 무슨 아르바이트야!"

선생님은 버럭, 말을 던져 놓고 슬며시 눈치를 봤다. 문득 '박미인네 집안이 많이 어렵던가?' 하는 생각이 들었던 걸지도 모르겠다. 나는 잠자코 고개를 수그렸다. 검고 푸석푸석한 머리카락이 스르륵 쏟아졌다.

"에이~ 쌤, 쟤 하고 다니는 거 보면 답 나오잖아요."

김미나였다. 고양이 같은 눈매에 약간 사나운 인상인 그 애는 학기 초부터 종종 내게 시비를 걸곤 했다. 꾸준히 괴롭힐 대상을 찾는 애들에게 이름과 생김새가 판이하게 다르고 윽박을 질러도 제 목소리를 내지 못하는 나는 딱 좋은 먹잇감이었을 거였다.

"성형하려고 돈 모으는 거겠죠."

뭐가 그렇게 유쾌한지 깔깔 웃는 소리가 신경에 거슬렸다. 김미나의 말은 조롱이었고 무례했지만 나는 응당 내야 할 화를 내지 못했다. 사람들이 내 외모를 농담 거리 삼는 건 간혹 있는 일이었으니까. 또 그 애의 껄렁한 태도가 나를 움츠러들게 했다.

선생님은 무슨 말을 그따위로 하냐며 김미나에게 버럭 화를 냈고, 덕분에 내가 수업시간에 존 건 그렇게 넘어갈 수 있었다.

'성형하려고 돈 모으는 거겠죠.'

잔뜩 비꼰 김미나의 목소리가 가슴에서 웅웅 울렸다. 나는 잠자코 교과서를 내려다보며 생각했다.

'그게 뭐가 나빠.'

◆◆◆

"나 성형할래."

중학교 3학년. 나는 일전에도 부모님께 화풀이로 몇 번인가 했던 말을,

그 어느 때보다 진지하게 다시 끄집어냈다.

"성형? 원래 네 나이 때는 다 자기가 못생겨 보이는 거야. 딱 스무 살만 넘어가면 얼마나 예뻐지는데. 일단 그때까지만이라도 기다려 보자고. 응?"

엄마는 나와 타협을 하려 했고,

"야 인마, 너 지금 얼굴이 얼마나 순박하고 귀여운데. 요즘 애들 따라갈 필요가 뭐 있어. 죄다 눈을 사방으로 찢어 놔서 인상만 사납고, 다 그냥 비슷비슷하기밖에 더하냐?"

아빠는 본인의 기준을 고집했다. 엄마보다도 아빠의 반대가 늘 완강했다. 내 얼굴이 아빠와 닮았기 때문인지 아빠는 나를 담백하고 단아한, 요즘 보기 드문 귀한 인상이라고 생각했다. 내가 보기엔 이름만큼 촌스러운 얼굴인데.

"성형, 시켜 주세요."

그때는 이미 무수히 많은 고민을 거친 뒤였으며 중학생이 외모로 겪을 수 있는 설움을 웬만큼 겪어 본 뒤여서 양보할 여유가 없었다.

"눈만이라도. 우리 반에도 눈 고친 애들은 많아요."

고치고 싶은 곳이야 많았지만, 일단 눈만이라도 해 놓고 천천히 조금씩 손보는 것도 좋았다.

부모님은 난감하고 씁쓸한 표정을 했다.

"미인아, 니가 한창 외모에 민감할 나이고, 가끔 속상해하는 것도 알지만…."

엄마는 그렇게 말했지만 그러나 가끔이 아니었다. 나는 자주 속상했다. 중학생이 되면서는 거울을 보면 꼭 못난 부분만 눈에 들어왔다. 친구들은 그냥저냥 귀염스러운 얼굴이라고 다독이곤 했지만 크게 위로가 되지는 않았다. 작은 눈과 낮은 코는 말 그대로 작고 낮은 거였지 귀여운 게 아니었다.

"그러니까 해 줘, 엄마. 엄마는 안 겪어 봐서 모르겠지만, 요즘 애들은 생각보다 무뎌서 장난이랍시고 면전에서 외모를 까 내린다고요. 그게 얼마나 기분 더러운데."

고집을 부렸다. 작정하고 꺼낸 얘기였다. 물러날 생각은 조금도 없었다. 엄마는 어떡하느냐는 눈빛을 아빠에게 건넸다. 못마땅한 티를 팍팍 내던 아빠는 라이터와 담배를 주섬주섬 챙겼다.

"정 그러면 니가 돈 벌어서 하든가. 니가 직접 번 돈으로 한다면야 껄끄럽더라도 반대는 안 하겠다. 그리고 성적 올리란 말까지는 안 하겠다만 혹시라도 돈 번다고 성적이 떨어지기라도 하는 건 나는 못 본다."

중학생 딸이 성형을 시켜 달라고 진지하게 조르는 그 상황을 피하기 위해 생각해 낸 묘책이었을지도 모르겠다. 그러나 나에게는 그럴듯한 기회로 들렸다. 순간 내 눈빛이 쨍 하고 빛난 것을 아빠는 몰랐을 것이다.

"약속하는 거죠?"

베란다로 나가던 아빠가 힐끔, 뒤를 돌아봤다.

"그래."

아빠는 추진력이 있고 강단이 있는 사람이었다. 내가 많이 닮은 것은 아빠의 얼굴만이 아니었다. 아빠는 그 점을 깜빡 잊었던 것이다.

◆◆◆

“미인아, 7번 테이블에 청하 두 병!!”

“네, 이모~.”

금요일 저녁은 일주일 중 제일 바쁜 날이다. 홀 이모의 다급한 외침에 나는 몸을 재게 움직였다. 소주 두 병과 술잔 세 개를 한 손에 가뿐히 들고 7번 테이블을 보았다. 그 자리에서 시끄럽게 떠들고 있는 건, 아무리 봐도 내 또래로 보이는 남자애들 세 명이었다.

“이모, 쟤네들 미성년자 같은데요.”

홀 이모는 귀찮다는 듯이 눈썹을 찡그렸다.

“그런 건 니가 좀 못 하니?”

나는 그 테이블을 다시 한 번 보았다. 아무래도 의심스러웠다.

“소주 두 병 나왔습니다.”

그들은 원숭이처럼 책상을 두드리며 우아아, 하고 들뜬 소리를 냈다. 내가 잔을 내려놓자마자 뒤집는다. 나는 우물쭈물하다가 그들이 병뚜껑을 따기 전에 조심스럽게 말했다.

“저 손님… 그런데 요즘 단속이 심해져서 일단은 민증 검사를 해야 하거든요….”

내가 무슨 못 할 말을 했던가. 그들은 마치 에이즈 검사를 해야 한다는 말을 들은 사람처럼 눈을 휘둥그레 떴다. 당황한 기색이었다. 그중 한 녀석이 갑자기 생글생글 웃으며 에~이~ 하고 말을 걸어 왔다.

“우리 스무 살이에요.”

아… 네… 근데 그래도 검사를 해야….

목소리가 기어들어 갔다. 아니, 입을 열어서 말을 하기는 했나? 입술만 벙긋거린 게 아니었을까? 갑자기 확 가라앉은 분위기 속에서 내 또래 남자애들 셋의 은근히 공격적인 눈빛을 받아 내는 건 아주 힘겨운 일이었다. 점점 정신이 멍해지는 것 같았다. 도망가고 싶었다.

"죄송한데… 민증 좀 확인할게요."

"아 진짜… 미인이라는 분이 왜 이러실까."

옆에서 친구 둘이 그만해 미친놈아, 하면서 픽 웃었다. 홀 이모가 바쁘다고 "미인아, 미인아~" 불러 댄 것을 유심히도 들었나 보다. 나중에 성형할 때 개명도 해야 할까 보다.

"아… 저…."

"야! 너네 벌써 고기 다 먹은 거 아니지?"

그저 입술만 달싹이고 있는데 뒤쪽에서 익숙한 목소리가 들렸다. 뒷목의 솜털이 바짝 서는 기분이었다.

"뭐야, 벌써 한 판 해치운 것 같은데? 고기 좀 더 시켜라."

"와, 김한솔 이 새끼 오자마자 고기 찾는 거 봐."

김한솔. 그 이름을 듣는 순간 가슴이 철렁했다. 목소리만 들어도 이름은 물론 얼굴과 세세한 습관까지 다 떠올릴 수 있는 아이. 눈썹을 살짝 덮는 단정한 머리에 강아지처럼 순한 눈, 웃는 낯이 참 보기 좋은 김한솔은 나 혼자 좋아해 온 내 짝사랑의 대상이었다. 나는 그 애 이름만 들어도 가슴이 콩닥콩닥 뛰었다.

김한솔은 7번 테이블의 의자 하나를 쑥 빼서 앉았다. 아직 민증을 검사하기 전이었고, 난 이 애들이 미성년자라는 것을 알았지만 더는 민증을 요구하지 않고 돌아섰다. 6시부터 숨도 못 쉬고 일했더니 머리는 엉망이었고 얼굴엔 구슬땀이 흘렀으며 몸에선 고기 냄새가 풀풀 풍겼다. 일하느라 추레해진 모습을 보이고 싶지 않았다. 물론, 학교에서의 나나 지금의 나 모두 김한솔에게는 별 의미도 없겠지만.

"미인아! 박미인-!"

왁자지껄한 홀에 주방 이모의 목소리가 싹 지나갔다. 화들짝 놀란 기색을 감출 틈도 없이 이모는 다시 한 번 나를 불렀다.

"박미인-! 여기 양념갈비 2인분, 4번 테이블!"

"네, 이모!"

일단 대답을 하고 슬쩍 뒤를 돌아보았다. 들었을까? 들었겠지?

"어…?"

아니나 다를까, 김한솔은 눈을 동그랗게 뜨고 나를 보고 있었다. 그래 쌍팔년도도 아닌 요즘 시대에 미인이라는 노골적인 이름이 어디 흔하겠는가.

나는 멍해지는 머릿속을 정리할 생각도 못 하고 휙 고개를 돌렸다. 반사적인 것이었다. 서로 알아본 게 분명한데 대놓고 모른 척, 시선을 피했으니 못생긴 게 성격도 나쁘다고 생각할지도 모르겠다. 뒤에서 김한솔 친구들이 "왜, 아는 애야?" 하고 묻는 소리가 들렸다. 김한솔은 "그냥 좀… 같은 반 애야" 하고 얼버무렸다.

"저기요, 여기 마늘하고 고추 좀 더 주세요!"

마침 다른 테이블에서 서빙 요청이 들어왔다. 나는 삐걱거리는 몸으로 후다닥 자리를 피했다.

손님은 정말 쉴 새 없이 밀려들어 왔다. 연말도 아닌데 뭐 이렇게 많이 들 오나 싶을 정도였다. 계속 손님이 차고 빠지기를 반복하다가 10시 즈음이 되어서야 슬슬 정리가 되기 시작했다. 7번 테이블의 무리도 일어났다. 재빨리 이모를 쳐다봤는데 이모는 다른 테이블을 정리하고 있었다.

'아… 가기 싫은데….'

그러나 이모더러 "이모, 계산 좀 봐 주세요" 하고 말할 수는 없었다.

"여기 계산요~."

결국 무리 중 한 명이 소리쳤다. 이모는 나더러 어서 가 보라는 표정을 했다. 나는 고개를 푹 숙이고 걸어가서 포스기만 바라보고 최대한 아무렇지 않은 듯이 말했다.

"6만 9천 원입니다."

"어? 소주는 서비스 아니에요?"

서비스라니. 대체 왜?

내가 영문을 모르겠다는 표정을 하고 고개를 들자, 무리 중 한 명이 손가락으로 김한솔을 가리켰다.

"지인 서비스. 아니에요?"

'그냥 좀… 같은 반 애야' 하던 목소리가 다시 퐁, 하고 떠올랐다.

"아 뭐래. 내가 낸다고."

뒤에 있던 김한솔이 민망한 듯이 나섰다.

"아 좀 가만있어 봐. 아는 사이라며."

내가 너랑 아는 사이냐, 김한솔이랑 아는 사이지.

"죄송합니다. 이미 포스기에 찍혀서 그렇게 해 드릴 수는 없어요."

"에이, 미인인 분이 왜 이러실까?"

진상도 이런 진상이 없다. 이런 건 내가 처리 못 한다. 나는 제법 애처로운 눈빛으로 홀 이모를 쳐다보았다. 이모는 여전히 상을 치우고 있었다. 이모를 부르려는 찰나, 김한솔이 결국 친구를 밀쳐 내고 카드를 내밀었다.

"미안해, 이걸로 계산해 줘."

6만 9천 원은 고등학교 2학년에게 큰돈이었다. 적어도 내 기준에서는. 내가 6시부터 11시까지 뼈 빠지게 일하고 손에 쥐는 돈은 고작해야 3만 5천 원 정도였다. 요즘은 커피 한 잔도 아메리카노가 아닌 이상은 내 시급과 별 차이가 없다.

내가 계산을 망설이자 김한솔이 내 손에 직접 카드를 쥐어 주었다. 손에 닿았다 떨어지는 체온 때문에 심장이 주책없이 콩콩 뛰었다. 결제가 끝나자 무리는 요란스럽게 가게를 빠져나갔다. 나는 나도 모르게 슬그머니 고개를 빼고 그 무리를 바라보았다. 술도 마셨겠다, 다들 시끌벅적 떠들어 댔다. 그 무리 속에서 김한솔도 시원스럽게 웃고 있었다.

'잘생겼네.'

도련님같이 반듯하고 잘생긴 얼굴이었다. 그러나 내가 김한솔을 좋아하는 건 얼굴 때문은 아니다. 계기는 사소했다.

"동물을 좋아하는 사람치고 나쁜 사람은 없다더라."

언젠가 김한솔이 툭 던진 그 한마디 때문이었다. 무슨 시간이었더라? 수업 시간에 갑자기 봉사활동 이야기가 나왔는데 선생님이 뜬금없이 나를 지목해서 봉사해 본 것 있느냐고 물어보셨다. 아이들의 시선이 확 쏠렸다. 질문보다도 그게 너무 부담스러워서 나는 슬쩍 눈을 내리깔고 조용조용 대답했다.

"유기동물 보호소에 간 적이 있어요."

"오, 좋은 일 했네. 미인이 동물 좋아하는구나?"

"네… 동물은 다 좋아요. 개를 제일 좋아하기는 하지만."

"오, 어떤 종?"

머릿속에 웰시코기, 치와와, 핏불, 골든 리트리버 등 다양한 종류의 개들이 떠올랐다. 뭘 말할까, 망설이고 있는데 김미나가 빈정거리는 투로 꼬리를 붙였다.

"퍼그겠죠. 못생긴 게 닮았잖아요."

아이들이 와, 웃었다. 퍼그가 못생겼다니, 그 아이들이 얼마나 사랑스러운데. 난 그게 너무 억울해서 고개를 살짝 쳐들고 김미나를 돌아보았다. 그 애는 고양이처럼 크고 예쁜 눈을 희게 치떴다. 선생님이 김미나를 교탁 앞으로 불러냈지만, 김미나는 태연하게 슬쩍 웃기까지 하면서 걸어나갔다. 바로 그때 김한솔이 아무렇지 않은 말투로 한마디 툭 던졌던 것이다.

"동물 좋아하는 사람치고 나쁜 사람 없다더라. 넌 왜 가만히 있는 애한테 시비를 걸고 그러냐?"

그 말이 내 가슴을 들뜨게 만들었다. 그 순간이 짝사랑의 시작이었던 거다.

"참 괜찮은 애지, 김한솔."

나는 그때를 떠올리며 혼자 조용히 중얼거렸다. 김한솔과 그 친구들은 가게에서 멀어지고 있었다. 나도 불판을 정리하려고 몸을 움직였다. 문득 가게 벽에 붙어 있는 거울에 발갛게 상기된 내 얼굴이 비쳤다. 땀이 송골송골 맺힌 넙데데한 얼굴은 심지어 토마토처럼 주황색으로 물들어 있었고, 작다고밖에는 달리 표현할 길이 없는 눈은 거울 속의 자신을 맹하게 바라보고 있었다. 그 순간 나는 마법이 풀린 신데렐라처럼 잠깐 잊고 있던 현실을 마주할 수밖에 없었다. 그래, 난 못난이였다. 김한솔과는 전혀 어울리지 않는 그런 사람인 것이다.

"미인아!! 바빠 죽겠는데 뭐 하냐?!! 거울만 뚫어지게 보지 말고 빨리 빨리 움직이자."

"네, 이모."

몸에서 풍기는 기름 냄새가 오늘따라 유난히 우울하게 느껴졌다.

고깃집에서의 우연한 만남이 나와 김한솔의 관계에 무슨 좋은 영향을 미치리라고는 기대하지 않았다. 나를 볼 때 불판 앞에서의 벌게진 얼굴, 땀에 찌든 이마만 떠올리지 않아도 다행이었다. 나는 오히려 그 애가 그 날의 목격 때문에 있지도 않은 정마저 떨어졌을까 봐 걱정이었다.

아마 그래서였을 것이다. 나의 시선이 평소보다 더 그 애를 향해 있었던 것은.

"우리 미인이, 누굴 그렇게 봐?"

귀에 사근사근한 목소리가 내려앉았다. 친근한 듯 뒤에서부터 감싸오는 손은 강하게 어깨를 붙들었다. 내 얼굴 옆으로 연갈색 머리카락이 흘러내렸다. 김미나였다.

"어… 그냥."

"에이~ 그냥은 무슨. 눈빛이 아주 뜨겁던데. 응? 누구 본 거야?"

묘하게 끝이 올라가는 그 말투는 순전한 궁금증이 아니었었다. 조롱의

의도가 다분히 담겨 있었다. 예쁘장하지만 왠지 좀 표독스럽게 생긴 김미나는 성격도 딱 그 모양이라서 나는 항상 그 애를 피해 다니곤 했다. 다만 이렇게 직접적으로 시비를 걸면 어쩔 도리가 없었다.

"아~ 한솔이. 한솔이 본 거구나."

"아니야."

"와, 너 그 단춧구멍만 한 눈에 한솔이가 들어가긴 하냐? 뭐가 보이긴 해?"

김미나는 정말로 놀랍다는 듯이 눈을 동그랗게 뜨고 물었다.

"한솔이 본 거 아니야."

"아니긴 뭐가 아니야, 미친. 야!! 김한솔!!!!"

김미나는 내 어깨를 밀치듯이 퍽 치고는 큰 소리로 김한솔을 불렀다. 정황상 결코 좋은 의도로 부른 것은 아닐 터였고, 나는 그 속내를 파악할 정도의 눈치는 있는 사람이었다. 반사적으로 몸을 벌떡 일으켰다. 김미나가 거 참 재미있다는 눈을 하며 욕을 내뱉었다.

"아니라고 했잖아."

혹시나 한솔이가 알아챌까 봐 목소리를 내리깔았다. 그 순간 김미나는 어디 한번 해 보자는 것처럼 눈을 치떴다. 그 애의 입술이 비웃듯이 비틀렸다. 김한솔은 내가 저를 바라보고 있었다는 걸 알면 어떤 표정을 지을까. 어떤 얼굴이든 보고 싶지 않았다. 난 화장실로 도망가려고 몸을 돌렸다. 김미나가 내 팔을 억세게 움켜쥐었다. 팔을 비틀어 빼려고 했으나, 김미나는 늘씬한 것에 비해 제법 힘이 셌다.

'아, 제발….'

김미나가 다시 김한솔을 부르려고 했다.

나는 아찔한 기분이 들어 팔을 확 당겼다. 그 순간 누군가가 김미나에게 잡혀 있는 팔을 가볍게 붙들었다. 꽃향기 같은 것이 풍겼다.

"뭐 해?"

나긋하고 부드러운 목소리였다. 갑작스러운 접촉에 놀라 반사적으로 팔을 내리자, 순정만화에서 툭 튀어나온 것처럼 청순가련한 하얀 얼굴이 눈에 들어왔다. 초등학교 시절의 아름다웠던 그 한문 선생님이 생각났다. 김소영 선생님. 그러나 앞에 있는 사람은 이름마저도 얼굴처럼 예쁜 부반장 정하얀이었다. 부반장의 차분한 미소를 보자 안도감이 몰려왔다.

"뭐 해, 미나야?"

"별거 아냐. 사랑의 징검다리 역할이나 좀 해 볼까 했지~. 그치, 미인아?"

"야아~ 그러지 마. 넌 장난이어도 다른 사람은 불편할 수 있잖아."

정하얀은 천사처럼 웃었다.

김미나는 한번 봐줬다는 듯이 손을 확 놨다.

"하여튼 얼굴도 예쁜 게 마음도 착해요."

2학년 1반 임원진, 반장 김한솔과 부반장 정하얀은 유명했다. 특히 정하얀은 티 없이 청순한 얼굴과 나긋하고 상냥한 성격 덕에 인기가 많았다. 솔직히 말하면, 나는 꼭 저런 얼굴이 되고 싶었다.

정하얀의 만류 덕분에 '박미인이 김한솔 좋아한대'라는 얘기가 교실에 울려 퍼질 일은 없었다. 그러나 김미나는 기어코 김한솔에게 다가가서 뭔가를 속삭였다. 김한솔은 곤란한 듯이 웃었다. 내 착각이었으면 했지만, 그건 분명 그런 미소였다. 나는 애써 태연한 척, 아무것도 모르는 척을 하며 내 자리에 앉았다.

"미인아, 괜찮아?"

이를 악물고 참고 있는데 누군가 등을 톡톡 쳤다. 김승아였다. 유달리 예쁘지도, 그렇다고 특별히 못난 구석도 없는 평범 그 자체. 김승아는 우리 반에서 내가 친구라고 부를 만한 유일한 아이였다.

"미안해."

승아는 작게 소곤거렸다. 김미나가 행패를 부릴 때 끼어들지 못한 게 민망했던 모양이다.

"아니야. 너 끼어들었으면 괜히 일만 더 커졌을 거야."

"응… 그래도 하얀이가 말려 줘서 다행이다."

그래, 정하얀이 있는 게 다행이었다. 서러움에 코가 시큰해서 괜히 고개를 수그렸다. 승아는 내 기분을 알고 더 이상 아무 말도 하지 않았다.

수업이 모두 끝난 직후, 나는 비장하게 교무실을 찾아갔다. 담임 선생님은 아파서 야자를 못 하겠다는 내 말에 정색을 했다. 정말 아픈 건지, 아니면 꾀병 부리는 건지를 가늠하듯이 내 얼굴을 훑어 내린 뒤 한숨을 쉬었다.

"고등학생은 아파도 학교에서 죽는 거라는 말도 못 들어 봤냐? 너 아르바이트한다고 사정사정해서 내가 목요일하고 금요일은 야자 빠지는 거 허락해 줬지. 근데 오늘은 월요일 아니니?"

그러나 딱 봐도 우울함이 묻어나는 나의 안색이 퍽 안 좋기는 했는지, 야자감독 선생님에게 제출할 조퇴증을 끊어 주었다.

난 서둘러 가방을 챙겨서 나왔다. 아무도 마주치고 싶지 않았는데 교문 앞에서 아이스크림 한 박스를 사 가지고 들어오는 반장 김한솔과 부반장 정하얀이 보였다.

"어, 미인이다!! 미인아~!"

정하얀이 반갑게 나를 불렀다. 나는 무심코 미인이라는 이름은 이런 애에게나 어울리겠다는 생각을 했다. 정하얀에게 붙은 미인이라는 이름은, 그 촌스러운 어감마저도 단숨에 그럴듯한 센스로 느껴지게 할 터였다. 정하얀에 내 이름이 붙었더라면 사람들은 아마 '이름 따라 간다'는 말을 떠올렸을지도 모른다.

"어디 가? 야자 안 해?"

질문을 던진 것은 한솔이였다. 아까의 그 난처한 웃음이 떠올라서 난 그 애를 쳐다볼 수가 없었다.

"응…."

"왜?"

"머리가 계속 띵해서 조퇴증 끊었어."

그럼 이만 갈게, 하고 속사포처럼 덧붙이고 빨리 지나가려는데 정하얀이 불쑥 앞을 가로막았다.

"아, 진짜? 열나는 거 아니야? 내가 한번 봐 줄게."

정하얀은 방금까지 귀엽게 웃고 있던 눈꼬리를 아래로 늘어뜨리며 걱정스러운 표정을 했다. 이마에 닿는 그 아이의 손이 너무 갑작스러워서 나는 꼴사납게 몸을 흠칫거렸다.

"열은 없는데?"

"그럼 신경성인가…."
괜히 민망해서 말을 얼버무렸다.
"에궁. 보기보다 몸이 약한가 보다. 빨리 가서 쉬어, 미인아."
작고 보드라운 손이 내 뺨을 가볍게 도닥이고 떨어졌다. 김미나가 정하얀을 귀여워하는 이유를 알 것 같았다. 불공평하지만 세상에는 나 같은 못난이가 존재하는 것처럼 꼭 정하얀 같은 그런 사람도 있는 법이다. 머리부터 발끝까지 애교와 사랑스러움으로 무장한 천사 같은 사람. 악의 없는 깨끗한 얼굴과 상냥한 마음씨로 모두에게 사랑받는 그런 사람.
"응. 고마워. 내일 보자."
시선을 땅에 박고 속삭이듯이 말했다. 내가 지나치려 하자 이번엔 김한솔이 아 잠깐만, 하고 붙잡았다.
"아이스크림이라도 하나 들고 가. 이거 쌤이 애들 야자하면서 먹으라고 사 오라고 한 건데, 너도 하나 가져가라."
의미 없는 배려였지만 나는 역시 조금 기뻤다. 김한솔이 건네주는 포도맛 아이스크림을 들고 걸어가다가 정문에 다다라서야 한번 뒤를 돌아보았다. 혹시 김한솔도 나를 돌아봐 주지는 않을까, 그런 망상 같은 기대도 조금 하면서. 물론 김한솔은 나를 보고 있지 않았다. 누구에게나 다정한 그 애는 정하얀과 오순도순 이야기를 하며 저만치 멀어져 있었다. 김한솔은 정하얀이 뭔가를 이야기하자 갑자기 고개를 젖히고 유쾌하게 웃었다. 나는 황급히 고개를 돌렸다.
무작정 걸었다. 발길이 닿는 대로 한참 동안. 누구에게나 일찍 집에 들어가고 싶지 않은 날이 있기 마련이고, 나에겐 오늘이 그런 날이었다. 집안에, 내 방에 웅크리고 앉아 있으면 작은 일도 더 엄청난 일처럼 느껴졌고 우울함도 배가 되는 것 같았다. 차라리 마음이 좀 가벼워질 때까지 밖에 있는 편이 나았다.

"춥네."

아무리 요즘 날씨가 덥다지만 5월 저녁에 아이스크림을 먹으며 정처 없이 걸어 다녔더니 어느 순간부터 몸이 으슬으슬 추웠다. 그러고 보니 시간도 벌써 8시였다. 배도 고픈 것 같았다. 나는 어느 건물 벽 앞에 등을 붙이고 쪼그려 앉았다.

"나 엄청 꼴사납다."

꾹꾹 눌러 왔던 눈물이 투둑투둑 떨어졌다. 근처에 사람이 없고, 금방 어두워진 게 다행이었다. 이런 청승맞은 모습, 누구에게도 보이기 싫다.

"씨이…."

훌쩍훌쩍 흐느끼는 와중에도 정하얀이 부러웠다. 내가 정하얀이었다면 김미나가 만만하게 보지도 않았을 거고, 당장에 김한솔에게 고백을 하고 연애도 할 수 있겠지. 아니, 내가 고백을 하기도 전에 김한솔이 먼저 다가와서 사귀자고 할지도 모른다. 여하간에 사귀기만 한다면야, 나는 그 애의 크고 따뜻한 손을 잡고 거리를 걸을 수 있을 거고, 나름대로 귀여운 척 애교도 부려 볼 수 있을 거고, 무엇보다도 김한솔의 그 따뜻한 눈빛을 마음껏 즐길 수 있겠지. 밤에 한강을 걸으면서 서로가 왜 좋았는지 이야기를 해 본다거나 헤어지기 전 아쉬운 마음에 그냥 한번 꼭 안아 본다거나 뭐 그런 것도 할 수 있을 것이다. 정하얀은 예쁘니까. 얼굴이 예쁘면 누구에게나 사랑받을 수 있으니까.

여기까지 생각하다가 더 크게 엉엉 울어 버리고 말았다. 왜냐하면 그건 어디까지나 내가 이름만 미인인 박미인이 아니라 사랑스러운 얼굴과 상냥한 성격까지 고루 갖춘 정하얀일 때 일어날 수 있는 일이니까. 그러니까… 나한테 그런 건 평생 무리일 거다.

생각은 바닥을 쳤고, 급기야 눌러 왔던 설움이 소리 울음으로 폭발하고 말았다.

"흐어어엉- 흐엉-."

한참을 소리 내어 울고 있는데 갑자기 어디서 종이가 팔랑 떨어졌다.

"어?"

우는 와중에도 그걸 주워 들었다. 메모지 크기의 작은 종이는 전단지였다.

카페 '미인의 법칙'

10월 10일 오픈

검은 바탕에 귀여운 모양의 노란 글씨가 인상 깊었다. 얼핏 생각하면 저급한 술집처럼 느껴지는 '미인의 법칙'이라는 이름이 퍽 웃겼다. 근데 또 전단지 디자인은 고급스러워서 뭔가 앞뒤가 맞지 않았다.

"다 봤으면 좀 줄래요?"

종이를 요리조리 살펴보는데 머리 위에서 낯선 목소리가 들렸다. 다른 사람이 있는 줄 전혀 몰랐기 때문에 나는 눈물도 닦지 못하고 퍼뜩 고개를 쳐들었다. 나보다 두어 살 많아 보이는 남자가 약간 인상을 찌푸린 채

날 내려다보고 있었다. 반듯한 이마와 까만 피부가 가장 먼저 눈에 들어왔다.

"우리 누나 가게 전단지거든요, 그거? 지금부터 돌려야 하니까 특별히 갖고 싶은 게 아니라면 달라고요."

"아…."

미인의 법칙이라는 이 수상쩍은 카페의 전단지를 말하는 모양이다. 그러고 보니 남자의 팔에는 같은 전단지가 잔뜩 들려 있었다.

나는 후다닥 일어나 전단지를 돌려주었다. 남자는 그걸 채 가듯이 받아 들고 휙 돌아섰다. 그리고 몇 걸음 성큼성큼 걸어가다가 갑자기 다시 몸을 돌렸다. 멍하니 남자의 뒷모습을 바라보고 있던 나는 돌연 이쪽으로 다가오는 그 행태에 반사적으로 한 걸음 물러났다. 남자는 나의 반응에는 아랑곳하지 않고 가까이까지 다가와서는 한숨을 푹 쉬었다.

"아, 근데 왜 남의 가게 앞에서 울고 난리야."

목소리 끝에는 신경질적인 기색이 묻어 있었다. 남자는 키도 훤칠했고 체격도 좋아서 나는 좀 무서운 기분이 들었다.

"죄, 죄송합니다. 그… 가게인 줄 몰랐어요…."

남자는 눈을 더 와락 찡그렸다. 차라리 그냥 입을 다무는 게 낫겠다 싶어서, 그리고 더 뭐라고 변명을 해야 할지 모르겠어서 난 그냥 조용히 땅만 보고 있었다.

"이렇게 큰데 가게인 줄 몰랐다고?"

그 말에 뒤를 돌아보니 과연 누가 보아도 가게로구나, 할 법했다. 2층짜리 커다란 건물은 아직 개업 전이라서 그런지 전기도 들어오지 않았고 정리도 덜 된 것 같아 보였지만 어쨌거나 일반 가정집으로 보이지는 않았다.

"겁도 없이 이 저녁에 아무 데서나 엉엉 울고 있으면 어떡합니까. 여기가 은근히 외져서 위험하다고. 요즘 뉴스 안 봐요? 하루 건너 하루 꼴로 범죄 뉴스가 뜨는데…."

이 저녁이라니, 그래 봐야 9시가 좀 넘었을 뿐인데, 하고 속으로 대꾸하면서도 나는 조금 부끄러워졌다. 낯선 남자가 큰 소리로 엉엉 울고 있는 내 추한 모습을 봤다는 게 창피했다. 그러고 보니 얼굴이 말이 아닐 텐데. 한바탕 울고 났으니 눈도 얼굴도 땡땡 부어 있을 것이다.

"지, 지금 가려고요…."

황급히 말을 내뱉고는 무작정 반대쪽으로 움직였다. 그러자 남자는 허, 하고 기가 차다는 듯이 웃으며 내 팔을 잡았다.

"거기 아니에요."

그는 나를 질질 끌다시피 데려갔다. 나는 억센 완력에 못 이겨 종종걸음으로 따라갔다. 이게 지금 무슨 상황인가를 끊임없이 생각하며 얼마쯤 하얗게 질린 채 끌려가자 눈에 익은 번화가가 나왔다.

"여기부터는 집 찾아갈 수 있죠?"

마치 일곱 살 어린애를 대하듯이 물었다. 나는 고개를 끄덕였다.

"아무 데서나 정신 놓고 울지 말아요. 무슨 일을 당할 줄 알고."

정말 정신 못 차리고 다니는 여동생을 혼내듯이 단호한 말투였다. 나는 왜 처음 보는 사람에게 이런 일로 훈계를 들어야 하나, 싶으면서도 여기까지 데리고 와 준 배려가 새삼 고마워서 가만히 듣고만 있었다. 남자는 아까 돌려주었던 전단지를 무슨 생각에서인지 다시 내밀었다.

“우리 누나 카펜데 곧 오픈해요. 내가 길 찾아 줬으니까 보답으로 친구들 많이 데려와서 좀 팔아 줘요. 소문도 내 주고. 내가 영업했다고 하면 아메리카노 한 잔 정도는 서비스로 줄 거예요. 그럼 조심히 가요.”

대답도 듣지 않고 먼저 성큼성큼 걸어간 그는 곧 사람들 사이로 멀어져 갔다. 나는 잠시 동안 그 자리에 그대로 서서 남자가 사라진 곳을 멍하니 바라보고 있었다. 순식간에 스쳐간 갑작스러운 만남에 김한솔도, 김미나도, 정하얀도 잠시간 떠오르지 않았다.

café

'미인의 법칙'이라니. 다시 보아도 이 이름은 기묘하다. 저질스러운 술집 이름 아니면 3류 상업영화 제목 같은 이름이다. 아무리 생각해도 일반적인 카페 간판에 걸릴 만한 단어의 조합은 아니다. 아, 차라리 성형외과 이름이었다면 제법 신선하고 위트 있게 느껴졌을지도 모른다.

'친구들을 데려오라고 했고, 아메리카노 서비스 운운했으니까 수상쩍은 곳은 아닌 것 같은데…. 정말 그냥 카펜가? 궁금하긴 한데.'

일면식도 없는 여자애를 번화가까지 데려다준 친절에 감사하다는 말 한마디 전하지 못한 것도 내심 마음에 걸렸다.

"승아야."

나는 옆에서 만화를 그리던 승아를 불렀다. 승아는 펜을 멈추지 않고 대충 왜, 하고 대답했다.

"너 이런 데 알아?"

"뭐야, 미인의 법칙? 이런 전단지는 왜 들고 다녀?"

"아니 그게 아니라 사실은 어제…."

나는 어제의 그 드라마 같은 일을 말해 주려다가 주춤했다. 낯선 곳에서 울고 있었다는 이야기를 어떻게 시작할지도 막막했고, 어떻게 잘 말한다고 해도 이야기 자체가 꾸며 낸 것처럼 들릴 것 같았다. 나는 정하얀같이 하얗고 가늘가늘한 미녀가 아니었다. 돌려 말해서 못생긴 축에 속하는 애였다. 그러니 내가 길가에서 엉엉 울다가 남자에게 도움을 받았다는 말이 진실로 들릴 것 같지 않았다.

"아니다."

"응? 뭐가? 뭔데?"

얘기했다가 공연히 거짓말하지 말라는 비웃음이나 듣지.

"아니야."

전단지를 다시 접어서 스케줄러 사이에 끼워 넣었다.

그 수상한 전단지는 그 뒤로 며칠 동안이나 내 스케줄러에 얌전히 꽂혀 있었다. 덕분에 스케줄러를 펼 때마다 그 남자가 떠오르곤 했는데, 그게 은근히 거슬렸다. 그렇다고 전단지를 다른 데 보관하자니 수상쩍은 가게 이름이 남의 눈에 띌까 봐 걱정이었다. 괜한 오해를 불러일으키기에 충분한 이름이었다. 버릴까도 싶었지만 그건 왠지 그거대로 찝찝했다.

'하여간 불편한 걸 받고 말았어.'

또다시 눈에 들어온 전단지를 있던 자리에 끼워 넣으면서 생각했다. 역시 버리는 게 좋을까, 고민하는데 카톡이 왔다. 고깃집 사장님이었다.

미인아 비상이다.

갑자기 예약이 열다섯 명이나 들어왔다.

그것도 제일 바쁜 저녁 7시다.

내가 근무하는 날이 아니었음에도 이런 메시지를 보냈다는 건 오늘 하루 좀 나와 달라는 SOS다. 나는 덮었던 스케줄러를 다시 펼쳤다. 오늘의 일정에 '야간자율학습 때 영어 모의고사 풀기'가 들어 있었다. 잠깐 고민하다가 펜을 들고 슥슥 그었다. 그 자리에 '성형 비용 모으기'를 넣었다.

넵. 6시 30분까지 갈게요.

석식을 먹자마자 나는 조용히 가방을 챙겨서 교실을 빠져나왔다. 도무지 좋은 핑곗거리가 떠오르지 않아서 몰래 땡땡이를 치기로 했다. 운이 좋으면 안 걸릴 수도 있었다.

"사장님, 저 왔어요."

"오오~! 왔구나!! 아이고, 미인아 정말 고맙다."

사장님은 원래도 좋은 분이지만, 오늘은 다른 때보다도 훨씬 사람 좋은 미소로 나를 반겼다.

"아휴, 갑자기 단체 예약이 들어왔지 뭐냐. 예약 전화를 이렇게 늦게 주면 어쩌자는 건지. 여하튼, 미인이가 와 주니 마음이 한결 놓인다."

사장님의 열렬한 환호를 들으며 앞치마를 맸다. 앞치마를 두르기가 무섭게 손님들이 우르르 몰려들었다. 저녁 7시, 고깃집 장사가 슬슬 달아오를 시간이었다. 그 와중에도 사장님은 슬슬 예약 손님 맞을 준비를 하고 계셨다. 15분쯤 지나자 가게 앞이 소란스러워졌다.

"이 집이 고기가 맛있고 서비스가 좋다고 소문이 자자하더라고."

"아 맞아요, 사장님! 저희 부모님도 여기서 친구분들이랑 식사하시더라고요."

"근데 사장님, 아직 오픈도 안 했는데 회식부터 하셔도 돼요?"

"그러니까. 와, 우리 일 겁나 열심히 해야겠다."

일반적으로 단체 손님이라고 하면 회사원이나 중년의 아저씨, 아줌마들이 많았는데 가게로 들어서는 사람들은 꽤 젊어 보였다. 제일 나이가 많아 보이는 사람은 그나마도 30대 초반 정도로밖에는 보이지 않는 여자였다. 청록색 블라우스에 하얀 H라인 스커트와 붉고 검은 무늬가 뒤섞인 스카프를 두른 여자는 손에 든 작은 클러치백까지, 완벽하게 세련된 모습이었다. 이런 고깃집보다도 레스토랑에서 스테이크를 썰고 포크에 파스타를 고상하게 말아서 먹을 것처럼 생긴 여자였다. 외모 자체는 빼어나다기보다는 깔끔했으나 말투나 표정, 몸짓과 스타일이 여자를 아주 멋져 보이게 했다.

"혹시 예약하셨나요?"

"아 네. '백유담' 이름으로 15명 예약했어요."

"이쪽으로 앉으세요."

여자는 자리에 앉는 동작부터 한낱 고기를 주문하는 어투까지 남달랐다. 여자가 주문을 하면, 생삼겹살은 육즙이 주륵 배어 나오는 부드러운 스테이크가 되는 것 같았다. 나는 부지런히 고기를 갖다 나르며, 여자를 힐끔힐끔 훔쳐봤다.

단체 손님이 오고 한 3, 40분쯤 지났다 싶을 무렵, 그러니까, 고기를 잔뜩 먹은 손님들이 술과 후식 냉면 등을 요구하는 정신없는 시간이 됐을 무렵, 남자 하나가 가게 안으로 성큼성큼 걸어 들어왔다. 그 손님은 자연스럽게 왁자지껄한 단체 테이블로 향했다. 너무 바빠서 남자의 얼굴까지 확인하지는 못했지만, 거침없는 걸음걸이와 훌쩍한 키로 보아 미성년자는 아니겠다 싶어 눈치껏 술잔 하나를 더 꺼냈다.

테이블에 잔을 올리려는데 남자가 난감하다는 듯이 말했다.

"저기요, 잔 필요 없어요. 술잔 말고, 그냥 물컵이나 하나 더 갖다 주세요."

그러자 아까의 그 우아한 여자가 남자에게 핀잔을 주었다.

"아유~ 하여간에 너는 무슨 애가 융통성이란 게 없니."

남자는 아랑곳하지 않고, 도리어 짜증이 밴 목소리로 대꾸했다.

"학생이 술 안 마시겠다는 게 융통성의 문제냐?"

"록담아, 백록담~! 어쨌거나 넌 스무 살인데 뭐가 문제야. 너는 애가 너무 꽉 막혔어. 미국에 있다 온 애 같지 않게 너무 보수적이야."

"내가 싫다는데 왜 그래?"

여자는 탁, 소리 나게 술잔을 내렸다.

"또, 또 한마디도 안 지려고 한다!"

두 사람의 팽팽한 신경전 속에서 무턱대고 물컵을 테이블에 올리기가 좀 민망했다. 최대한 빨리 놓고 자리를 떠야지 생각하면서 컵을 살짝 올려 두는데, 남자가 그걸 또 놓치지 않고 무뚝뚝하게 인사를 건넸다. 나는 "아. 감사합니다" 하는 그 목소리에서 불현듯 애매한 익숙함을 느꼈다. 들어 본 적이 있는 목소리였다. 무심코 고개를 들었다.

"어…?"

나도 모르게 얼빠진 소리가 나왔다. 남자의 까무잡잡한 피부와 반듯한 이마 역시 눈에 익었다. 내 시선을 느낀 남자도 힐긋, 나를 보았다.

"…아."

처음에는 사람을 왜 저리 빤히 보나, 생각하는 것처럼 인상을 찌푸렸던 남자는 곧 뭔가를 떠올린 듯, 맹한 소리를 냈다.

며칠 전 어두운 골목에서 울고 있는 나를 친히 번화가까지 데려다준 사람이었다. 여하간에 나에게는 "아, 전에는 감사했습니다" 하고 말할 만한 넉살이 없었다. 난 일전에 김한솔과 가게에서 맞닥뜨렸을 때처럼 나도 모르게 고개를 확 꺾었다. 너무 노골적이게 시선을 피한 것 같기도 했다. 그 탓인지 남자도 구태여 더 알은체를 하지는 않았다.

"저기요, 여기 소갈비 2인분 추가요!"

"아, 넵!!"

마침 여기저기서 주문이 들어왔다. 나는 다시 분주하게 움직였다.

남자가 있는 테이블도 슬슬 정리가 되어 갈 때쯤, 건빵같이 까만 남자는 제 누나에게서 카드를 받아 들고 카운터로 성큼성큼 걸어왔다. 바쁜 날에는 꼭 다리가 아픈 홀 이모를 대신해서 카운터에 서 있는 것은 당연지사였다.

"26만 6천 원입니다."

"전에 그 학생 맞죠?"

"네?"

남자는 카드를 주면서 대수롭지 않게 물었고, 나는 얼빠진 목소리로 되물었다. 고작해야 한마디 대답이었는데 목소리 끝이 티 나게 갈라졌다. 남자가 대답을 듣고 슬쩍 웃은 것도 별수 없었다.

"남의 가게 앞에서 울고 있던 그…."

그때의 상황이 떠올라서 얼굴이 화끈했다. 내가 민망해한다는 걸 알았는지 남자는 소리 없이 웃으면서 말을 돌렸다.

"이렇게 두 번이나 마주치는 게 신기하네."

그러게요, 나는 속으로 중얼거렸다.

"가게 소문 좀 내 줘요, 진짜. 보다시피 우리 누나가 오픈도 하기 전부터 이렇게 돈을 써 대는 중이니까."

남자는 저만치 떨어져서 일행과 떠들고 있는 여자를 힐끔 보았다. 곧 고개를 절레절레 젓는 남자와 무리 속에 묻혀 있는 여자는 얼핏 보아서는 별로 닮은 구석이 없어서 남자가 누나라고 부르지 않았다면 가족인지 전혀 몰랐을 것이다. 남자는 좀 거칠고 날카로워 보였으나 여자는 풍기는 분위기가 고상하고 부드러웠다. 여하간 귀한 집 첫째 딸 같은 저 여자가 바로 그 수상쩍은 카페의 주인이란 얘기였다.

'카페보다는 고급 레스토랑의 점장이 어울릴 것 같은데.'

내가 속으로 그런 생각을 하는 동안 포스기 결제 처리가 완료되었다. 반사적으로 카드와 영수증을 돌려주자, 남자는 "수고하세요" 하고 인사하며 깔끔하게 돌아섰다. 나는 돌아선 그 등을 잠시 동안 가만히 바라보았다. 반 남자애들과는 다르게 넓고 다부졌다.

일이 끝나고 집까지 돌아가는 동안, 내 머릿속에선 남자의 그 뒷모습이 아른거렸다. 내가 굳이 그 수상쩍은 카페를 찾아가지 않는 이상 다시 만날 일은 없을 거라고 생각했는데 이렇게 우연히 만난 게 퍽 신경이 쓰였다. 내가 운명론자였던가?

"어휴, 뭘 어쩌겠다고 자꾸 생각하는 거야."

그래, 따지고 보면 딱히 설레거나 대단히 운명적인 만남이라거나 한 건 아니었다. 또 이렇게 자꾸 생각을 할 정도로 이상하거나 놀라운 일도 아니었다. 같은 지역에 사는 주민이 한두 번 마주칠 수도 있는 일 아닌가. 우연한 만남 두 번 정도는 어디든지 있을 법했다.

나는 자꾸 떠오르는 그 까무잡잡한 남자를 애써 머리에서 지우려고 노력하며 걸음을 서둘렀다.

집에 도착하자마자, 책상 위의 분홍색 돼지 저금통을 들어 보았다. 이 핑크 돼지 저금통이 무거워질수록 내 마음도 빠듯하게 차올랐다.

"어디 보자, 우리 돼지 얼마나 무거워졌나."

두 손으로 들어도 묵직했다. 몇 달 전, 저 큰 걸 통장에 몽땅 털어 넣었더니 약 30만 원 정도가 나왔었다. 만 원짜리, 오천 원짜리 몇 장 넣은 것까지 합해서 그간에 얻은 수확이었다. 친척들이 주신 명절 용돈과 아르바이트비도 착실하게 그 통장으로 부은 덕에 내 꿈의 통장은 어느덧 2백만 원이라는 숫자를 찍었다. 물론 내 목표에는 턱없이 부족한 액수지만 통장이 불어 가는 것을 보면 마음도 조금쯤 넉넉해졌다. 돼지와 통장의 이름은 '성형미인'이었다. 노골적이고 괴상한 이름이란 걸 알지만 그게 제일 목적에 맞아서 다른 이름은 붙일 수 없었다.

"견적을 내 봐야 목표를 더 구체적으로 세울 텐데."

성형외과에 직접 찾아가서 상담도 받고 견적도 좀 구체적으로 받아 봐야 내가 얼마를 모아야 하는지 알 터였다. 하지만 굳이 그렇게 하지 않는 것은 감히 견적을 냈다가 기가 팍 꺾이는 액수가 나오면 시작도 하기 전부터 좌절할 것 같아서였다. 또 한편으로는 내가 원하는 수술을 다 말했다간 의사로부터 "그러다 죽어요" 하는 말을 들을까 싶었던 까닭이기도 하다. 그처럼 무안한 일이 또 어디 있을까.

여하간에 일단은 넉넉히 천만 원 정도를 모으는 것이 나의 목표였다. 그 정도라면 웬만큼 뜯어고칠 수 있을 거였다.

"많이많이 먹고 무럭무럭 자라라, 성형미인아."

플라스틱 재질의 차갑고 딱딱한 핑크 돼지의 등은 그저 딱딱할 뿐이었지만 기분 좋게 느껴졌다. 그날 꿈에서 나는 대형 기획사 아이돌 그룹의 성형을 맡아 한다는 강남 유명 성형외과의 수술대에 누웠다. 그 위에서 엉엉 울면서 "이제부터는 나도 다른 사람들처럼 평범하게 살 수 있어" 하고 몇 번이고 소리쳤던 광경과 정체를 알 수 없는 수술도구의 위잉 하는 소리가 꿈의 끝자락에 어렴풋이 남아 있었다.

어딘지 영 찝찝한 아침이었다. 편치 않은 마음으로 등교를 할 때 보니 날씨도 우중충했다. 하지만 그런 것치고 시작은 나쁘지 않았다. 일단, 교실 문을 열자마자 막 교실을 나오던 김한솔과 맞닥뜨렸다.

"아, 깜짝이야."

정말 놀란 듯이 김한솔이 눈을 크게 뜨고 나를 내려다봤다. 난 거의 반사적으로 시선을 내리깔았다. 워낙 갑작스럽기도 했지만 그 애의 눈을 마주할 때면 항상 낯부끄러운 로맨스 영화를 보는 것 같은 기분이 들곤 했다. 그래서 눈을 제대로 볼 수가 없었다.

"미안. 놀랐지?"

난 놀라지도 않았을뿐더러 딱히 그 애가 잘못한 것도 없었는데 김한솔은 당연한 일인 양 사과를 했다.

"아니야. 니가 더 놀란 것 같은데…."

"아… 문 앞에 누가 있을 줄 몰라서."

머리 위로 닿는 목소리가 간지러웠다. 너무 두근거려서 빨리 내 자리로 가고 싶은 마음과 이대로 영원히 시간이 멈췄으면 하는 마음이 동시에 들었다. 무슨 말이라도 빨리 이어 가야겠다고 생각했다. 그러나 김한솔은 내가 교실로 들어갈 수 있게 비켜 주었다.

"얼른 가서 앉아. 선생님 곧 오실 거야."

"아, 너는…?"

내가 되묻자 김한솔은 잠깐 영문을 모르겠다는 듯이 살짝 눈을 찡그렸다. 그러다가 곧 깨달은 것처럼 아아, 하고 입을 열었다.

"교무실. 담임이 불러서."

"그렇구나."

이젠 진짜 더 할 말이 없었다. 김한솔은 머뭇거리는 나를 의아한 듯이 내려다보았다. 조금만 더 끌었다가는 정말 이상해질 것 같은 미묘한 순간에 간신히 교실 안으로 걸음을 들여놓을 수 있었다. 자리에 가방을 내려놓는데 왠지 불편한 기분이 들었다. 아니나 다를까, 김미나가 웃겨 죽겠다는 얼굴로 나를 보고 있었다. 김미나는 어딜 감히 내 눈을 똑바로 보냐는 듯이 눈을 부라리다가 소리 없이 입술을 움직였다.

'못생긴 게.'

입술 움직임만으로도 알아챌 수 있었다. 얼굴에 확 열이 몰렸다. 황급히 고개를 수그렸다. 그 순간, 문득 불쑥 튀어나온 걸림돌같이 시야에 걸리는 것이 있었다.

'어…? 정하얀?'

나를 깔보는 눈 뒤에서, 정하얀이 나를 보고 있었던 것 같은 착각이 들었다. 그 애에게 어울리지도 않을뿐더러 그간 한 번도 본 적이 없는 딱딱한 무표정을 하고 서 있는 그 애를.

"미인아."

다시 고개를 들어 볼까 고민하던 순간 정하얀이 갑자기 나를 불렀다. 괜히 속이 뜨끔해서 티 나게 고개를 확 쳐들고 말았다. 정하얀은 늘 그래 왔던 것처럼 착하게 웃고 있었다.

"무슨 일 있어?"

"응? 아니… 왜?"

"너 표정이 좀 안 좋은 것 같아서. 아프면 보건실 갈래?"

큰 눈망울이 진심으로 걱정스럽다는 듯 약간 심각해져 있었다. 살짝 찡그린 동그란 이마에도 근심이 한가득이었다. 누가 보아도 반 친구를 걱정하는 부반장의 얼굴이었다. 진심이 아니라고는 생각할 수 없었다.

"아니야, 나 괜찮아. 어제 아르바이트했더니 피곤해서 그런가 보다."

나는 김미나의 친구라는 이유 하나로 그 애까지 나쁘게 생각한 게 미안해서 괜히 더 상냥하게 대꾸했다. 정하얀은 혹시라도 어디 안 좋으면 보건실 가서 꼭 약 먹고 오라고 덧붙이기까지 했다. 정하얀이 그렇게까지 나오니까 김미나도 더는 시비를 걸지 않았다.

사실, 김미나의 시비에는 주기가 있었다. 한동안 집요하게 못된 행동을 하다가도 다른 데 정신이 팔릴 때에는 나를 내버려 두었다. 요컨대, 심심풀이 땅콩처럼 나를 대했던 것이다. 그러니 나는 김미나가 심심할 때만 잘 피해도 삶의 질이 조금쯤 올라갔다. 김미나는 '못생긴 게' 한마디를 던진 이후로 며칠간은 또 잠잠했다. 그러나 항상 비일상은 일상의 중간에 예기치 않게 시작되는 게 아니던가. 굳이 김미나의 시비나 질 나쁜 장난 같은 형태가 아니더라도 말이다.

오늘은 아침까지만 해도 다른 날과 전혀 다를 것 없는 등굣길이었다.

그러나 멀리서 교문이 보이기 시작할 무렵, 평소와는 다른… 그러나 어쩐지 낯익은 등짝이 눈에 들어왔다.

"어???"

저 앞에서 휙 스쳐간 남자가 익숙했다. 알고 있는 실루엣이었다.

'어? 잠깐. 어어어? 저 사람…?'

에이 설마. 그럴 리가. 오늘은 아침부터 눈이 침침한가, 저번에는 정하얀이 김미나처럼 날 깔보고 있다는 착각을 하더니. 이러다 나중에 빨간색도 초록색으로 보고 그러는 거 아니야?

나는 분명히 내 눈이 헛것을 봤다고 생각했다. 그래도 사람 심리라는 게 믿기지 않는 걸 보거나 들으면 당연히 아니라고 생각하면서도 다시 한 번 보거나 되묻게 되는 것 아니던가. 나는 그 익숙한 실루엣을 좀 더 자세히 보기 위해서 재빨리 다가갔다. 그러나 다리 기장이 너무 차이가 나는 탓인지 도무지 따라잡을 수가 없었다. 거리가 멀어지자, 오히려 등은 낯설게 보였다.

'역시 착각인가?'

하긴 그 남자가 이 학교에 있을 리가 없지. 얼핏 내 또래인 듯 보이지만, 운동깨나 했을 것 같은 다부진 체격이나 어쩐지 좀 냉정해 보이는 그 분위기는 고등학생이라기엔 무리가 있었다. 그러니 그 사람이 우리 학교에 나타날 가능성은 거의 없다.

확실하게 결론을 내리고 교실로 돌아가는데, 이상하게 기분이 몰랑몰랑했다. 조금 가슴이 뛰는 것 같기도 했다.

◆◆◆

학교에 흥미로운 소문이 돌기 시작한 것은 며칠 뒤였다. 2학년에 전학생이 왔는데 어떤 사정으로 인해서 학교를 2년이나 쉬었다는 것이다. 그런 고로, 그 학생은 고등학생임에도 불구하고 스무 살이며 그 나이에 맞게 또래의 남자애들과는 달리 어딘지 어른스럽고 뭔가 차분한 분위기가 있다는 얘기였다. 아이들은 그 무뚝뚝한 인상과 어딘지 냉랭한 듯한 분위기로 미루어 보아 전학생이 틀림없이 무언가 큰 사고를 쳐서 학교를 쉬었던 거라고 짐작했다. 여하간 갑자기 심상치 않은 인상의 스무 살 남자가 전학을 왔다는 것은 퍽 흥미로운 사건이었다.

"야 봤냐? 봤어? 진짜 우리 반 남자애들이랑은 뭔가 좀 다르지 않냐? 좀 놀았던 거 같기도 하고… 날티가 나는 건 아닌데… 여하튼 뭔가 심상치 않지?"

"아니, 나는 아직 못 봤어. 야, 이진솔 넌 봤다며."

그 전학생의 이야기는 우리 반에도 돌았다. 나도 물론 관심이 쏠렸지만 특히 김미나와 이진솔, 이수연 이 애들의 관심은 그야말로 지대했다. 난 영어 숙제를 하는 중이었는데도 이 애들이 전학생에 대해 떠드는 소리가 귀에 쏙쏙 박혀서 도무지 집중을 할 수가 없었다.

"응 난 어제 봤어. 잘생기고 그런 건 진짜 아닌데, 약간 뭐랄까… 야수성? 그런 게 있어. 몸이 좋아서 그런가? 위압감? 여튼 은근히 땡기는 그런 느낌이 있긴 하더라. 좀 무서운 것 같기도 하고."

"미친년. 야수성이 뭐냐, 야수성이."

김미나가 깔깔대며 웃었다. 나는 '미인의 법칙' 전단지를 다시 꺼냈다. 자꾸만 이 소문의 주인공이 그때 그 남자인 것 같다는 생각이 들었다. 나한테 이 수상한 전단지를 주고, 우리 가게에까지 왔던 그 사람 말이다. 험상궂게 느껴졌던 첫인상도 그렇고 무엇보다 얼마 전 아침에 보았던 그 낯익은 등짝의 느낌이 확신을 더했다.

"근데 몇 반이래?"

"3반. 생긴 건 딱 체육계인데 이과 반이었어."

"와, 대박. 매력 있다. 그 갭이 좋은 거 아니겠냐. 완전 육체파일 것 같은데 수학 문제 술술 풀고. 이런 거 완전 좋아."

전학생 이야기는 점점 더 불이 붙었다. 듣다 보니 재미있고 또 그 전학생이 안면이 있는 사람일지도 모른다고 생각하니, 애들의 이야기에 저절로 귀가 쏠렸다. 그런데 곧 김미나가 의외의 말을 던졌다.

"야, 하얀아, 어떠냐? 너 의외로 배우 김우빈처럼 좀 세 보이는 사람 좋아하잖아."

그러고 보니 항상 그렇듯이 그 애들이랑은 전혀 어울릴 것 같지 않은 정하얀이 거기 있었다. 정하얀은 곤란한 듯이 웃었다.

"에이, 어떻긴 뭐가…."

"이 기지배 빠져나가려고 하는 것 봐라? 이제 김한솔에서 그 전학생으로 갈아타는 게 어떻겠느냐는 거지. 솔직히 니 취향에는 전학생이 더 가깝겠다."

김한솔의 이름이 나오자 정하얀은 황급히 손사래를 쳤다. 크게 뜬 눈과 순식간에 붉어진 얼굴에는 당황한 기색이 역력했다. 저런 개인적인 이야기를 아무렇지도 않게 떠들 수 있는 김미나의 무신경함이 놀라웠다.

"와- 심하다, 진짜."

옆에서 함께 숙제를 하던 승아가 고개를 푹 숙이고 중얼거렸다. 절로 고개가 끄덕여졌다. 소심하게 뒤에서 소곤소곤 씹는 게 비겁하다고 할 수도 있겠지만, 이런 소소한 뒷담화도 할 수 없다면 속이 터져 죽어 버릴지도 모른다.

"그니까. 저런 프라이빗한 얘기를 대놓고 해 버리면 정하얀이 곤란하지…."

그나마 다행인 건, 점심시간이라서 교실에 남아 있는 애가 별로 없다는 것이었다. 하기야 또 달리 생각하면 얼굴도 마음도 청순한 우리 부반장이 김한솔에게 관심이 있다는 사실쯤이야 금방 알아챌 수 있는 것이었다. 다들 대놓고 얘기하지 않을 뿐, 아마 그 둘의 미묘한 감정선을 알고 있을 것이었다.

"에이, 미나야~ 너 내가 1학년 때부터 한솔이 좋아했던 거 알잖아. 게다가 전학생은 이름도 모르는데 뭘…."

"하여간 생긴 대로 놀아요. 이 언니는 순해 빠진 우리 정하얀이 때문에 가슴이 아주 답답~하다~."

김미나가 정하얀의 머리를 쓱쓱 쓰다듬으며 말했다. 옆에서 이수연이 장난치듯이 웃었다.

"생긴 대로 놀아서 넌 이 남자, 저 남자 후리고 다니냐? 이게 발랑 까져 가지고."

누가 들으면 시비라도 거는 줄 알 것 같은 말이었다. 그러나 저 애들에겐 평범한 장난이었다. 김미나는 자랑스러운 듯이 크게 웃었다. 문득 나는 내가 '이 남자, 저 남자 후리고 다니냐'는 그 말에 부러움을 느끼고 있다는 걸 알았다.

"조선시대냐, 하얀아. 이름이야 알면 되고, 마음에 품은 남자야 바꾸면 되는 거 아니겠냐."

이진솔이 거들었다. 나는 시선을 다시 책상으로 옮겼다.

'근데 그 사람 이름이 뭐였더라.'

고깃집에서 그 남자의 이름을 얼핏 들은 기억이 있었다. 굉장히 독특해서 이건 안 까먹겠다고 생각했는데 막상 떠올리려니 기억이 잘 나지 않았다.

'아 뭐였지. 무슨 산 이름 같기도 하고… 백? 백 뭐라고 했었는데.'

아까부터 펴 놓기만 한 영어 교과서에 유일하게 기억나는 이름 한 글자, '백'을 두어 번 적었다. 순간, 불현듯이 이름이 떠올랐다.

"아! 백록담!"

그래 그런 이름이었지! 가게에서 그 남자의 누나가 "록담아, 백록담" 하고 그를 불렀던 게 기억이 났다. 그 이름을 크게 소리 내서 말하지만 않았어도 나는 그걸 기억해 낸 내 자신이 퍽 기특했을 뻔했다.

김미나, 이진솔, 이수연 그리고 정하얀까지 갑자기 소리를 지른 날 빤히 바라보고 있었다. 승아가 경악한 표정으로 나를 툭 쳤다.

“갑자기 뭔 소리야. 아 깜짝 놀랐네.”

승아가 김미나네 눈치를 보면서 어깨를 움츠렸다. 민망할 새도 없이 나는 다시 영어책으로 시선을 떨어뜨렸다.

“응? 백록담?”

다행히도 물어 온 것은 정하얀이었다. 목소리만으로도 그 애가 조금 당황한 얼굴을 하고 있을 거라는 걸 알 수 있었다.

“백록담이 뭐? 너 제주도 갔다 왔냐?”

최근에 나한테 별 신경을 안 쓰던 김미나가 불쾌한 듯이 물었다.

“아니, 그게 아니라….”

“그게 아니라 뭐요, 뭔데요. 뭔데 갑자기 흐름을 끊으세요.”

덜컥, 심장이 내려앉는 것 같았다. 김미나가 다가오길래 살짝 고개를 들고 눈치를 살피는데,

“야 토 나와, 얼굴 치워.”

하고 돼먹지 못한 말을 한다. 얼굴이 화끈했다. 나는 대체 왜 내가 분노보다 수치감을 먼저 느끼는지 나 자신도 이해가 되지 않았다. 김미나가 물었다.

“아까 왜 소리 지른 건데? 백록담이 뭐?”

“그 전학생 이름, 백록담이라고.”

순간 소문의 전학생이 그 사람이 아니면 어쩌나 하는 걱정이 들었으나 이미 입 밖에 낸 후였다. 잠깐의 침묵 뒤에 김미나는 저열하게 웃었다.

“이야, 우리 못난이가 남자는 또 더럽게 밝히네. 그건 또 어떻게 알았어, 못난이?”

"미나야…."

정하얀이 자리에서 일어나는 김미나를 작게 불렀다. 잡으려면 확실하게 잡아 주면 좋겠는데, 김미나의 기에 눌렸는지 더는 타이르지 않았다.

"못난아, 너가 김한솔 볼 때 떨려 하는 거 보는 것도 기분이 더럽거든. 근데 이렇게 주제도 모르고 여기저기 관심 갖는 건 더 역겨워."

내가 전학생에게 갖는 관심이 로맨틱한 종류의 호감은 아니었지만 달리 변명할 길이 없었다. 조용히 입술만 달싹거리고 있으려니 그 애는 더욱 기세등등해졌다. 이런 일을 몇 번이나 겪으면서 김미나와 싸우는 걸 상상해 보지 않은 건 아니었다. 하지만 늘 목소리는 목구멍 끝에 걸렸고, 자리를 박차고 일어나는 행동은 상상뿐이었다.

"미나야, 그만해. 그렇게까지 화낼 일은 아니잖아."

그리고 항상 일이 커지기 직전, 이렇게 정하얀이 끼어들었기 때문에 난 번번이 굴욕감을 견뎠다. 물론, 이번의 경우엔 약간 오류가 있긴 했다. '그렇게까지 화낼 일'이 아닌 게 아니라, '화를 낼 만한 일이 아닌 거'였다. 김미나를 달래려다 보니 표현이 그렇게 된 것이라는 걸 알지만, 좀 억울했다. 그나마 다행인 것은 내가 달리 대꾸를 하지 않자 김미나도 짧게 욕지거리만 하고 말았다는 거다.

'더럽게 싸가지 없네, 진짜.'

기분이 상할 대로 상해서 영어 숙제 따위는 눈에 들어오지도 않았다. 차마 티는 못 내고 입술만 삐죽이는데 김미나를 데리고 교실을 나가던 정하얀과 눈이 마주쳤다.

'미안해.'

잘못도 없는 정하얀이 살짝 인상을 쓰고 입술을 삐끔거리며 내게 사과를 했다. 잘못한 사람 따로, 사과하는 사람 따로라니 기막힌 일이다. 오히려 비참하니까 그만두라고 부탁하고 싶었으나 난 그저 억지로 입꼬리를 끌어올릴 수밖에 없었다. 어색한 건 둘째치고, 참 바보 같은 미소였을 것이다.

전학생은 내가 아는 그 사람이 맞았다. 멀찍하니 떨어진 거리에서 그 사람을 볼 기회가 몇 번 있었다. 몸이 다부져서 교복이 잘 어울리는 그 사람의 가슴팍에는 파란 명찰이 달려 있었는데 거기 박힌 이름은 백록담이었다. (이상하게도 백록담은 인기가 많았다. 키가 커서 훤칠하기는 했으나 아무리 봐도 눈에 띄는 미남은 아니었고 오히려 위압감이 느껴질 뿐이었는데도 여자애들은 그 분위기에 끌리는 모양이었고 남자애들은 형님, 형님 하면서 동경하는 것 같았다.) 그렇기 때문에 더욱 나는 그 사람을 알은체할 기분이 들지 않았다. 물론, 애초에 서로 마주칠 일이 없기도 했다. 나만 먼발치에서 힐끔거리는 처지였다. 한 가지 웃기는 건, 그런데도 나는 가끔 눈앞에서 마주친다면 눈짓으로라도 알은체를 해 볼까 하는 상상을 하곤 했다. 놀랍게도 기회는 빨리 찾아왔다.

오늘 5교시에 1, 2학년들을 대상으로 대강당에서 금주금연 교육이 있었다. 2학년은 대강당 2층으로 올라가는데 우리 반이 백록담의 반인 3반

바로 뒷줄에 앉게 되었다.

'만약에 날 알아보면 어떡하지?'

그건 왠지 가슴이 들뜨는 걱정이었다. 만일 이런 내 생각을 누군가 알기라도 한다면 참 허황된 고민을 하는구나 하고 비웃을지도 모른다.

들뜬 것은 나뿐만이 아니었다. 반 여자애들 모두가 약간씩 상기된 기분을 감추지 못하고 있었다. 보통은 점심을 먹고 나면 매점을 가든지, 조금이나마 운동을 해 보겠다고 운동장을 하릴없이 걸으면서 수다를 떨든지, 숙제를 하든지 하는데 오늘은 제자리에 앉아서 거울을 보고 있는 애들이 많았다.

"미인아, 너도 뿌릴래?"

승아가 꽃향기가 나는 바디 미스트를 내밀었다. 승아까지도 은근한 기대를 하나 싶었다. 어딘지 좀 낯부끄러웠지만 나는 승아의 바디 미스트를 칙칙 뿌렸다.

"야, 정하얀. 이리 앉아 봐. 언니가 포니테일로 묶어 줄게."

김미나가 정하얀을 불렀다. 정하얀은 순진한 얼굴로 그 앞에 앉았다.

"넌 목이 가늘고 하야니까 포니테일을 해야 임팩트가 딱!! 산다고."

"그게 무슨 말이야~."

하하, 유쾌하게 웃으면서도 정하얀은 머리를 맡겼다. 손가락 사이로 흩어져 내리는 머리카락까지, 정하얀은 어쩌면 저렇게 다 예쁠까.

김미나의 눈은 정확했다. 평소에 긴 머리를 풀고 다니던 정하얀이 꼭지를 위로 높이 당겨서 머리를 묶은 모습은 놀라웠다. 하얀 목덜미가 눈부시도록 예뻤다.

"우아-."

나도 모르게 감탄사가 흘러나왔다. 남자애들의 시선이 잠깐씩 그 애에게 머무는 것을 느낄 수 있었다. 바디 미스트의 낯선 꽃향기가 어쩐지 허무하게 느껴졌다.

5교시 예비 종이 울렸다. 나와 승아는 우르르 내려가기가 싫어서 조금 밍기적거리다가 아이들이 거의 나갔을 즈음 천천히 일어났다. 그때, 앞문으로 낯선 남자애가 기웃거리는 것이 보였다.

"여기 임원진 김한솔하고 정하얀 맞지?"

"어? 응 맞아, 내가 부반장인데 무슨 일이야?"

정하얀이 대답했다. 처음 보는 그 남자애는 잠깐 정하얀의 귀 밑과 목선을 보는 것 같았다. 그러다가 황급히 시선을 피하면서 웅얼거렸다.

"그… 저번에 특별활동으로 긴급구조 활동 들은 애들, 반별로 선물 나가는 거 각 반 임원진들이 점심시간에 모여서 포장하기로 했잖아. 근데 너네 반에서 아무도 안 와서 너네 반 것만 포장 안 되고 남았거든. 보건쌤이 5교시 정규수업 아니니까 빨리 내려와서 포장하고 가래."

정하얀의 얼굴이 순식간에 낭패감으로 물들었다.

"아… 맞다. 그게 있었지…."

정하얀이 내려가기로 되어 있었던 모양이다.

얘기를 들어 보니 포장할 물건이 한 20개 되는 것 같았다. 선물 나가는 애들 명단도 대조해야 돼서 한 30분은 걸릴 거라고 했다. 정하얀의 어깨가 축 가라앉았다. 김미나가 김한솔에게 전화를 했지만 받지 않았다. 나와 승아는 눈치를 보다가 슬쩍 교실을 나왔다. 만약 정하얀이 기어들어

가는 목소리로 나를 부르지 않았다면 훌쩍 뛰어 내려갔을 것이다.

"저기, 미인아…."

난 초능력자가 아니다. 그러나 정하얀이 왜 날 부르는지는 알았다. 못 들은 척 내려갈까 싶었지만 김미나가 내 어깨를 툭 쳤다.

"응?"

"아니, 저기…."

꺼내기 불편한 말이라면 역시 부탁이 분명했다. 승아가 내 팔을 살짝 잡아당겼다. 나는 극심한 갈등에 휩싸였다. 그동안 정하얀이 김미나의 시비를 얼마나 자주 막아 주었던가. 정하얀이 한 번이라도 내게 뭔가를 부탁한 적이 있었나. 상냥하고 포용력 있는 우리 반 부반장의 첫 부탁을 거절해도 될까.

"아니, 아니야."

정하얀은 말간 눈을 깜빡거리다가, 아무래도 안 되겠다는 듯이 고개를 저었다. 그 순간 나는 왠지 이상한 영웅심리 같은 것에 휩싸였다. 이렇게 예쁘고 상냥한 애를 도와줄 수 있다면 좋겠다는 생각이 들었다. 그게 대체 무슨 마음이었는지 나도 잘 모르겠다. 그냥 내가 동경해 온 대상과 가까워지는 것 같은 그런 뿌듯함?

"내가 대신 내려갈까?"

내 말에 정하얀은 눈을 엄청나게 크게 떴다.

"응?"

"너 특강 들으러 가고 싶어서 그러는 거 아니야? 나는 뭐… 금주금연 별로 관심 없고… 대강당은 시끄러워서…."

정하얀이 갑자기 내 손을 덥석 움켜잡았다. 예상치 못한 접촉이었지만 기분이 짜릿했다.

"그, 그래도 될까?"

"올. 박미인. 간만에 눈치 있게 군다?"

김미나가 픽 웃으면서 거들었다. 기분이 오묘했다. 정하얀은 내일 매점에서 빵을 사겠다며 거듭 고맙다고 인사를 하고는 내려갔다. 정신을 차려 보니 승아가 너 갑자기 왜 그러냐는 표정을 하고 서 있었다.

"미쳤어? 지금 정하얀 쟤가 너 만만하게 봐서 너한테 부탁하려고 한 거 아니야? 왜 니가 먼저 나서서…."

"정하얀이 그동안 나 많이 도와줬잖아…. 그리고 누구 만만하게 생각하고 그럴 앤 아니잖아."

"아니 그건 그렇지만… 특강이란 게 한 시간 그냥 쉬면서 잡담하고 그러는 거잖아. 너랑 얘기하면서 쉬려고 했는데. 그리고 너도 백록담 그 사람 관심 있는 거 아니었어? 이름도 알고 있었잖아."

승아가 못내 아쉬운 기색을 감추지 못했다. 나는 간신히 그 애를 달래서 강당으로 보냈다. 교실 문을 잠그는 데 괜히 씁쓸한 기분이 들었다.

왜 남자들이 미인의 부탁을 잘 거절하지 못하는지 알 것 같았다. 한숨이 절로 나왔다.

"에휴. 이왕 이렇게 된 거 좋게 생각하자. 백록담을 본다고 해서 날 알아본다는 보장도 없고… 알아본다고 해도 그게 뭐 대단한 일이라고."

생각해 보니 그랬다. 백록담이 대체 뭐라고. 게다가 만약 날 전혀 처음 보는 사람처럼 대하거나 정말로 기억하지 못한다면 실망스러울 것이다.

실망스러운 감정을 느끼는 게 이상하지만, 그럴 것이다.

"차라리 잘됐어."

어쩌면 난 그게 두려워서 정하얀의 역할을 떠맡은 걸지도 모르겠다.

café

보건 선생님은 "8반 물건 포장하러 왔어요"라는 말을 듣자마자 왜 늦었냐는 듯이 눈을 찡그렸다. 난 잘못한 게 없는데도 뭐 하다가 까 먹었느냐는 잔소리를 들었다.

"저쪽 침대 위에 너네 반 거 올려놨으니까 편하게 앉아서 포장해."

선생님이 가리킨 침대는 약간 민망할 정도로 화려한 꽃무늬 커버에 싸여 있었다. 어쨌거나 푹신하고 편안하긴 했다. 선물 포장은 그냥 흔한 단순 노동이었는데 다행히 생각보다 재밌었다. (선물은 작은 군것질거리들과 럽밤이었다.) 포장을 끝내고 아이들 명단과 개수도 대조했다. 시간을 보니 특강이 끝날 때까지 한 20분 정도 남아 있었다.

"지금 대강당에 가자니 좀 애매하네."

어쩔까. 이왕 이렇게 된 거 보건실에서 쉬다가 쉬는 시간에 그냥 교실로 돌아가는 편이 낫지 않을까. 아무래도 그게 좋을 것 같았다. 나는 선물 더미를 쌓아 둔 박스를 밀치고 침대에 슬슬 누웠다.

'섬유유연제 괜찮은 거 쓰시네. 무슨 향이지…?'

이런 생각을 하면서 천장을 멀거니 보는데, 눈앞이 흐렸다. 무슨 잠만 보도 아닌데… 잠이 들고 있구나, 하고 생각하는 그 순간에 까무룩 잠이 들고 말았다.

꿈? 꿈을 꾸고 있었던가? 뭔가 김미나와 관련된 악몽을 꾼 거 같기도 했다. 하지만 정확히 떠오르지 않았다. 툭툭 끊기다가 이어지는 생각 속에서 내가 꿈과 현실의 경계선 즈음에 와 있는 모양이라고 생각했다.

그러다 갑자기 정신이 번쩍 들었다.

'지금 몇 시지?'

20분만 쉬려고 누웠는데… 혹시 몇 시간이나 곯아떨어져 있던 것은 아니겠지. 불현듯 심장이 쿵 했다. 저절로 눈꺼풀이 올라갔다. 후다닥 핸드폰 화면을 확인하니 6교시 시작 종이 치고도 5분이 지나 있었다. 수업 종이 치고도 5분이 지난 것이다.

"헐…."

도대체 보건 선생님은 뭘 하고 있었던 걸까. 6교시 종이 치면 이상해서라도 날 불러야 하는 게 아닌가. 아니, 그러고 보니 침대 밖에서의 인기척이 들리지 않았다. 그새 잠시 어디를 가신 모양이었다. 황급히 몸을 일으키고 커튼을 확 젖혔다. 당장에 달려 나갈 생각이었는데 눈앞에 있는 넓은 등 때문에 순간 주춤했다. 화원을 연상하게 하는 옆자리 시트 위를 다 차지하고 누운 등은 그럴 리가 없는데도 어쩐지 본 듯했다. 교복의 옷깃 사이로 보이는 갈색 피부 때문일지도 모른다. 대낮에 낯선 사람의 등짝에 멈칫한 게 괜히 부끄러웠다. 조심스럽게 발걸음을 옮기는 데 그마저도 거슬렸던지, 넓은 등이 꿈틀댔다. 몸이 반쯤 돌아가자 등짝의 주인공을 볼 수 있었다.

"어?"

그 사람은 잠이 덜 깬 눈을 끔뻑거리면서 뭔가 놀라운 걸 보기라도 한 양 입을 떡 벌렸다.

"이 학교 학생이었어요? 어쩐지 여기 여자 교복이 이상하게 눈에 익다 했어."

백록담이었다. 이렇게 마주치는 것도 참 유난스러운 우연이다. 대강당에서 특강을 듣고, 6교시 수업에 들어갔어야 할 사람이 대체 왜 여기서… 그것도 한두 시간 자고 일어난 사람처럼 이러고 있는지 이해가 되지 않았다.

"아… 저… 금주금연 교육은…?"

맥락이랄 게 없는 질문이었다. 그런데도 백록담은 자연스럽게 대꾸를 했다.

"아, 어차피 술 잘 안 마시고, 담배도 안 펴요. 차라리 점심 잘 먹고 푹 자는 게 낫지. 살짝 꾀병 좀 부리고 점심 먹자마자 도망 나왔어요."

대강당 3반 자리에서 백록담의 모습을 발견하지 못하고 실망했을 우리 반 여자애들의 얼굴이 눈에 선했다.

"아, 그렇구나."

그 말을 끝으로 잠깐 어색한 침묵이 돌았다. 나는 어중간하게 웃으며 고개를 꾸벅했다.

"그럼… 저는 먼저 가 볼게요."

목소리가 기어들어 가는 수준이었는데도 그 사람은 용케 알아들었다.
"그래요. 아, 다음에 볼 때는 말 좀 놔도 괜찮죠? 같은 학년이니까."
나이도 더 많으니 굳이 물어보지 않고 그냥 말을 놓으면 될 텐데, 하는 생각이 들었다. 물론 표정으로는 티 내지 않고 고개를 끄덕인 뒤 후다닥 보건실을 나왔다. 가슴이 콩콩 뛰는 게 유난히 선명하게 느껴졌다. 아마도 그 사람이 갑자기 '다음에 만나면'이라는 가정을 해서 그런 것 같다. 어쩌면 '말을 놓겠다'고 얘기했기 때문일지도 모른다. 갑자기 훅 가깝게 다가오는 건 반칙이다. 그건 뭔가 너무….
"웃겨, 박미인."
그래, 너 지금 진짜 웃겨. 그리고 얼굴도 분명히 보기 민망할 정도로 우스운 얼굴을 하고 있을 거야.
"미인아!"
정하얀의 목소리였다. 우스꽝스러울 게 분명한 표정을 미처 추스르지 못하고 고개를 돌렸다. 그 자리엔 역시나 정하얀이 서 있었다.
"쌤이 너 올라오라고 하셔서… 아니, 일단은 내가 너 아파서 보건실 갔다고 얘기하긴 했어. 선물 포장 아직 안 끝났어? 미안해서 어떡해…."
정하얀은 금방이라도 울 것 같은 미안한 표정이었다.
"아니야, 아까 다 끝났는데 내가 잠깐 졸았어. 생리할 때가 됐는지, 몸이 좀 피곤…."
드르륵-.
어영부영 얼버무리는 순간, 보건실 문이 열리는 소리가 났다. 내 등 뒤로 그림자가 졌다. 내 어깨 너머를 보고 있는 정하얀의 큰 눈이 더 커졌다. 보건실에는 나와 백록담 말고는 없었으니, 지금 나온 사람은 당연 백록담이었다. 나는 방금 전에 생리 운운한 내 입을 꿰매 버리고 싶었다.

"못 들었어, 못 들었어."

백록담이 내 앞으로 성큼성큼 걸어가면서 툭 던졌다. 얼굴에 화다닥 불꽃이 이는 게 느껴졌다.

"나중에 또 보자."

난 대답할 수 없었고, 백록담 역시 구태여 대답을 들으려 하지 않았다. 긴 다리로 순식간에 멀어지는 등을 제대로 쳐다볼 수도 없어서 나는 복도 바닥으로 시선을 돌렸다.

"저 사람 보건실에 있었구나…. 너 저 사람 알아?"

정하얀이 물었다. '알아?' 물론 그것은 평범하게 '아느냐'는 뜻은 아니었다. 개인적으로 친분이 있느냐는 질문이었다. 그러나 나는 저 사람을 어떻게 알게 되었는지 구구절절 설명할 수 있을 정도로 정신을 잘 차리고 있는 상태가 아니었다.

"응. 조금."

난 반사적으로 대답했고 정하얀은 대꾸하지 않았다. 나는 정하얀이 무슨 생각을, 어떤 표정과 어떤 마음으로 하고 있는지 몰랐다. 물론 궁금하지도 않았다. 다만 그 애가 갑자기 혼자서 휙 앞서 걸어가는 게 조금 이상하다고 생각했다.

"얼른 와, 미인아."

그러나 정하얀은 곧 뒤돌아서 평범하게 웃었다. 아니, 약간의 이상함을 느꼈을지도 모르겠지만 그때는 그냥 그렇게 넘어갔다.

◆◆◆

만일 그때 그 약간의 이상함에 조금만 더 민감하게 반응했더라면 나는 오늘의 이 심란한 사태에 대비할 수 있었을 것이다.

오늘은 교실에 들어섰을 때부터 분위기가 사뭇 달랐다. 시베리아 벌판 한복판에 홀로 서 있는 것 같은 냉기가 돌았다. 아이들의 미묘한 태도, 이를테면 싸늘한 눈으로 나를 대놓고 쏘아본다든가 흘깃거리면서 저희들끼리 뭔가를 수근대는 그런 태도가 한기를 느끼게 했던 것이다.

'무슨 일이지…?'

누가 싸우기라도 했나, 아니면 아침부터 담임 선생님한테 혼나기라도 했나?

"승아야."

나는 승아를 찾았다. 뒷자리 김승아의 자리는 아직 비어 있었다. 항상 일찍 오는 앤데 오늘따라 왜 오던 시간에 안 왔을까.

"저런 걸 진상이라고 하냐, 꼴갑이라고 하냐?"

괜히 뜨끔했다. 혹시 나한테 하는 말일까. 고개를 살짝 돌려 보니 김미나의 친구, 이진솔이었다.

"어디서 터진 귤같이 생긴 게 나대냐고."

"이름이 미인이라고 지가 예쁜 줄 아는 거 아니야? 아니 정말 예쁘기라도 하면 몰라… 진짜 잘 봐줘야 평타 수준에 겨우 발 걸친 애가 저렇게 남자 밝히는지 누가 알았겠냐고."

이진솔을 필두로, 김미나와 또 그 애의 다른 패거리 이수연이 쏘아붙였다.

세상에. 터진 귤같이 생긴 건 어떻게 생긴 것이며, 또 내가 대체 언제부터 남자를 밝혔단 말이냐. '박미인'이란 이름 때문에 외모로 고충을 겪었던 건 사실이고, 솔직히 '턱걸이 평타' 내지는 '못생긴 편'이라는 건 인정한다. 근데 남자를 밝힌다는 얘기는 생전 처음 들어 보는 모함이었다. 갑자기 쏟아지는 비수는, 하도 어이가 없어서 그런지 아프지 않았다. 오히려 기가 막혔다.

이 맥락 없는 사태에 실마리조차 잡지 못했는데 종이 쳤다. 그냥 김미나가 또 심심했나 보다, 그래서 말도 안 되는 시비를 거나 보다 생각하기엔 뭐가 좀 달랐다. 정당한 비난은 아니었지만 이유가 없는 것 같지는 않았다. 도무지 짐작할 수가 없어, 나는 떨떠름하게 책상만 바라보았다.

수업 시간 내내 머릿속에서는 폭탄이 터졌다. 아니, 그저 새로운 오늘이 시작되었을 뿐인데 이게 무슨 마른하늘에 날벼락이냔 말이다. 이유를 모르니 가슴이 더 답답했다. 게다가 김승아는 수업만 끝나면 어딜 가는지 오도도 도망을 가 버렸다. 카톡을 해도 읽지도 않았다.

'아 이게 무슨 난리야. 대체 뭐야. 하룻밤 사이에 무슨 일이 일어난 거지? 나도 모르는 사이에 내가 뭐 사고 친 거 있나?'

그나마 나를 덜 꺼려하는 건 부반장 정하얀뿐인 것 같았다. 눈이 마주치면 슬쩍 눈을 피하긴 했지만 다른 애들처럼 노골적으로 나를 불편해하는 눈치는 아니었다.

정말 이상한 일이었다. 김미나가 나를 좀 괴롭히긴 했어도, 내가 반 애들이랑 나쁘게 지내는 건 아니었는데.

"저기 하얀아… 잠깐 얘기 좀 할 수 있을까…?"

"어?"

정하얀은 잠깐 마주친 눈을 황급히 아래로 내리깔았다. 그 애의 손가락이 꼬물꼬물 움직였다.

"아… 저… 진짜 잠깐이면 되는데…."

"응, 알았어."

잠시 망설이는 것 같았던 정하얀은 곧 뭔가 결심한 듯이 비장한 표정으로 일어났다. 교실을 나가는 우리의 등 뒤로 꽂히는 시선마저도 왠지 차갑게 느껴졌다.

쉬는 시간은 짧고 교실 밖은 곳곳이 붐볐다. 얘기할 곳이 마땅치 않아서 그나마 조용한 편인 복도 끝으로 정하얀을 데려갔다.

"저기 있잖아… 도대체 오늘 애들 왜 그러는지 혹시 알아?"

너무 직접적으로 물은 것일까? 정하얀은 곤란한 듯 입술만 달싹거렸다.

"아니, 정말로 내가 뭐 잘못한 거 있어? 나도 모르게 누구 피해 줬다거나, 응?"

나는 엄청 간절했다. 그런 내 속을 아는지 모르는지 정하얀의 입술은 뭔가 말이 나올 것 같다가도 다시 다물렸다.

울려던 생각은 없었다. 원래 울음이란 건 한번 터지면 더욱 서럽고 속상한 것이라서 어떻게든 참아 보려고 했는데, 말을 하려고 하니 갑자기 울음이 터지고 말았다.

"하얀아, 너는 알지, 응?"

눈물을 훔치는데, 정하얀이 눈물로 젖은 내 손을 와락 붙잡았다. 나를 붙드는 그 애의 손이 따뜻하고 안심이 돼서 나는 더 울고 말았다.

"미인아, 미인아, 울지 마. 내가 미안해."

"니가 왜 미안해~."

"나 때문이야. 나 때문에 애들이 그러는 거란 말이야."

"애들이 왜 너 때문에 그래? 괜히 그러지 마~."

나는 애정이 뭉클뭉클 솟아나는 것을 느끼면서 고개를 저었다. 정하얀은 자기 탓이 맞다며 나보다 더 큰 눈물 덩어리를 뚝뚝 떨궜다.

"어제 특강 때 그 전학생 오빠가 자리에 없었어. 근데 다들 한 번쯤은 가까이에서 보고 싶어 했잖아. 우리 반 애들도 은근히 신경쓰고 있었고. 그랬는데 그날 못 봐서 다들 실망하는 분위기였거든. 근데 내가 너 부르러 보건실 갔을 때, 그 오빠가 보건실에서 나왔잖아, 너랑 같이…. 그래서 난…."

흐려지는 말끝 속에서 불안이 성큼 다가왔다. '그래, 네가 뭔가 잘못을 하긴 했나 보구나' 하는 생각이 스쳤다. 정하얀은 여전히 울음이 가득한 목소리로 말했다.

"나는… 애들이 하도 백록담 왜 안 나왔느냐고 궁금해하길래… 3반 애들이 아파서 못 나왔다고 말해도 다들 말들이 많았거든. 그래서 나는 그냥 보건실에서 백록담 봤다고, 진짜 아팠나 보다고 얘기했어. 미인이가 나오고, 그 뒤에 백록담도 나왔다고. 둘이서 친해 보였다고. 진짜 그렇게만 얘기했는데 다들 뭔가 오해를 한 것 같아."

흐엉, 하고 귀를 파고드는 억울한 소리가 어딘지 아득하게 느껴졌다. 어이가 없었다. 정작 울어야 할 건 난데, 왜 정하얀이 저렇게 서럽게 우느냔 말이다. 내가 '쓸데없이 내 얘기는 왜 덧붙였느냐'고 한마디 추궁이라도 했다가는 오히려 내가 나쁜 사람이 될 것처럼.

"미안해, 정말. 다 내 탓이야. 흐엉~. 내가 애들한테 다시 얘기할게. 오해라고 다시 말할게."

괜찮다는 말은 차마 나오지 않았고 머릿속은 아까보다 더 난장판이 되었다.

"일단 이만 들어가자. 방금 종 쳤어."

대충 매듭을 짓고, 교실로 들어갔다. 눈가가 벌게진 채로 훌쩍거리며 들어오는 정하얀을 보면서, 반 애들은 다시 한 번 상상의 나래를 펼치는 것 같았다. 김미나와 그 애의 친구들이 나를 노려보는 눈이 한층 더 기세등등해졌다.

집에 돌아와서 생각해 보니 참 기가 막히고, 코가 막힐 일이었다. 내가 남자를 밝히는 재수 없는 여자애로 전락한 이유가 고작 백록담과 친해 보여서 내지는 보건실에 같이 있다가 나와서라니. 아니, 내 경우에는 '예쁘지도 않은 게'라는 말 같지도 않은 죄목이 추가된 상태였지.

"이런 개 같은 상황이 어딨어. 어딨느냐고! 이게 말이 돼? 이런 우연을 가지고 남자를 밝힌다느니, 못생겼다느니 욕을 얻어먹는 게 말이 되느냐고!!"

조용한 투덜거림으로 시작된 말은 버럭 내지른 성질로 끝맺음이 되었다. 으헝헝 하고 바보 같은 울음이 또 터져 나왔다.

"으흐… 흐어엉-. 엄마아-."

숨죽여 울면서 엄마를 불렀다. 나와는 달리 눈도 크고, 코도 높고, 입술도 매력적인 엄마를 닮았더라면 이런 수모는 겪지 않았을지도 모른다. 하다못해 다들 속으로는 '남자 밝히네'라고 했을지언정 겉으로는 아니꼬운 기색을 내비치지 않았을 것이다. 내가 만약 초등학생 때의 그 한문 선생님처럼 예뻤거나 정하얀처럼 진짜 미인이었더라면.

"왜 나한테만 모든 기준을 높이는 거야? 왜 나는 착하게 굴어도 못생긴 게 착한 척한다고 욕을 먹어야 하고, 왜 나는 활발하게 굴어도 못생긴 게 나댄다는 소리를 들어야 되는데, 왜!!!! 나는 뭐 남자랑 좀 친하면 안 돼? 아니, 같이 있기만 해도 안 되는 거냐고!! 지들은 남자애들이랑 짝짝꿍 잘도 놀면서 나한테는 왜 그러는데!!"

인형처럼 예쁘지 않으면 다른 모든 기준이 높아졌다. 심지어 누군가를 좋아하는 것조차 못생긴 박미인은 하면 안 되는 일이었다. 사람들은 그랬다.

'그래, 역시 하루 빨리 돈을 모아서 성형을 하는 수밖에는 없어.'

나는 아르바이트를 더 늘려야겠다고 생각하면서 눈을 감았다. 풍선같이 빵빵하게 차올랐던 억울함을 한바탕 울음으로 풀고 나니 잠이 왔다. 나는 끔찍한 기분으로 잠이 들었다.

아침이 되었을 때도 기분은 여전히 끔찍했다. 거울 앞에서 머리를 빗는데, 왠지 어제보다 한층 더 못나진 것 같았다. 반 애들은 여전히 날 껄끄러워할 것이고, 김미나와 그 친구들은 또 외모를 꼬투리 잡아서 가슴에 상처를 낼 것이다.

'아, 어떡하지. 정말 가기 싫다….'

"미인아, 밥 먹을 거지?"

부엌에서 엄마의 목소리가 들렸다. 지금 밥을 먹었다간 쌀 한 톨도 소화시키지 못할 것 같았다. 밥이 문제가 아니었다. 학교를 가냐, 마냐. 그 갈등이 우선이었다.

"하루만 쉴까, 딱 하루만…?"

아픈 척을 해야겠다고 결심한 순간이었다. 정하얀의 구슬 같은 눈물이 떠올랐다. 그래. 그 애가 애들한테 오해라고 얘기해 준다고 했다. 정하얀의 말이라면 심사가 뒤틀린 김미나라고 할지라도 조금쯤 들어먹을지 모른다. 나는 잠깐 멈췄던 빗질을 다시 했다. 그러나 내키지 않는 건 마찬가지라서 느릿느릿 굼뜬 움직임만 반복했다.

8시 55분. 아침자습이 끝나고 곧 1교시가 시작할 시간이었다. 정문은 텅 비어 있었다. 아무도 없는 정문을 지나는 발걸음은 천근만근이었다. 교실이 가까워질수록 가슴은 쿵쾅거렸다.

"어? 박미인?"

쿵쾅거리는 가슴을 애써 누르며 계단을 올라가는데 김한솔의 목소리가 들렸다. 그 애는 반 남자애들 몇 명과 함께 계단을 내려오고 있었다. 체육복 차림이었다. 그제야 1교시가 체육시간이라는 것이 기억났다.

"오늘 왜 이렇게 늦었어? 얼른 올라가서 체육복 갈아입고 와. 정하얀이 문 잠그겠다고 했으니까 아직 열려 있을 거야. 선생님한테는 잠깐 화장실 들렀다 온다고 말씀드릴게. 운동장 말고 체육관으로 와야 된다."

서둘러 올라갔다. 교실은 아직 잠기지 않았다. 다행이다 싶어서 교실 문을 열려고 하는데, 안에서 으하하하 하고 높은 웃음소리가 들렸다. 천적 김미나의 목소리라서 나는 잠시 주춤했다.

"아, 진짜 얘도 장난 아니라니까. 정하얀 가끔 이렇게 의외의 모습 나오는 거 다른 애들이 알면 기절할 거다. 어떻게 박미인을 그렇게 물먹이냐? 정하얀, 얘기 좀 해 봐. 너 그동안 박미인 불쌍하다고 싸고돌더니 갑자기 왜 그랬어?"

문밖으로 새어나오는 말은 꼭 복싱선수의 라이트훅 같았다. 난 갑작스러운 주먹에 맞기라도 한 듯이 머리가 멍해졌다.

"그러려던 건 아니었어. 그냥 내가 한솔이도 좋아하고 요즘 그 전학생한테도 관심이 생기는데, 한솔이가 미인이 불쌍하니까 가끔 가다 챙겨주는 것도 사실 좀 속상하고…. 근데 미인이가 그 전학생이랑도 친한 것 같아서… 그런 건 좀 반칙이잖아? 아 몰라, 나도 모르게 그냥…."

사그라들던 말끝은, 이제 끝났나 싶은 순간에 다시 힘을 얻었다. 정하얀은 갑자기 기운을 얻은 것처럼 말을 이었다.

"사실 나도 사람인데 어떻게 아무렇지 않을 수 있겠어. 다들 나를 너무 좋게 봐 주니까 고맙긴 한데, 사실은 나도 그냥 여고생일 뿐이라고. 박미인이 김한솔 근처에서 괜히 얼쩡거리면 화난단 말이야. 근데 걔가 모두가 궁금해하는 전학생이랑도 친한 것처럼 보여서 순간적으로 화가 났어."

말은 때때로 칼이 된다. 이미 중학생 때부터 알고 있었지만 이번엔 상처를 입히는 말의 칼날보다도, 그걸 휘두른 대상이 너무 의외라서 더욱 마음이 다쳤다. 내 손을 잡고 눈물을 펑펑 쏟아 내던 그 정하얀이 지금 저 말을 하는 사람이 맞나?

손이 바들바들 떨렸다. 정하얀의 말대로 그 애도 사람이다. 어쩌면 내가 몹시 짜증나게 느껴졌을 수도 있는 일이다. 하지만 이유가 너무하다.

"야, 그래도 박미인이 전학생을 스토킹한다는 말을 정하얀 니가 할 줄은 몰랐다."

"사실 정하얀이 그렇게 말하진 않았지. 그냥 '미인이가 그 전학생한테 좀 집착하는 것 같아…' 하고 운을 띄웠을 뿐이지."

"하긴…. 근데, 없는 말은 아니지. 척하면 척 아니냐? 걔가 전학생 이름 알고 있었던 것도 그렇고. 전학생이 보건실 가 있었던 거 알고 정하얀한테 자기가 특강 포기하고 보건실 가 주겠다고 자처한 거잖아."

한두 가지 사건을 가지고 얼토당토않은 일을 만들어서 퍼뜨리는 것만큼 야비한 일은 없다. 그런데 그런 짓을 한 게 정하얀이라니.

당혹감은 몹시 컸다. 나는 몇 번이고 문고리를 잡았다 놓기를 반복했다. 그러다가 문득 잘못한 것도 없는데 피하는 게 너무 억울하게 느껴졌다. 충동적으로 교실 문을 드륵 열어젖힌 건 그 때문이었다.

문을 연 나도 당황했지만 교실에 있던 김미나네 애들과 정하얀의 표정은 그야말로 대단했다. 나는 자꾸만 꺾이려는 고개를 부러 빳빳하게 들고 성큼성큼 내 자리로 걸어갔다.

"…뭐야. 지금 들었다고 티 내냐?"

김미나가 푸핫- 웃었다. 잠깐이라도 당황했던 기색을 만회하려는 것처럼 들렸다.

"미나야, 종 치겠어. 일단 나가자…."

정하얀은 꼭 겁먹은 것 같은 얼굴을 하고 있었다. 기어들어 가는 목소리는 자기 죄를 부끄러워하는 듯했다. 하지만 그건 착각이었다. 정하얀은 책상을 발로 쾅 치고 지나가는 김미나의 뒤를 따라가다가 내 쪽으로 고개를 돌렸다. 그 순간 그 애는 어린아이 같은 순진함과 악마 같은 교활함이 뒤섞인 얼굴로 입술을 슬쩍 씰룩였던 것이다. 픽 웃어 버리는 그 애의 얼굴은 이제까지 중에서 가장 낯설었다. 서스펜스 스릴러 반전 영화를 볼 때와 같은 소름이 등골을 오싹하게 스쳤다. 나는 태연하게 닫히는 문을 가만히 바라볼 수밖에 없었다.

작고 뒤틀린 미소를 짓는 정하얀의 꿈을 꾸기 시작했다. 김미나를 말리는 척하면서 슬쩍 날 깔보는 그 애의 얼굴은 꿈에 불쑥불쑥 나타났지만 현실의 정하얀은 바뀐 게 없었다. 어쩌면 교실에서의 뒷담화 현장이야말로 다 꿈일지도 모른다는 생각이 들 정도였다. 그만큼 그 애는 태연했다. 그 애의 낯빛은 여느 때와 마찬가지로 착하고 순진했고 나를 대할 때의 말투나 태도도 상냥했다. 혹시 내가 희대의 사이코나 연기 천재를 보고 있는 건 아닐까 하는 생각마저 들었다.

누군가에게라도 정하얀의 실체와 나의 억울함에 대해 토로하고 싶었다. 그러나 승아마저도 나를 피하는 눈치였고, 우리 반에는 정하얀보다 나를 믿어 줄 만한 애는 없었다. 김미나네 패거리가 두려워 나와 엮이는 것 자체를 꺼리는 판에…. 나는 식당도 혼자 내려갔다. 알지도 못하는 애들이 괜히 날 힐끔힐끔 쳐다보는 것 같았다.

'이래서 밥이나 넘어가겠어.'

나는 휴, 한숨을 쉬고는 식판을 들었다. 내가 좋아하는 치킨너겟이 나왔는데도 혼자 먹으려니 영 입맛이 없었다.

식당은 바글바글했다. 나를 위한 빈자리는 보이지 않았다. 한참 휘 둘러보다가 눈에 걸린 것은 얄궂게도 김승아였다. 한 테이블에 선아네랑 같이 앉아 있는 김승아는 처음부터 날 보고 있었는지 눈이 마주치자 화들짝 놀라며 눈에 띄게 시선을 피했다.

'비겁해. 친구가 어려움에 빠지면 도와줘야지, 어떻게 그렇게 순식간에 모른 척을 할 수 있어?'

원망을 담고 한껏 노려봐 주었지만 승아는 다시 내 쪽을 보지 않았다. 결국 나는 식당 끝 구석 쪽에 남은 자리를 찾아 엉덩이를 붙였다. 의자가 덜그럭거렸다. 아마 그래서 아무도 이 자리에 안 앉았나 보다.

혼자서 밥을 먹는 건 끔찍했다. 학교에서의 식당은 단지 밥을 먹는 곳이라기보다는 웃고 떠드는 친목의 광장 같은 거였다. 거기서 혼자 묵묵히 밥만 먹는 건 온 사방이 다 신경 쓰이는 일이었다. 나는 마치 임무를 수행하는 것처럼 밥을 먹고 일어났다. 운이 나빴던 것은, 내가 일어남과 동시에 저 맞은편 쪽에서 김미나네 애들과 정하얀이 일어났다는 것이다. 의도적인 타이밍이었는지는 모르겠다. 나는 그냥 최대한 안 마주치도록 후다닥 급식 수거대로 걸어갔다. 잔반을 모두 버리고 돌아서는데, 눈앞에 정하얀이 있었다.

"어…."

나도 모르게 멍청하게 입을 벌렸다. 정하얀은 눈이 마주치자 조금도 당황하지 않고 침착하게 더 가까이 다가왔다. 그 거리가 너무 불편해서 내가 걸음을 뒤로 물릴까 고민하던 순간, 정하얀은 들고 있던 식판을 내 품으로 와락 쏟았다.

"아악!!!!"

가슴과 배가 음식물로 범벅이 되었다. 뜨끈하게 스며드는 국물의 온도가 아주 기분 나빴다. 정하얀은 나보다 더 큰 목소리로 꺄악, 꺄악 소리를 질렀다.

"어, 어떡해!! 괜찮아?? 아 진짜 미안해… 내가 앞을 제대로 못 봐 가지고…."

앞을 제대로 못 봐? 이게 진짜 누굴 호구로 아나. 방금 전, 분명히 눈이 마주쳤었다. 이미 너무 가깝긴 했지만, 피할 여지는 있었다. 정하얀은 일부러 내게 식판을 엎은 것이었다.

"이게 무슨…."

화가 너무 나서 손이 부들부들 떨렸다. 이 정도 지랄이면 사이코나 뭐 성격장애 그런 거 아니냔 말이 입안에서 근질거렸다. 너 사람 골탕 먹이는 거 참 정성들여서 한다. 그동안 성격 감추느라 어떻게 살았니. 그렇게 쏘아붙이고 싶었다. 그러나 정작 내 입에서는 그 어떤 말도 쉽게 나오지 않았고, 그저 황망한 얼굴을 하는 것밖에는 어떤 행동도 할 수가 없었다. 갑작스러운 봉변에 몸이 굳어 버린 듯했다.

"미인아. 그런 게 아니라, 내가 진짜 못 봤어. 미안해."

오물을 뒤집어쓴 건 난데, 도리어 정하얀이 쓰레기통에 처박힌 것처럼 울상을 지었다. 그 뒤에선 김미나, 이수연, 이진솔 이 삼공주들이 헐 하고 당혹스러운 표정을 하다가 곧 풋- 하고 웃음을 터뜨렸다.

"못 봤다고?"

"진짜 못 봤어. 미안해, 미인아."

"너 나랑 눈 마주쳤는데…."

"알겠어, 알겠으니까 일단 가서 씻자. 내가 체육복 빌려줄게."

마치 거짓말하는 나를 받아 주고 달래는 듯한 어투와 표정이었다. 억지를 부리는 사람이 나고, 정하얀이 피해자인 것 같은 상황이 연출되고 있었다. 정하얀이 내 팔을 잡았다. 뒤에서 김미나가 정하얀 체육복은 나한테 안 맞는다며 낄낄 웃었다. 아이들은 무례하게 수군거렸다.

"뭐야, 지도 갑자기 확 돌아섰으면서 왜 정하얀한테만 뭐라 그래?"

"저렇게 사과하는데 그냥 넘어가지 좀."

"성격도 얼굴 따라가나, 좀 까칠하네."

그 목소리 중에 내 편은 없었다. 더욱 속이 상했던 것은 애들 틈에서 나를 보고 있는 김한솔의 시선이었다. 굳어 있는 표정의 그 애는 나를 향해 쯧, 혀를 찼다. 노골적인 비난은 아니었지만, 어쨌거나 '좀 심하네'와 비슷한 의미였으리라. 이제껏 정하얀이 쌓아 온 평판과 이 애의 천사 같은 얼굴이 지금 이 상황을 어떻게 보이도록 하는지 여실히 느낄 수 있었다. 나는 어쩔 줄 몰라 하는 정하얀을 뒤로하고 아이들 틈을 비집고 나왔다. 사물함에 던져 놓은 체육복에서는 퀴퀴한 냄새가 났다.

"이건 또 어디서 빨아…."

빨간 국물과 국건더기, 고춧가루가 덕지덕지 붙은 하얀 교복 상의를 빨려니 그게 또 난감했다. 점심시간의 화장실은 양치를 하고 화장을 고치고, 고데기로 머리를 다시 만지는 애들로 북적북적했다. 가뜩이나 세면대도 좁아 터졌는데 거기서 빨래를 하고 있다가 또 무슨 싫은 소리를 들을 지 뻔했다. 나는 그냥 휴지로 닦고 넣을까, 하다가 운동장 수돗가가 생각났다. 거기라면 사람이 별로 없을 거였다.

생각대로 운동장 수돗가는 텅 비어 있었다. 물도 철철 잘 나왔다. 교복에 찬물을 묻히고 꾸역꾸역 옷을 빠는데 괜히 눈가가 찡했다.

"씨이…."

나오려는 눈물을 억지로 꾹꾹 눌러 담았다.

"뭘 해도 나만 나쁜 애가 돼…. 못생긴 데다 성격까지 나쁜 애. 못생겼는데 남자 밝히는 애. 못생겼는데…."

가슴이 울렁거렸다. 울음이든지 아니면 구역질이 나올 것 같아서 입을 다물었다.

"야박하다, 정말."

세상 참 야박하고 못됐다. 그런 생각을 하고 있었다. 교복에서 붉은 기를 한창 빼고 있을 즈음, 교복을 조물거리는 내 맞은편으로 남자애들이 우르르 몰려왔다. 점심시간을 이용해서 한껏 스포츠를 즐겼던 모양인지, 다들 헉헉거리면서 물을 틀었다. 나를 힐끔들 보고서는 어푸어푸 세수를 했다. 나는 교복을 빨던 손을 멈출 수밖에 없었는데, 그 애들 중에서 유난히 우뚝 솟은 머리통 때문이었다.

"오, 우리 진짜 자주 마주친다."

어쩌면 그냥 이 사람이 워낙 눈에 띄는 스타일이라서 내가 잘 발견하는 걸 수도 있다. 또 못생긴 얼굴도 인상이 깊게 남는 법이니, 이 사람도 그런 의미에서 나를 유난히 잘 발견하는 걸지도 모른다.

"학교에서 웬 빨래?"

백록담은 전에 보건실에서 선언했던 것처럼 편하게 반말을 했다. 나도 그 편이 편했다. 하지만 훅 치고 들어오는 질문은 불편했다.

"아니 그냥… 밥 먹다가 좀 흘려서요…."

"대체 밥을 어떻게 먹은 거야?"

그러더니 푸하하 웃었다. 놀랍게도 나는 그 탓에 눈물이 울컥 차올랐다. 나도 이해할 수 없지만 원래 이렇게 예민한 순간에는 그 어떤 말이라도 눈물을 흘리게 만들 수 있는 것이다. 그게 날 속상하게 만들어서가 아니라, 그냥 아무렇지 않은 시답잖은 말인데도 괜히 포근하거나 괜히 뾰족하게 느껴지기 때문이다.

"야아… 내가 뭐 실수했어? 야, 미안해. 왜 우냐…."

아닌 밤중에 홍두깨라고 백록담은 갑자기 눈물을 뚝뚝 흘리는 날 보고 몹시 당황했다. 당황스럽기는 나도 마찬가지였다.

"아니… 그게 아니라…."

세수를 하던 다른 남자애들이 나와 백록담을 이상한 눈으로 바라보았다. 나는 혹여, 그런 시선이 백록담을 불편하게 만들까 봐 무서웠다.

백록담이랑 나를 번갈아보던 남자애들은 무슨 일인가 하는 호기심에 괜히 기웃거리다가 내가 아무 말 없이 훌쩍대기만 하자 이내 자리를 털었다.

수돗가에 둘만 덩그러니 남게 되자 훌쩍이는 소리가 더 크게 들렸다.

"저기 혹시… 내가 반말해서 그래? 야, 근데 동갑끼리도 반말하는데 나 스무 살이야."

"흐엉… 그게 아니라…."

"뭔지는 모르겠는데, 내가 미안하다. 마음 풀어."

엉망이 된 시야에 백록담의 발이 보였다. 내 발과 평행을 이루고 있는 발 모양에서 난감함이 느껴졌다.

"…교실로 데려다줘? 보건실 갈래?"

난 그냥 울면서 고개를 저었다. 눈물이 멈출 것 같지 않아서 교실로 들어가고 싶지 않았다. 심하다는 듯이 날 보던 김한솔의 차가운 눈과 나를 피하는 김승아, 여전히 비죽비죽 조롱하듯 웃는 김미나, 그리고 천사 같은 얼굴로 영리한 악마같이 구는 정하얀. 모두가 무서웠다. 내가 백록담을 곤란하게 만들고 있다. 안다. 아는데, 브레이크가 걸리지 않는다.

백록담은 갑자기 몸을 기울였다. 그러고는 내 귀 근처에서 차분하게 물었다.

"너 혹시 학교에 있기 싫어?"

그랬다. 나는 지금 학교가 싫었고, 아무도 없는 곳으로 도망치고 싶었다. 그렇다 해도 그가 어떻게 해 줄 수 있는 것도 아닌데 나는 무턱대고 고개를 끄덕였다.

"그럼 나갈래?"

나가다니? 어딜?

"네?"

순간 눈물이 범벅이 된 얼굴을 수습하지도 않고 고개를 들었다. 백록담의 얼굴이 코앞에 있었다.

"교실에 들어가기 싫다며."

"네…."

"그러니까 일단 나가자고."

백록담은 무턱대고 내 등을 밀었다. 그제야 정신이 번쩍 들었다.

"자, 잠깐!! 잠깐만요!!"

"왜?"

"조금 있으면 수업 시작해요."

"그게 왜? 너 안 들어가겠다며."

하긴, 적들의 소굴로 다시 들어가고 싶지는 않았다. 퀴퀴한 냄새가 나는 이런 후줄근한 체육복을 입고, 손에는 음식물 테러의 흔적이 남은 교복을 든 채로는 더더욱.

"그렇긴 하지만…."

"어떻게 할래?"

나는 학교 건물과 운동장 끝 쪽의 정문을 잠시 번갈아 보았다. 땡땡이라니. 그건 안 돼, 박미인. 선생님한테 엄청나게 혼날 거고, 나중에 수시 원서 쓸 때도 지장이 있을 거라고.

"그냥 교실로 갈래?"

"아뇨!!"

반사적으로 대답이 튀어나왔다. 옛날 어릴 적 초등학교 1~2학년 때 학교에서 속상한 일이 있으면 그냥 엉엉 울면서 집에 가 버렸던 것처럼 지금도 딱 그러고만 싶었다.

"학교… 싫어요."

백록담은 고개를 끄덕였다. 그러고는 달리 뭘 더 묻지 않고 그냥, "가자" 했다.

'쉬고 싶어.'

어디든 좋으니 누구도 날 구박하지 않는 공간에서 아무 생각도 하지 않고 쉴 수 있었으면 좋겠다. 지금 이 순간 내가 바라는 것은 바로 그 한 가지뿐이었다.

Café

회색 고양이 오드리는 내 손이 닿기도 전에 뒤로 펄쩍 뛰었다. 깜짝 놀라서 손을 거뒀으나 오드리는 이미 저만치 달려가서 나를 노려보았다.

"고양이가 원래 도도해서 곁을 잘 안 주는데, 오드리는 유독 심해."

통통한 체형의 여자는 직접 만든 바닐라 라테를 내 앞에 내려놓으며 말했다. 머그잔을 놓는 손끝의 볼록볼록한 손톱이 가지런하고 고왔다. 나는 멍하니 고개를 끄덕였다. 여자는 씩 웃었다. 차분하게 접히는 눈꼬리와 부드럽게 올라가는 입술 끝이 참 우아했다. 어쩌면 요즘 유행 중인 마르살라 버건디색 머리카락이 여자에게 잘 어울렸기 때문일 수도 있고, 아니면 머리색과 맞춘 탁한 붉은색 립스틱이 여자의 하얀 피부를 더 돋보이게 했기 때문일 수도 있다.

"감사합니다."

"별말을. 우리 담이가 데려온 친군데 이 정도 서비스는 해 줘야지."

여자의 말에 카운터 안쪽에서 커피를 내리던 백록담이 "바닐라 라테로 생색내기는" 하고 한 소리를 했다. 여자는 백록담의 누나였다.

"이제 좀 진정이 됐니?"

얼굴이 화끈거렸다. 무작정 정문을 나올 때까지는 너무 급작스러워서 눈물도 일시정지가 되었는데, 버스를 타고 여기까지 오면서 중간중간 다시 훌쩍거렸었다. 그러다가 결국은 카페에 들어오면서까지도 창피한 줄 모르고 흐엉엉, 하고 울어 버렸던 것이다. 물론, 여기가 백록담 누나가 운영하는 바로 그 2층짜리 카페 '미인의 법칙'이란 걸 알아차리고 나서는 눈물이 쏙 들어갔지만.

"네. 죄송해요. 놀라셨죠?"

"응, 좀. 나는 처음에 담이가 울린 건 줄 알고 너무 놀랐어."

"죄송해요… 제가 좀 안 좋은 일이 있어서…."

"그래, 여자애들한텐 울 일이 많지. 이해해."

도담도담 등을 두드리는 듯한 목소리였고, 그 덕에 나는 오늘 있었던 모든 일에 위로를 받는 듯한 기분을 느꼈다. 때마침 카페의 두 번째 고양이가 내 옆의 의자로 사뿐히 올라왔다.

"얘는 이름이 뭐예요?"

"햇반."

"네???"

"아까 걔는 오드리, 얘는 햇반."

오드리 햇반이라니. 세기의 여스타 오드리 헵번을 패러디한 작명 센스임이 분명해서 억지로라도 하하 웃었다.

"오드리 헵번은 너무 뻔하잖아. 부르기도 왠지 불편하고. 그래서 재밌게 햇반이라고 바꿨지."

"그만 설명해 누나, 재 표정 안 보여?"

백록담의 지적에 더욱 과장된 미소를 지을 수밖에 없었다. 그러자 백록담이 낄낄 웃었다.

"우리 누나가 오드리 헵번 엄청 좋아하거든."

그러고 보니 카페 벽 곳곳에는 오드리 헵번의 사진이 걸려 있었다. 나도 오드리 헵번을 좋아했다. 물론 이미 고인이 된 그녀는 내 시대의 스타는 아니었고, 내 또래 애들 중 오드리 헵번을 아는 애는 많지 않았지만 나는 우연히 〈마이 페어 레이디〉를 보고 오드리 헵번을 최고의 미녀로 생각하게 되었다. 가늘가늘하고 요정 같은 이 스타는 심지어 마음씨도 고운 것으로 유명했다. 나는 한때 우리 반 부반장 정하얀을 오드리 헵번에 비유해서 생각하기도 했었는데 그 애의 실체를 안 지금에 와서 생각해 보면 참 복장이 뒤집어질 일이다.

"내 작명 센스가 좀 그랬나… 표정이 안 좋네. 어디 아픈 건 아니지?"

갑자기 정하얀 생각을 하자, 잠깐 잊고 있었던 식당에서의 일이 생각난 탓이다.

"아, 아뇨. 그런 게 아니라 그냥… 기분 나쁜 일이 자꾸 생각나서요…."

"하긴 수업도 땡땡이치고 올 정도니까, 큰일이 있었던 모양이야."

"그냥 뭐…."

나는 말을 얼버무렸다. 백록담의 누나는 작고 가는 눈으로 곱게 웃으며 나를 지그시 보았다. 그녀는 백록담에게 저쪽으로 가라는 듯이 손을 바깥쪽으로 휙휙 저으며 말했다.

"록담아, 가서 딸기차랑 닭가슴살 치아바타 두 개 만들어 와라."

곧 백록담이 자리에서 일어나 카운터 안쪽으로 들어갔다. 그의 누나는 세웠던 허리를 내 쪽으로 살짝 기울이면서 말했다.

"속에 담아 두면 병나. 집에 가서 엄마한테 말할 건 아니잖아, 그치?"

그랬다간 엄마는 슬퍼할 거고, 화가 날 거고, 아파할 거고, 또 답답해할 거였다. 나만 아프면 될 것을 엄마에게까지 떠넘길 생각은 추호도 없었다. 고개를 젓자 그녀는 다시 포근하게 웃었다. 약간 살이 오른 통통한 뺨이 조금 더 빵빵해지는 것을 보자 가슴이 빠듯하게 차올랐다. '그게, 사실은' 하는 말이 입안에서 맴돌았으나 동시에 이런 속 이야기를 오늘 처음 얘기해 본 여자에게 털어놔도 되는 것인지 고민이 됐다. 그게 브레이크가 되어서 말은 쉽게 나오지 않았다. 다행히 여자는 재촉하지 않았다. 뭘 더 캐묻지도 않았다. 내가 말을 하지 않는다면 그냥 덮을 것 같기도 했다. 그러나 그런 생각을 하자, 숨이 턱 막혔다. 머리가 아찔했다.

"제가 못생겨서요…."

불쑥 말이 튀어나왔다. 여자는 "그래서?" 하고 되물었다. 나는 정말 이상한 상황이라고 생각하면서도 허리를 숙이고 코를 무릎에 댄 채로 이야기를 시작했다. 누구에게라도 털어놓지 않으면 정말로 병을 얻을 것 같아서였다.

"제가… 너무 못생겨서…."

말과 함께 다시 터져 나오는 흐느낌은 예상하지 못했던 것이다. 두서없이 시작한 첫 마디는 내 가장 깊은 곳의 상처였고, 모든 일의 근원이었다. 그 말은 간신히 덮어 두었던 마음의 포문을 멋대로 열어젖혔다.

못생겼다는 고백으로 트인 말은 "그래서 너무 마음이 아파요"라는 말로 끝이 났다. 장장 30분이 넘는 시간 동안 나는 김한솔을 좋아했던 이야기부터 시작해서 나의 돼지저금통 성형미인에 대한 이야기는 물론, 알고 보니 가식덩어리였던 정하얀의 이야기까지 모두 털어놓았다. 이야기를 했다기보다는 대성통곡 형식의 한풀이에 가까웠지만. 백록담의 누나는 정신없이 늘어놓는 이야기를 찰떡같이 알아들었다. 고개도 끄덕끄덕, 맞장구와 리액션도 빠지지 않고 해 줘서 내가 정말로 이해받고 있구나 싶었다. 그녀는 한참 전에 도착한 딸기차와 치아바타를 내 앞으로 밀었다. 나는 손등을 톡 건드리는 찻잔 때문에 다시 가슴이 울렁거렸다.

"원래 나를 깎아내리는 말을 듣는 건 힘들어. 정당하다고 해도 분통이 터지기 마련인데 이유도 없는 헛소리만 들어 왔으니 당연히 힘들지. 싸가지 없는 것들 같으니라고. 어디서 입을 함부로 놀리는 거야. 내가 다 화가 나네."

백록담의 누나는 딸기차를 저으면서 느긋한 어조로 말했다. 그녀의 말은 무슨 뜻인지 제대로 이해가 되기도 전에 위로로 다가왔다.

"요즘 사람들은 얼마나 무례한지, 내가 타고난 내 것을 멋대로 입에 올려. 그러면서도 전혀 미안해하지 않고, 심지어는 그게 무례한 행동이라는 것도 몰라. 그게 얼마나 천박한 일인지 조금이라도 안다면 절대 함부로 입을 놀리지 못할 텐데 말이야."

내용은 직설적이었으나 차분하게 가라앉은 목소리는 전처럼 상냥해서 화를 참 고상하게 낸다는 생각이 들었다. 백록담의 누나는 천천히 치아바타를 두 도막으로 잘랐다.

"거기다 공장에서 찍어 낸 것처럼 천편일률적으로 생기지 않으면 꼭 없는 하자를 만들어 내고, 껍질 외의 다른 건 볼 생각도 안 한단 말이야. 그래 놓고서는 그게 꼭 진실인 양 기세가 등등하니, 정말 기가 막힐 일이야. 정보와 지식은 날이 갈수록 풍부해지는데 사람들은 점점 더 천박해지고 질이 떨어져. 진창도 이런 진창이 없지. 어쩌다 세상이 이렇게 됐지? 아주 진흙탕이 됐어."

진심으로 안타깝다는 듯이 절레절레 흔드는 고갯짓은 여자의 확고한 신념을 보여 주는 것 같았다. 나는 부드럽게 쏟아지는 신랄한 말에 묘한 감동을 느꼈다. 백록담의 누나는 내가 벙찐 표정으로 자신을 올려다보는 것과는 상관없이 태연하게 말을 이어갔다.

"있잖아, 너 말이야. 안 못생겼어. 그리고 그런 무례한 사람들이 휘두르는 대로 더러운 물에 몸을 담글 필요 없어."

"누나. 찬욱 형 전화 온다. 1절만 하고 끝내라."

그녀의 꽃잎 같은 손이 내 손을 꽉 잡는 순간, 백록담이 징징 진동이 울리는 핸드폰을 들고 불쑥 끼어들었다. 여자는 발신자를 확인하고는 빙긋 웃었다. 따뜻한 미소였다.

"그래, 이 이야기는 나중에 다시 하자. 원할 때 언제든지 들러. 오드리랑 햇반이 보고 싶을 때 와도 괜찮고. 아, 그리고 이건 내 명함."

넙죽 명함을 받았다. 명함엔 보라색 같은 붉은색으로 '백유담'이라는 이름이 프린트 되어 있었다. 그녀는 전화를 받으며 스태프룸으로 들어갔다. 빈자리에는 백록담이 앉았다.

"어휴, 기껏해야 카페 사장이 명함은 왜 만들어서."

대신 민망해하는 기색이 역력했다. 하지만 기껏 카페 사장이라고 하기에는 카페가 몹시 크고 독특했다. 따뜻한 조명과 나무 테이블, 원목으로 둘러싼 것 같은 갈색 벽, 테이블마다 올린 예쁘고 향긋한 꽃들까지…. 카페는 정말 훌륭했다. 게다가 그 넓은 공간을 책이 가득 꽂힌 서가와 오드리 헵번의 사진으로 채운 것은 참 좋은 발상이었다. 또, 고양이 두 마리는 분명히 사람들의 마음을 끌 것이다. 심지어 복층이다. 2층 공간은 어떻게 되어 있는지 모르지만, 그곳도 훌륭하리란 걸 짐작할 수 있었다.

"이 정도 카페라면 명함 정도는 있어도 될 것 같은데…."

단언컨대 혼잣말이었다. 백록담에게 항의하려는 의도는 전혀 없었다. 그러나 백록담은 의외라는 듯이 눈을 깜빡이더니,

"그새 우리 누나 편 됐어?"

하고 물었다.

"네?"

"너 엉엉 우는 거, 영문도 모르면서 달래 준 게 이번이 두 번째다. 편을 들려면 내 편을 들어야지."

백록담은 제 누나가 남긴 치아바타를 대신 베어 물면서 말했다. 우물우물 움직이는 입이나 가볍게 말하는 어조에는 장난기가 느껴졌다.

뭐라고 할 말이 딱히 없어서 그냥 손만 꼼지락거렸다. 그러다가 문득, 오늘 여기까지 데려와 준 게 참 감사하다는 생각이 퍼뜩 들었다.

"저… 오늘 고맙습니다."

당연한 말인데도 뱉어 놓고 나니까 괜히 귀가 화끈거렸다. 백록담에게서는 아무런 대답이 없었다. 힐끔, 얼굴을 보니 웃는 것도 아니고 그렇

다고 정색한 것도 아닌 이상한 표정으로 날 보고 있었다. 갑자기 얼굴이 더욱 화끈거려서 괜히 "오드리, 오드리~" 하고 오지 않는 고양이를 부르며 일어났다. 뒤에서 백록담이 으하하하, 폭소를 터뜨렸다. 순간, 가슴이 몹시 뛰었다.

백유담 언니에게 과분할 정도로 대접을 받고 카페를 나설 때 즈음 문득 교실에 덩그러니 남겨져 있을 내 책가방이 생각났다.

'아… 가방!'

누가 훔쳐가지는 않았으려나 슬그머니 걱정이 되었다. 하는 수 없는 일이었다.

"저 왔어요."

다사다난한 하루였다. 그래도 하루의 끝이 나쁘지 않아서 다행이다. 집에 들어가자 엄마가 놀란 토끼 눈을 하고 나를 맞았다.

"너 오늘 오후에 어디 갔었어!!"

담임 선생님이 집에 연락했을 거였다. 핸드폰에 부재중 통화가 무려 여섯 통이 찍혀 있었다. 하긴, 전화할 만도 하지. 애가 가타부타 말도 없이 교실에 가방만 덩그러니 남겨 놓고 사라졌으니. 내일 교무실에 불려 가서 얼마나 꾸중을 들을지 빤히 예상이 되었다.

"너 엄마가 얼마나 걱정했는지 알아?? 전화도 안 받고!"

"내가 뭐 초등학생 어린애예요? 그냥 그러려니 하고 말지 뭘 그렇게 걱정을 해요."

"학교에 가방만 놓고 사라졌다는데 어떻게 걱정을 안 해!"

"아, 그냥 그럴 만한 일이 있었다고!! 이럴 땐 그냥 모른 척해 주면 안 돼요?!"

짜증이 치밀어서 빽 소리를 질렀다. 엄마의 심정을 모르는 건 아니었다. 엄마가 얼마나 애타는 마음으로 나를 기다렸는지 정도는 나도 안다. 하지만 난 지금 엄마의 감정까지 이해할 만큼 여유 있는 상태가 아니다. 엄마는 할 말을 잃은 듯이 입을 멍하니 벌렸다. 그렇잖아도 큰 눈이 더욱 커졌다. 그 눈에 스치는 걱정의 기색을 보기 싫어서 고개를 돌렸다. 엄마는 잠시 감정을 가라앉히고 힘이 빠진 목소리로 말했다.

"네 친구… 그 누구니, 승아? 걔가 가방 가져다 놓고 갔다."

김승아가 가방을 가져왔다고?

순간 괘씸한 마음과 그리운 마음이 동시에 들었다. 내 방 침대에 놓인 빨간 가방은 그럴 리 없는데도 외로워 보였다. 가방 앞주머니가 살짝 열려 있었다. 그 틈에는 노란 편지봉투가 보란 듯이 꽂혀 있었다. '승아가 미인이에게…' 라는 동그란 글자가 마음을 몽글몽글하게 만들었다.

To. 미인

나야, 승아.

일단 이것 먼저 말하게. 정말 정말 정말 미안해. 진짜 미안해.

내가 잘못했어 미인아.

그냥 난 좀 무서웠어. 알잖아 나 정말 핵소심 스타일인 거. ㅜㅜ

김미나도 무서웠고, 모두가 선망하는 정하얀 반대편에 서는 것도 무서웠어.

알아, 나 완전 찌질하고 의리 없는 거. 미안해.

근데 미인아, 만약에 니가 용서해 주면, 나 그냥 너랑 다시 잘 지내고 싶어.

내 마음은 그래. 그리고 오늘 식당에서 정하얀이 너한테 식판 엎는 거 봤어.
나 정하얀이 니가 전학생한테 집착하는 것 같다고 얘기할 때 안 믿었어.
정말이야. 내가 너 피했던 건 (진짜 내가 나쁜 년이야. 미안해.)
그 얘길 믿어서가 아니라 걔네가 무서워서 그랬던 거야.
그리고 오늘도 도와주지 않아서 미안. 혹시라도 니 마음이 풀린다면
다시 잘 지낼 수 있을까? 답장 기다릴게, 미인아.

승아. 김승아. 사실 엄청 오래된, 깊은 친구는 아니었다. 그냥 2학년이 시작된 첫날, 근처에 앉은 애가 승아였고, 어쩌다 이야기를 하다 보니 마침 둘 다 동물에 관심이 많고 좋아하는 가수도 겹쳐서 말이 잘 통했다. 그러다가 우린 친해졌고, 한두 번 서로의 집에 놀러가기도 했다. 승아는 본인의 말대로 엄청 소심하고 얌전한 성격이었고, 애가 착하고 귀여웠다. 내성적인 아이들 특유의 오밀조밀한 귀여움과 상냥함이 있는 따뜻한 애였다. 나는 그런 김승아가 좋았다. 그러니 한 번쯤은….

"흥, 비겁한 기지배."

난 그렇게 말하면서도 편지를 가슴에 올렸다. 그래, 김승아가 날 피한 건 딱히 배신이나 어떤 나쁜 의도는 아니다. 그 애는 그냥 겁이 났을 뿐이다, 나처럼. 어쨌거나 지금 무서운 걸 무릅쓰고 다시 잘 지내 보자고 제안하고 있다는 건 또 기특한 구석이 있었다.

"한번 봐줄까?"

아직 체육복에 붙어 있는 고양이 털을 보니, 정말 한 번쯤 봐줘야겠다는 생각이 들었다.

아침에 일어났을 때, 어쩔 수 없는 긴장감은 있었지만 기분은 괜찮았다. 좀 긴장이 되는 것 빼고는 무난했다. 카페에서 바닐라 라테를 텀블러에 받아 등교한 것까지도 좋았다. 문제는 교실 문 앞에 선 순간이었다.

잠시간 눌러 뒀던 불안감이 들썩였다. 심장이 쿵쿵거렸고, 손이 차가웠다. 숨을 깊게, 여러 번 들이쉬고 나서야 문을 열 수 있었다.

일순 조용해지는 분위기는 예상했던 것이었다. 김미나의 이죽거림도 익숙한 패턴이었다. 생각하지 못했던 건, 풀이 죽은 얼굴로 주춤주춤 다가오는 정하얀이었다. 아무리 그래도 어제 나한테 국을 엎어 놓고 이렇게 뻔뻔하게 바로 낯짝을 들이밀 거라고는 생각지 못했다.

"미인아… 어제 잘 들어갔어?"

나는 대꾸하지 않았다. 정하얀은 기어들어 가는 목소리로 덧붙였다.

"어제 너 그렇게 가 버려서 걱정했어. 어제 일은 진짜 미안해…."

미치도록 불편한 상황이었다. 사근사근하게 웃으면서 "아니야, 괜찮아"

할 수도 없었고, 그렇다고 "이 사이코야!" 하고 버럭 소리 지를 용기도 없었다. 정하얀은 그 맑은 눈으로 정말 용서를 구하듯이 나를 보았다. 그 순간, 교실 문 앞에서 어쩐지 가엽고 작은 목소리가 틈을 파고들었다.

"저기… 미인아. 담임 선생님이 교무실로 오래…."

김승아였다. 핏기가 가신 얼굴로 간신히 버티어 서서 승아가 나를 재촉했다.

"빠, 빨리 오라고 하시던데…."

어제 말도 없이 땡땡이를 쳤기 때문이 분명했다. 원래대로라면 교무실에서 떨어질 불호령이 겁나서라도 덜덜 떨었을 텐데, 지금은 그 덕에 답답한 분위기를 뚫고 교실을 나갈 수 있어서 다행이라는 생각만 들었다. 김승아는 교무실로 가는 내 뒤를 어색하게 따라왔다.

"미인아, 잠깐만!"

"왜??"

"교무실 안 가도 돼."

"응?"

"오다가 담임 쌤 만나긴 했는데, 처음에 교무실로 오라고 하셨다가 시간 촉박하다고 그냥 이따 부른다고 하셨어."

그럼 왜 거짓말을 했어? 라고 물어볼 정도로 멍청하진 않았다. 저 소심쟁이가 아무리 선의라고는 해도 거짓말을 하기란 쉽지 않았을 것이었다. 그런데도 날 위해 선의의 거짓말을 해 준 게 고마웠다. 약간이나마 남아 있던 이전의 서운함이 모두 가시는 기분이었다.

"아… 고마워."

승아는 수줍게 웃었다.

나는 승아 말대로 이후의 수업시간 중에 담임한테 불려갔다. 선생님은 팔짱을 낀 채로, 나를 쭉 훑어봤다.

"니가 어린애야?"

나 때문에 부장 선생님한테 혼이라도 났을까? 담임의 목소리는 잔뜩 비틀려 있었다.

"친구가 실수로 식판 좀 엎었기로서니 가방도 두고 땡땡이를 치는 게 말이나 돼?!! 정신 차려, 너 초등학생 아니야. 내일 모레면 성인인데 이게 뭐하는 태도야?!!"

갑자기 불호령이 떨어졌다. 큰 소리에 놀라서 움찔했지만 나도 심술이 났다. 선생님, 그거 정하얀이 일부러 그런 거라고요, 라고 말하고 싶은 마음이 굴뚝같았다. 그러나 지금까지의 경험으로 미루어 볼 때, 그렇게 말한다면 오히려 내가 더 욕을 먹을 게 분명했다.

그 뒤로는 선생님이 무슨 말을 하든 귀에 들어오지 않았다. 내가 멩하게 있자, 선생님은 제 분에 못 이겨서 책상을 쾅쾅 쳤다. 결국 나는 반성문 다섯 장을 자필로 꼼꼼하게 써 오라는 벌을 받았다.

실컷 혼이 나고 교실로 돌아갈 때쯤엔 이미 쉬는 시간이었다. 승아는 터덜터덜 들어오는 내 눈치를 살폈다.

"미인아, 매점 갈래? 내가 카카오빵 사 줄게."

딴에는 위로였을 것이다. 딱히 빵이 먹고 싶지는 않았지만 그게 고마워서 고개를 끄덕였다. 꼭 시비를 걸고 싶은 것처럼 나를 쳐다보는 김미나 때문도 있었다. 승아가 지갑을 챙겼다. 교실을 나가려는데 아니나 다를까, 김미나가 발목을 잡았다.
"박미인 어디 가냐?"
"매점 가는데."
"아 진짜? 정말 매점 가? 전학생 스토킹하러 가는 건 아니고?"
김미나 말이 끝나자 반 애들 몇 명이 픽 웃었다.
승아는 어찌 할 바를 모르고 바들바들 떨었다. 어쩌면 지금쯤, 나랑 다시 잘 지내기로 한 걸 후회하고 있을지도 모른다. 나는 무의식적으로 김한솔을 찾았다. 늘 서글서글하게 웃는 낯으로 싸움과 시비를 말리던 올바른 반장은, 오늘은 그저 난감한 표정으로 이쪽을 우두커니 바라볼 뿐이었다. 항상 그 애를 보고 설레던 내 마음이 바닷가 모래성 부서지듯 내려앉았다.
"가자, 승아야."
나는 그냥 이 상황에서 도망가기로 했다. 내가 잘못한 것은 하나도 없었지만 그게 최선인 것처럼 보였다. 그러나 내가 문을 열기 전, 교실 문이 먼저 드륵 열렸다. 불쑥 들어온 사람은 우리 반 학생이 아니었다.
"아, 찾았다."
말끔하게 웃는 얼굴이 날 내려다보았다. 아무런 악의도 없고, 그 어떤 편견이나 판단도 없는 맑은 눈이 진심으로 나를 반가워하고 있었다.
"저번에 9반이라고 했던 것 같아서 무작정 찾아와 봤는데 다행이다. 너 번호를 모르더라고, 내가."
그거야 당연하다. 나한테 번호를 물어본 적도 없고, 나도 백록담이 내 번호를 궁금해하리라고는 생각해 본 적이 없으니까. 게다가 어제서야 말을 좀 섞은 정도였다.

"아… 번호요?"

멍청한 대답이었다. 백록담은 대수롭지 않다는 듯이 응, 했다.

"백유담이 너한테 관심이 많더라고. 너 번호 좀 알려 달래."

"그 … 누나가요?"

그쪽 누나가요? 라고 묻기에도 너무 딱딱했고, 오빠네 누나가요? 라고 묻자니 또 너무 친근했다. 대충 얼버무린 것을 다 안다는 듯, 백록담은 가볍게 고개를 끄덕였다.

"응. 그것도 그렇고, 이왕 이렇게 엮인 마당에 친구하자 싶기도 하고."

친구. 그 말 또한 얼마나 편견이 없고, 판단도 없는 말인가. 백록담의 입에서 나온 친구라는 말 한마디에 내 기분은 최악에서 그냥 보통의 나쁨 정도로 바뀌었다. 사실은 거의 '좋음'까지도 올라갈 뻔했는데 그러지 못한 것은 경악에 가득 찬 반 애들의 시선 때문이었다. 나는 그 속에서 손을 바르르 떨며, 백록담이 내민 핸드폰에 내 번호를 찍었다.

"고마워. 아, 어디 가려던 거 아니야?"

"아, 네. 매점 가려고요."

"그래? 온 김에 같이 가자."

마침 배고팠는데, 하고 덧붙이는 말은 방금까지의 교실 분위기와는 너무도 다르게 산뜻했다. 나는 지금 이 상황이 믿기지 않고 당혹스러워서 승아를 쳐다보았다. 승아도 다른 애들과 마찬가지로 눈을 휘둥그레 뜨고 빳빳하게 굳어 있었다. 심지어 얼굴이 하얗게 질리기까지 했다.

우리는 얼떨결에 셋이서 함께 교실을 나왔는데, 매점까지 가는 내내 묘한 시선이 들러붙었다. 때로는 직접적인 말이 귀에 꽂히기도 했다. 대개는 '어떻게 저 전학생과 이름만 미인인 애가 함께 있느냐'는 것이었다. 나는 그런 말들이 백록담에게도 들릴까 봐 조마조마했다. 그러나 백록담은 전혀 듣지 못한 것처럼 제 할 말을 하고, 또 우리말에 대꾸했다.

빵을 하나 들고 교실에 들어와서야 문득, 백록담에게 고맙다는 말을 하지 못했다는 게 생각났다. 내가 고맙다고 말해 봤자 대체 뭐가 고마운 것인지 모를 테지만.

'나중에 카톡 보내야지.'

이젠 번호도 아는 사이니까.

나는 괜히 미소가 그려지는 입가를 억지로 내리눌렀다. 카카오톡 친구 목록에 뜬 '백록담'이라는 이름이 기분 좋았다. 프로필 사진은 자기 사진이 아니라 외국 축구선수였고, 상태 메시지는 비어 있었다. 그게 꼭 백록담 성격을 나타내는 것 같아서 재밌었다.

'참 좋은 사람이야.'

나는 무심코 생각하다가 문득 이건 좀 스토커 같다는 생각이 들어서 가슴이 서늘해졌다. 하여간 정하얀 이 기지배, 말도 안 되는 소문을 만들어서는….

입을 댓 발 내밀면서 슬쩍 정하얀을 흘겨보려는 차였다. 나는 미처 그 애를 똑바로 쳐다보지 못하고 고개를 즉시 되돌렸다. 정하얀이 무표정한 얼굴로 나를 보고 있었기 때문이었다. 이전에는 꼭 봄처럼 따뜻하다고 생각했던 정하얀의 큰 눈이 오늘은 죽은 생선의 눈처럼 무서웠다. 나는 다시 정하얀을 돌아보지 않았다.

내 번호를 물어봤다던 백유담, 그 언니한테서 연락이 온 건 금요일 저녁 한창 아르바이트를 하고 있을 때였다. 일을 하고 있는 중이기도 했고, 모르는 번호로 온 전화라서 받지 않았는데 잠시 후 카톡이 왔다.

안녕? 나 저번에 카페에서 봤던 담이 누나야

지금 통화 어렵니?

번호를 알려 주긴 했지만 진짜로 연락이 올 줄은 몰랐기 때문에 난 좀 당황스러웠다.

아 제가 지금 알바중이라서요

끝나고 톡 드릴게요~

일단은 이렇게 답톡을 보냈다. 또 한참을 바삐 일하고 나서 약간 짬이 나길래 핸드폰을 확인했는데 의외의 카톡 메시지가 전송되어 있었다.

응 그래그래. 뭐 별다른 건 아니고…

너 성형 비용 모으느라 고깃집에서 아르바이트하고 있다고 했잖아

시급 좀 더 쳐줄 테니까 우리 카페에서 아르바이트할 생각 없니?

나는 하마터면 손에 든 핸드폰을 떨어뜨릴 뻔했다. 기쁘거나 싫어서가 아니라 너무 당황해서였다. 그 카페에서 일을 한다고? 상상만으로도 좋았다. 그 가게는 넓고, 예쁘고, 귀여운 고양이가 두 마리나 있고, 카페 사장인 백유담 언니도 사람이 되게 좋은 것 같고… 그리고 그 가게에 가면 백록담도 볼 수 있을 테니까.

"뭐라는 거야, 박미인."

무심코 머리를 스친 생각은 퍽 염치가 없었다. 누가 그 생각을 알기라도 할까 봐 나는 퍼뜩 고개를 흔들어 생각을 지웠다.

'카페에서 일하면 좋지. 여기처럼 고기 냄새도 안 나고, 분위기도 따뜻하고, 마음도 더 편하고….'

역시 매력적인 제안이었다. 나는 더 생각할 것도 없이 스마트폰 키패드를 꾹꾹 눌렀다.

정말요…? 시켜 주시면 너무 감ㅅ

그런데 문장을 완성시키기 전, 문득 오래전 일이 머리를 스쳤다. 손이 저절로 멈췄다.

'아… 짜증나게. 하필이면 그런 생각이 나고 난리람.'

아마 작년이었을 것이다. 나는 그때도 성형 비용을 마련해 보겠다는 일념으로 아르바이트를 찾아다녔다. 학생이 할 수 있는 일이 많지가 않아서 잘 구해지지가 않았는데, 마침 집에서 10분 정도 거리에 있는 큰 카페에서 아르바이트생을 급히 구한다고 공고를 냈다. 카페에서 미성년자를 쓰려고 하진 않을 거라는 걸 알고 있었다. 하지만 바리스타가 꿈이라는 둥, 커피를 배워 보고 싶다는 둥 이런저런 말을 갖다 붙이면 고려해 주지 않을까 생각했었다. 고작해야 전단지 아르바이트, 스티커 붙이기 같이 단순 노동 이력을 쓴 이력서를 덜렁덜렁 들고 카페를 찾아갔을 때, 생각보다 젊은 남자였던 사장님은 어이가 없다는 얼굴로, 짜증이 묻어나는 말투로 툭 물었다.

"아직 학생이죠?"

"네…."

"학생 안 써요."

"저 진짜 일 금방 배워요. 그리고 제가 원래 커피에 관심이 많아서…."

"안 쓴다니까."

잡상인을 대하는 것 같은 단호함이었다. 결국 나는 초라한 이력서를 들고 다시 돌아설 수밖에 없었는데, 뒤에서 알바생 한 명이 사장에게 말하는 소리가 들렸다.

"사장님, 지금 일손도 급한데 그냥 한 타임만이라도 쓰시죠."

괜히 희망이 생겨서 일부러 발걸음을 느리게 한 게 실수였다. 듣지 않아도 될 말까지 듣고 말았으니 말이다. 사장은 혀를 쯧 차면서 말했다.

"학생인 건 둘째치고 아, 이왕이면 예쁜 사람이 만들어 주는 커피가 맛있지 않겠냐. 동네 장산데 그런 세심한 것도 신경을 써야지."

그날 집으로 돌아가서 문을 잠그고 엉엉 울었던 기억이 난다. 그래, 이왕이면 용모가 빼어난 사람이 만들어 주는 것이 더 맛있겠지. 나도 모르게 그렇게 수긍하면서, 나는 커피 한 잔도 만들 수 없는 사람이구나 하고 더 울어 버렸던 기억이 아직도 아팠다.

네, 감사합니다

일단은 좀 생각해 볼게요

나는 처음에 쓰던 말을 지우고 새로 써서 답톡을 보냈다. 잠시 후, 또 톡이 왔다.

응응 그럼 내일 가게 들러 봐

어떤 일을 하는지 한번 보고 생각하는 게 더 좋지 않을까?

오드리랑 햇반도 너 기다리고 있어~

그것까지 생각해 본다고 하기는 좀 그랬다. 고양이 두 마리도 보고 싶었다.

"그래… 마침 토요일이니까 내일 한번 가 보자."

알겠다고 답톡을 보냈다. 언니는 웃는 얼굴의 이모티콘을 답장으로 보내 주었다.

다음 날 오전에 '미인의 법칙'을 다시 찾았을 때는 오히려 약간의 불안함, 긴장감 같은 게 느껴졌다. 나는 카페 문을 밀기 전, 괜히 가슴으로 크게 호흡했다.

"안녕하세요."

카운터에는 유담 언니가 아니라 낯선 아르바이트생이 있었다.

"아… 저, 유담 언니가 오라고 해서요."

"유담 언니요? 아… 잠시만요."

유담 언니에게 전화를 걸고 온 아르바이트생은 언니가 지금 백록담이랑 잠깐 동물병원에 갔다고 전했다.

"15분 정도만 기다리시래요. 뭐 드실래요? 사장님이 돈 받지 말고 주문받으라고 하시네요."

나는 괜찮다고 하려다가 아르바이트생이 아주 귀찮은 표정을 하고 있는 게 거슬려서 일부러 주문을 해 버렸다.

"바닐라 라테 아이스 주세요."

카페 구석 자리를 차지하고 앉아서야 비로소 오드리와 햇반이 없다는 걸 알아차렸다. 동물병원에 갔다는 게 아마 그 고양이 두 마리 때문이었던 것 같다. 백유담 언니와 백록담은 정확히 15분이 지나가는 순간에 들어왔다. 백록담의 양손에는 오드리와 햇반이 들어 있는 동물용 이동식 캐리어와 사료 한 포대가 들려 있었다.

"오드리랑 햇반도 없어서 기다리기 심심했겠다. 톡이라도 하고 오지."

"에이, 아니에요. 카페가 너무 예뻐서 구경하면서 기다렸어요."

유담 언니는 카페가 예쁘단 말에 만족스럽게 웃었다. 카페에 대한 자부심이 느껴졌다.

유담 언니와 백록담은 카페의 전반적인 업무와 공간을 쭉 소개해 주었다. 1층 평수만 70평인 이 넓은 공간에는 커피와 디저트를 즐기는 공간과 다양한 책들이 꽂혀 있는 서재형 공간이 제법 조화롭게 구성되어 있었다. 카페 이름이 왜 미인의 법칙인가 싶었는데, 그건 다분히 사장님의 취향에 의한 것이었다. 나는 벽면에 적당히 장식되어 있는 오드리 헵번의 사진이 카페 이름과 관계가 있을 거라고 추측했다.

"자, 어때? 여기서 일하고 싶은 생각이 막 샘솟지 않니?"

"네?"

"아르바이트 말이야. 내 설명을 들으니까 의욕이 생기지 않느냐고."

언니의 표정은 자신만만했고 생기로 가득 차 있었다. 통통한 두 뺨이 보기 좋게 웃고 있었다. 옆에서는 백록담이 애한테 부담 주지 말라고 핀잔을 주었다. 나는 뭐라고 대답해야 할지 몰라 괜히 손을 꼼지락거렸다.

"저… 카페는 너무 예쁘고, 언니도 너무 좋아서 꼭 일하고 싶은데요…."

"응, 그런데?"

언니는 약간 의외라는 듯이 되물었다. 나는 다시 힐끔 카페를 훑어보았다. 따뜻한 오두막 같기도 하지만 굉장히 넓어서 아늑하게 만들어 놓은 큰 펜션 같기도 했다. 어쩌면 카페가 너무 예쁜 탓에 더 자신감이 사그라드는 걸지도 모른다.

"근데 제가 여기서 일하면 카페에 피해가 갈 것 같아서요."

"그게 무슨 말이야??"

정말로 영문을 모르겠다는 듯이 물은 것은 백록담이었다. 햇반을 쓰다듬던 손도 멈추고 나를 빤히 보았다.

"커피는… 예쁜 사람이 만들어야 더 맛있다고…."

누가 그래서요, 하고 뒷말은 거의 삼키다시피 했다. 눈이 괜히 땅으로 향해서 두 사람의 표정을 볼 수는 없었지만 싸한 침묵 때문에 둘 모두 굉장히 어이없어하고 있다는 걸 알 수 있었다. 괜히 말했나, 그냥 지금 하고 있는 일이 익숙해서 편하다고 할걸 그랬나, 후회를 하고 있는데 백록담이 쯧, 혀를 찼다.

"지랄. 그럼 맛있는 음식은 죄다 잘생기고 이쁜 사람이 만들었냐? 내가 제일 좋아하는 건 초등학교 앞 분식집 할머니가 만들어 준 떡볶인데 무슨. 옛날부터 요리는 정성이라고 했어. 무슨 먹는 거에다 얼굴을 들먹여."

백록담은 기가 차다는 듯 씩씩거렸다. 나는 괜히 찔려서 더 고개를 숙였다.

[딱!]

"아!!!"

이마가 띵했다. 백록담이 손으로 내 이마를 딱콩, 튕긴 것이다. 눈썹 사이를 가볍게 찡그린 채였다.

"야, 쓸데없는 생각 하지 마."

눈썹과 미간을 찡그린 얼굴은 한층 더 투박해 보였다. 그런데도 왠지 겁이 난다기보다는 얼굴이 화끈했다. 얼굴을 감추려고 재빨리 이마를 문질렀다.

"너는 왜 애를 때리고 그러니?"

"누나, 이게 때린 거냐? 이게 이상한 생각을 하니까 타이른 거지."

유담 언니는 내 이마를 가만히 살펴봤다. 호, 닿는 입김이 따뜻했다. 언니가 내 눈을 마주 봤다.

"그래, 이상한 생각이라는 데에는 백 프로 동의한다. 미인아, 너도 그런 말 같지도 않은 소리에 괜히 마음 쓰지 마."

"네에…."

내가 들어도 자신 없는 대답이었다. 그러나 언니는 개의치 않고, 말투를 바꿔서 활기차게 말했다.

"그럼, 언제부터 일할래?"

"네?"

"아르바이트할 거잖아."

"그야, 뭐…."

카페 주인이 괜찮다는데 나야 거절할 이유가 없기는 했다. 난 잠깐 백록담과 유담 언니의 눈치를 보다가 고개를 끄덕였다. 나한테는 더할 나위 없이 좋은 자리였다.

아르바이트를 하는 걸로 결정이 나자 언니는 들뜬 목소리로 2층을 보여 주겠다고 했다. 계단을 또각또각 올라갈수록 좋은 냄새가 났다. 커피 냄새는 아니었고, 향수나 샴푸 냄새 같은 것이었다.

"2층은 분위기가 좀 다를 거야."

그랬다. 2층은 분위기가 달랐을 뿐 아니라 취급하는 종류도 완전히 달랐다. 음료를 마시기 위한 테이블과 의자가 놓여 있기는 했지만 이 공간의 주목적은 그게 아닌 듯했다.

"우아-."

연달아 늘어선 화장대와 수많은 종류의 화장품들이 시선을 사로잡았다. 크기와 종류가 다양한 고데기와 각종 부분 가발들과 기능이 좋아 보이는 헤어 드라이기가 깔끔하게 놓여 있었고, 직원만 들어갈 수 있는 바 안쪽으로는 이런저런 액세서리가 든 커다란 아크릴 케이스가 여러 개 있었다. 2층의 아르바이트생들 역시 1층과는 분위기가 달랐는데 나이도 더 많아 보였고, 커피나 디저트를 만들 것 같은 느낌은 아니었다. 예쁘게 모양을 낸 머리나 과하지 않게 꾸민 손톱에서 뷰티 매니저 같은 분위기가 풍겼다.

"요즘 퓨전카페가 유행이잖아. 미인의 법칙은 뷰티숍과 카페를 합친 곳이라고 보면 돼."

목소리에서 자부심이 느껴졌다. 테이블에 앉아서 직원에게 이런저런 상담을 받고 있던 손님들이 이쪽을 힐끔 바라보았다.

"음료 마시고 수다나 떨러 왔다가 온 김에 화장법도 배우고 메이크업도 받고. 그런 느낌? 바쁘고 돈 없는 요즘의 20대 여자들에게 안성맞춤이라고 생각해."

그럴듯했다. 나처럼 꾸미는 일에 그다지 재주가 없는 사람이라면 꼭 들르고 싶은 카페였다. 계속 설명을 이어 나가는 언니의 양 뺨은 발그레하게 물들어 있었다. 보는 사람까지 기분이 좋아지는 표정이었다.

"모든 사람은 다 매력이 있어. 그걸 조금만 끄집어내 줘도 정말 멋있어지지. 특히 자기가 얼마나 괜찮은 사람인지 깨달을 때! 그때야말로 사람이 진짜 멋있어지는 순간이지. 겉모습을 가볍게 다듬는 건, 음, 그걸 위한 동기유발 같은 거라고 할 수 있어."

백록담은 방방 떠 있는 언니를 보면서 고개를 절레절레 흔들었지만 난 그럴듯한 말이라고 생각했다.

1층으로 내려온 즉시 근로계약서를 썼다. 미성년자라서 엄마랑 통화까지 마치고 나서야 채용이 완료되었다. 시급은 최저보다 1,000원 더 많았다. 성실하게 일해 달라는 뜻에서 최저보다 조금 더 쳐주는 방침으로 가고 있다고 했다. 다음 주 토요일부터 정식으로 시작하기로 하고, 백록담과 함께 카페를 나왔다. 나는 잠깐 서서 카페의 1층, 2층을 가만히 훑어보았다. 모든 사람은 다 매력이 있다는 언니의 말이 다시 떠올랐다.

"카페가 좋아?"

백록담이 물었다. 난 가만히 고개를 끄덕였다.

"네. 미성년자가 할 수 있는 아르바이트는 한정적이거든요. 고깃집도 운이 좋아서 들어간 거였고…. 이렇게 멋진 카페에서 일할 수 있다는 게 정말 좋아요."

"아르바이트 많이 해 봤어?"

"중학생 때부터 조금씩요. 전단지 돌리기나… 뭐 그런 거요."

"중학생 때부터?"

백록담은 놀란 표정을 했다. 오해의 소지가 있는 것 같아서 나는 얼른 손을 내저었다.

"아니요, 아니요. 중학교 1학년부터 쭉 그런 건 아니고요. 3학년 방학 때 가끔 한 거예요."

"왜 그렇게 일찍부터 아르바이트를 했어?"

곤란했다. 성형 비용을 모으느라 중학생 때부터 아르바이트를 알아봤다고 하기는 뭔가 좀 부끄러웠다. 내가 못생겼다고 시인하는 기분이라서 싫었다. 그야 물론, 유담 언니한테는 내 돼지저금통 '성형미인'에 대해서도 다 얘기했지만 어쨌거나 그때랑은 대상이 다르고, 분위기도 다르다.

"그런 게 있어요."

"뭔데."

"말하기 좀 그래요."

"아, 혹시…."

아차 싶은 표정이었다. 곤란한 듯 말끝을 흐리는 걸 보니 아무래도 집안 형편이 어려운 게 아닐까, 생각하는 모양이었다.

"돈 모아 본 적 없어요?"

나는 슬쩍 다른 말로 길을 틀었다.

"있지. 그냥 용돈 모으는 수준이었지만 한때 복싱에 빠져 가지고 체육관 등록비 모으고 그랬거든."

"복싱요?"

왠지 어울리네, 생각하고 있는데 백록담이 불쑥 물어 왔다.

"너는?"

"네?"

"너는 뭐에 관심 있느냐고."

아, 나는 예전부터 동물이 좋았다. 그래서 가끔 수의사가 되면 어떨까 하는 생각을 하곤 했다.

"저… 수의사요."

백록담은 오, 수의사? 하고 되물으면서 흥미를 보였다.

"멋있다, 수의사. 동물 좋아하나 보네."

"동물은 사람의 내면만 보잖아요."

얼굴이 못생겼다고 해서 함부로 물거나 피하지 않는다. 내가 예뻐하고 착하게 대하면 반짝반짝 빛나는 눈으로 날 가만히 올려다봐 준다. 손을 피하지 않고 달라붙어 온다. 이름을 부르면 반갑게 뛰어오고 낯을 가리거나 도도한 애들도 알은체는 해 준다. 나한테 끔찍한 화상이나 흉터가 있어도 동물들은 거리끼지 않을 것이며, 혹여 내가 눈 돌아갈 만큼 예쁘거나 아니면 누구나 눈을 피할 만큼 못생겼더라도 '나'를 보는 데에는 아무런 상관이 없을 거였다. 그게 좋다. 나는 그래서 동물이 사랑스럽다.

백록담은 아무런 대답도 하지 않았다. 그게 너무 어색해서 힐끔 그를 올려다보았다. 두 눈이 나를 빤히 보고 있어서 당황스러웠다.

"왜요…?"

"아니, 아니야."

백록담은 기분 좋게 웃었다. 나는 무심코 가슴께에 손을 올렸다. 눈을 가늘게 뜨고 숨김없이 죽 올라간 입술이 청명했다. 그건 참 보기 좋은 웃음이었다.

café

나는 다른 무엇보다도 정하얀의 착한 척에 신물이 났다. 심심할 때마다 툭툭 건드리는 김미나의 시비나 조롱보다도, 노골적으로 티를 내지는 않지만 은연중에 날 꺼려하는 듯한 반 애들의 분위기보다도, 정하얀의 착한 척이 더욱 끔찍했다.

"미인아, 이것 좀 먹어 봐."

종이봉투에 포장된 마들렌이었다. 최근에 취미로 제빵을 시작했다면서 반 아이들에게 나눠 주던 것이었다. 당장 마들렌을 받지 않으면 저번의 식당 사건처럼 나만 못된 아이로 보일 것이 뻔했다.

바로 그때 핸드폰이 울렸다.

"카톡"

책상에 올려 둔 핸드폰을 정하얀이 먼저 내려다보았다. 액정에 뜬 카톡 메시지를 읽는 그 애의 입꼬리가 눈에 띄게 내려갔다.

줄 거 있는데 지금 너네 반 잠깐 가도 됨?

백록담이 보낸 카톡이었다. 나에게 카톡을 한 것은 이번이 처음이다. 꼭 썸남한테 온 메시지인 듯 짜릿했다. 순간적으로 정하얀은 보이지도 않았다. 만약 정하얀이 나보다 먼저 내 핸드폰을 잡지 않았다면 그대로 정하얀에 대해서 까먹었을지도 모른다.

"정하얀…?"

내 핸드폰을 덥석 잡은 정하얀은 그 액정에 코라도 박을 듯이 핸드폰을 얼굴 가까이로 가져갔다. 그 짧고 간단한 메시지를 그 애는 여러 번 읽었다. 이상한 행동이었다. 나뿐만이 아니라 반 애들이 이상하다고 느낄 만큼.

"야, 정하얀 뭐 하냐? 박미인 핸드폰에 뭐 이상한 거 왔어?"

김미나가 뒤에서 푸핫 웃으며 물었다. 정하얀은 멍한 얼굴로 김미나를 돌아봤다. 처음 보는 표정이었다. 순간적으로 어디에 넋을 빼놓은 것 같기도 했고, 그 애의 가면이 벗겨진 것 같기도 했다.

"야, 너 왜 그래… 좀 이상하다?"

김미나가 애써 웃으며 정하얀의 어깨를 툭 쳤다. 그제야 정하얀은 아, 아아… 하고 잠에서 깬 사람처럼 희미하게 웃었다.

"아니, 별거 아니야. 내가 뭘 좀 잘못 봤어."

"뭐야, 싱겁긴. 뭐 재밌는 거라도 있는 줄 알았네."

김미나가 하하 웃었으나 그 웃음은 어색했다. 정하얀은 뒷수습이라도 하는 것처럼 활짝 웃으면서 날 봤다.

"미안해, 내가 뭘 잘못 봤어. 놀랐지?"

정하얀은 내 책상 위에 핸드폰을 다시 내려놨다. 나는 얼떨떨한 기분으로 백록담에게 답톡을 보냈다. 그사이에 정하얀은 마들렌을 들고 은근슬쩍 김미나네 쪽으로 갔다.

"그래서 핸드폰에 뭐 있었는데?"

"그러게. 뭘 봤길래 표정이 그랬어? 깜짝 놀랐잖아."

정하얀은 곤란한 웃음을 지었다.

"별거 아니야. 요즘 잠을 잘 못 잤거든. 그래서 잘못 봤어. 나중에 얘기해 줄게."

김미나가 뭐야, 지금 말해 줘. 너 진짜 이상하다? 하고 반 장난식으로 웃으며 말했으나 정하얀은 끝까지 대답을 회피했다. 그러던 차에 백록담이 우리 반 교실로 들어왔다.

"박미인."

"무슨 일이에요?"

"이거 주려고."

백록담이 내민 것은 두꺼운 책이었다. '인생을 함께하는 나의 반려동물'이라는 제목이 큼직하게 쓰여 있었다. 제목 아래에는 고양이와 강아지 사진이 동글동글하게 박혀 있었다. 책 귀퉁이는 조금 반질반질했는데 그 때문에 집에서 보던 책이라는 것을 알 수 있었다.

"이게 뭔데요?"

책이 뭔지는 알았다. 무슨 내용인지도 알 것 같았다. 다만, 백록담이 이걸 왜 내게 주는지를 알 수 없을 뿐이었다.

"너 동물을 좋아하는 것 같아서. 우리 누나가 오드리랑 햇반 키우기 시작하면서 샀던 책인데 좀 보는가 싶더니 안 읽더라고. 너 준다고 하고 가져왔어."

"어… 고마워요."

당황스러웠다. 원래 이 사람의 우정은 이런 식인 걸까? 이렇게 불쑥 사람을 놀라게 하고 조금은 떨리게 하는….

단지 책을 하나 선물받는 것뿐인데도 온갖 생각을 다 했다. 혹시라도 그 생각이 얼굴에 드러나지는 않을까, 걱정까지 하면서. 백록담은 가벼운 간식을 던져 주고 가듯 대수롭지 않아했다.

"잘 볼게요. 진짜 고마워요."

"새 책도 아닌데 뭘."

"그래도요…."

"잘 읽어 보고 독후감 써 와. 나 간다."

끝까지 정말 별거 아닌 것처럼 굴었다. 정말로 그에게는 별 의미가 없기 때문일 것이었다.

"대단하다, 정말. 얼마나 쫓아다니면 저렇게 친해지는 거야? 어휴."

백록담이 나가자마자 빈정거리는 말 한마디가 뒤통수를 때렸다. 슬쩍 뒤를 돌아봤으나 누군지 알 수 없었다. 모두가 나는 아니라는 얼굴을 하고 있었다. 그러나 나를 바라보는 눈동자들은 전부 차가웠다.

곧 수업 종이 쳤다.

야자 시간이 끝날 때까지 신경이 곤두서 있었다. 김미나네 애들이 아닌 다른 누군가가 툭 던진 말은 사태의 심각성을 자각하도록 만들었다.

나랑 백록담이 친한 게 (사실 그렇게 친한지도 잘 모르겠지만) 왜 문제가 되는지 모르겠다. 만일 대상이 정하얀이었다면 다들 역시 정하얀이구나, 스무 살 어른한테도 그 매력이 통하는구나, 하고 말았을 텐데 말이다.

그 생각을 하자 기분은 한층 더 땅을 팠다. 잠깐 상상한 정하얀과 백록담의 모습, 둘이 함께 서 있는 그 그림은 상상일 뿐인데도 너무 잘 어울려서 속이 메스꺼웠다.

'그냥 생각을 말자.'

집에 가는 길마저 기분이 나쁘긴 싫었다. 나도 모르게 백록담이 준 책을 꽉 끌어안았다.

"미인아!!"

타이밍 한번 더럽다. 정하얀의 목소리였다. 일부러 못 들은 척했는데 정하얀은 더 크게 내 이름을 연달아 불렀다. 어둑어둑한 길거리에 내 이름이 떠다니는 게 부끄러워서 고개를 돌릴 수밖에 없었다. 정하얀은 환하게 웃으면서 타다닥 뛰어왔다. 집으로 돌아가는 애들 몇 명이 그 애를 힐끔힐끔 돌아봤다.

"미인아, 잠깐만, 하아, 하아…. 내가 뭐 물어볼 게 있어서."

정하얀은 급한 숨을 몰아쉬면서도 우리 사이에 어떤 일도 일어나지 않았던 것처럼 착하게 웃었다.

"뭔데?"

항상 씁쓰름하게 대답을 하고야마는 내가 너무 머저리처럼 느껴졌다.

"응 별건 아니고…."

정하얀은 급한 호흡이 가라앉자 허리를 곧게 펴고 나를 똑바로 바라보았다. 마주친 눈은 어쩐지 방금 전과는 조금 달랐다. 똑같이 웃는 낯이었으나 조금 더 위로 올라간 눈썹 때문에 마치 날 깔보는 것처럼 보였다.

"너 정말 스토킹이라도 한 거야?"

산뜻한 말투라서 무슨 말인지 제대로 들어오지가 않았다. 나는 몇 초가 흐르고 나서야 "뭐?" 하고 되물었다.

"어떻게 쫓아다녔길래 백록담이랑 친구가 됐어?"

"어?"

"아니, 시비 거는 게 아니라 진짜 궁금해서 그래. 이상하잖아."

"이상해? 뭐가…?"

"넌 못생긴 편이잖아."

눈을 동그랗게 뜨고, 진심을 다해서 던진 그 말이 말문을 턱 막았다.

"근데 왜 너한테 필요 이상으로 잘해 줄까? 그게 너무 궁금해. 너 백록담한테 뭘 한 거야?"

"왜 그런 쓸데없는 게 궁금한데?"

무례한 질문을 하면서도 당당한 정하얀과 달리 나는 자꾸만 기가 죽었다. 간신히 한마디 묻자, 이번엔 저쪽에서 잠깐 입을 다물었다. 그 애는 곰곰이 생각하다가 혀를 살짝 빼고 애교스럽게 웃었다.

"에이, 궁금한 데 이유가 어디 있니?"

이쯤 되자 나는 정하얀이 좀 무섭게 느껴졌다. 악의라고는 전혀 찾을 수 없는 해맑은 얼굴과 표정으로 속 긁는 말만 뱉어 내는 게 정상적인 사람이 할 수 있는 일인가? 성격장애라든가 아니면 소시오패스라든가… 여하간 정신병의 일종이 아닐까.

"난 아무 짓도 안 했어. 그리고 내가 백록담을 스토킹한다는 것도 네가 지어낸 헛소문이잖아."

"응? 난 그냥 내가 느낀 바를 얘기한 것뿐이야. 그걸 과장해서 소문을 낸 건 다른 애들이라고."

내가 만약 김미나 그 못된 기지배처럼 겁이 없고 싸가지가 없었다면 아마 정하얀의 머리채를 쥐어뜯었을지도 모른다. 만약 그랬다간 내일 당장 전교에서 왕따가 되고 못생긴 게 성격까지 사이코라는 어마어마한 꼬리표를 달게 되겠지. 나는 최대한 차분하게 말하려고 노력했다.

"난 그 오빠 쫓아다닌 적도 없고, 끼를 부려서 친해진 것도 아니야."

말을 마치고 휙 돌아서는데 정하얀이 내 팔을 덥석 잡았다.

"미인아, 너무 억울해하지 마. 사람들은 원래 야비해서 눈에 보이는 대로 믿고, 눈에 보이는 것만 판단해. 겉모습이 좀 후지면, 그냥 그 사람 자체가 다 후졌다고 생각하거든. 그래서 은근히 깔보기나 한다고."

어딘지 모르게 독한 구석이 느껴지는 목소리였다. 팔목을 잡은 힘은 가늘고 하얀 이 아이와는 전혀 어울리지 않게 강했다. 나는 나도 모르게 다시 그 애를 돌아봤다. 얼굴에는 표정이 없었다. 머리카락이 쭈뼛 섰다. 내가 팔을 비틀어 빼려는 그 순간, 누군가가 다가왔다.

"집에 안 가고 뭐 해?"

정하얀의 얼굴만큼 하얗고 가지런한 손이 정하얀의 어깨를 톡 건드렸다. 김한솔이었다.

"어… 한솔아."

정하얀은 비로소 손에 힘을 풀었다. 이상할 정도로 차가웠던 얼굴에 그린 듯한 미소가 퍼졌다. 정하얀은 그 애만의 귀여운 눈웃음을 지으며 김한솔을 올려다보았다.

"한솔아, 너 먼저 간 줄 알고 일찍 나왔는데."

"아, 교무실에 자습 명단 넘기고 오느라."

"그랬구나."

"너네는 길거리에서 뭐 하고 있었어? 밤인데 빨리 가지."

다정하고 원칙적인 김한솔의 모습을 보는 게 얼마 만이더라. 오랜만에 상냥한 얼굴을 보니 기분이 좋았다. 하지만 식당에서의 표정이 머리를 떠나지 않았다. 이제는 저 애를 쳐다봐도 예전처럼 떨리지 않는다는 게 다행인지, 아니면 불행한 일인지 판단이 되지 않았다.

"응. 잠깐 미인이랑 할 얘기가 있어서. 내가 미인이를 오해하게 만들었거든. 그게 너무 마음에 걸려서 사과하려고…."

사과. 지금까지 나한테 한 말이 사과였다면 이 세상엔 하루에도 수백 건의 범죄 사건이 발생할 거였다. 그러나 나는 구태여 발끈하지 않았다. 사실을 말해 봤자 김한솔은 믿지 않을 것이다.

"알겠어, 정하얀. 한솔이가 너 기다리니까 일단 오늘은 먼저 갈게."

"응. 여튼 진짜 미안해…. 오해 풀렸지?"

눈치를 살피듯이 조심스럽게 올려 뜬 눈은, 내가 보기에도 좀 가여웠다. 그러니 반 애들이 홀딱 속아 넘어가는 것도 당연했다. 나는 억지로, "그래" 하고 대답해 주었다. 김한솔은 내가 먼저 안녕을 말하기 전에 슬쩍 말을 걸었다.

"박미인. 요즘… 괜찮아?"

"뭐가?"

방금 정하얀과 기 싸움을 한 여파인지 말은 무뚝뚝하게 나갔다. 김한솔은 민망한 듯이 코를 찡그렸다. 그러더니 고개를 가볍게 저었다.

"아니야. 그냥."

식당에서 마주쳤던 눈빛에 대한 죄책감 혹은 반장으로서 반에서 일어나는 교묘한 현상을 묵인하는 것에 대한 미안함이었을 것이다. 그러나 곧 '별거 아니야' 하는 식의 대수롭지 않은 기분이 들었겠지.

그 태연한 얼굴을 보자 울컥, 치미는 것이 있었다.

"먼저 가 볼게. 내일 봐. 안녕."

들끓는 감정을 들킬 게 두려워서 획 돌아섰다. 김한솔은 당연히 나를 붙잡지 않았고 뭔가를 더 말하지도 않았다. 그게 다행이면서도 서운했다. 서운할 건덕지도 없는데 서운했다. 몇 걸음을 걷고 나서 슬쩍 뒤를 돌아보았다. 돌아본 즉시 후회가 밀려왔다. 정하얀과 김한솔은 더없이 다정한 사이인 것처럼 어깨를 나란히 붙이고 걸었다. 얼굴을 마주 보면서 짓는 미소는 나를 볼 때와는 완전히 달랐다.

백록담이 준 책에 특별한 내용은 없었다. 말 그대로 쉽고 재밌게 읽을 수 있을 정도의 가벼운 내용들이었다. 애완동물들의 습성이나 가정에서 가볍게 훈련시키는 법 정도의 자료들이 있었고, 사진은 귀여웠다. 공부하는 중간중간 머리를 식히는 용도로 읽기에 좋은 평범한 책이었는데 괜스레 책이 특별하게 느껴졌다.

'어휴, 주책.'

그렇게 생각하면서도 은근히 주말이 기다려졌다. 카페에서 백록담을 만나면 꼭 책에 대해서 얘기를 해야겠다는 생각이 들었기 때문이었다. 물론, 아르바이트 자체에 대한 기대감도 있었다. 원래 아르바이트를 하던 고깃집 사장님께는 이번 주부터 못 나간다고 이미 말씀을 드린 뒤였는데, 평일에 이틀 하던 알바도 그만두고 나니까 새로운 일이 더욱 기대가 되었다.

내가 책에 대해서 얘기를 꺼낸 건 아르바이트 첫날이 거의 끝나갈 무렵에서였다. 첫날이라서 배울 게 많기도 했거니와 막상 마주하고 있자니 입이 잘 떨어지지 않았기 때문이었다.

"저… 그때 준 책 말이에요."

한참을 고민하고 나서야 겨우 말을 꺼냈다.

"아, 응. 그거 뭐?"

백록담은 지금까지 전전긍긍한 내가 우스울 정도로 아무렇지 않게 대꾸했다. 나는 잠깐 말문이 막혔다.

"아… 저…."

"왜? 별로였어?"

"아니, 그런 게 아니라요."

"응?"

"책이 재밌었어요."

"그래서?"

난 그냥 재밌었다는 얘기만 하려고 했는데… 백록담은 당연히 뒤에 무슨 말이 더 있을 거라고 생각하는 모양이었다.

"감사합니다."

꾸벅, 인사를 해 버렸다. 백록담은 능숙하게 커피머신을 정리하다가 푸하하 웃었다. 대체 뭐가 웃긴 걸까, 생각하고 있는데 백록담이 "근데 미인아" 하고 불렀다.

"네. 네?!"

백록담이 미인아, 하고 부르면 내 가슴은 쿵, 하고 놀랐다.

"갑자기 다시 생각나서 그러는데…."

말끝으로 갈수록 웃음기가 잦아들었다. 백록담은 정말 막 생각난 것처럼, 그렇지만 또 조금 고민했던 것처럼 조심스러웠다.

"혹시 형편이 어렵거나 그런 거면 파트타임 늘려 주라고 얘기해 볼까?"

험상궂은 분위기와는 달리 상냥한 사람이다. 상냥해서 나를 가엾게 여기는 걸지도 모르겠다. 학교에서 나와 맞닥뜨렸던 순간마다 주변의 분위기를 읽지 못했을 리 없다. 그래서 내가 불쌍했고, 또 중학생 때부터 아르바이트를 했다는 말을 듣고 더욱 동정심이 생겼던 모양이다. 기분이 나쁘지는 않았다. 다만 거짓말을 하지는 말아야겠다는 생각이 들었다.

"뭔가 오해하고 있는 것 같아요. 제가 아르바이트를 하는 건…."

성형 비용을 모으는 거예요. 아무렇지 않은 듯 말하고 싶었는데 실패하고 말았다. 백록담은 뒤에 이어질 말을 기다리고 있었다. 살짝 허리를 굽히고 가만히 날 바라보는 눈을 나는 차마 외면할 수 없었다.

"성형을… 하고 싶어서요…."

"응?"

"성형요, 성형. 성형 비용 모으느라고요."

바닥을 바라보고 후다닥 말해 버렸다. 백록담은 잠깐 동안 멍하게 서서는 눈을 깜빡였다. 그러더니 의외의 것을 발견한 사람처럼 조금 놀란 얼굴을 했다.

"너 백유담이랑 똑같다."

그는 웃음을 터뜨리지도, 머쓱해하지도 않았지만 대신에 예상치 못한 말을 던졌다.

"네? 유담 언니요?"

유담 언니의 그 우아하고 어른스러운 분위기가 떠올랐다. 지금 나와 농담을 하자는 건가 하는 생각이 들었다. 그러나 백록담은 더없이 진지한 얼굴로 고개를 끄덕였다.

"우리 누나도 중학생 때부터 자기는 꼭 성형을 할 거라고 선포하고 악착같이 돈을 모았거든. 성형 비용 모으겠다고 대학교도 진학 안 했을 때는 집안이 뒤집어졌었지. 결국 나~중에 생각을 바꿨지만."

나는 언니의 마르살라 버건디 색깔의 우아한 머리 스타일과 동양인치고는 새하얀 피부를 떠올렸다. 가느다란 눈과 통통한 뺨은 동그란 얼굴에 잘 어울렸고, 연분홍의 입술은 작지만 야무졌다. 귀한 집안의 첫째 딸 같은, 언니만의 고급스러운 분위기가 있었다. 그런 언니도 나와 같은 생각을 하던 시절이 있었다는 걸 믿을 수 없었다.

"진짜로요? 지금 유담 언니는 그런 생각을 했던 사람처럼은 안 보이는데요?"

"지금이야 그렇지. 옛날에 외모 때문에 스트레스 많이 받았어. 자존감도 바닥이었고. 스무 살에 미국 다녀온 뒤로 사람이 많이 바뀌었지."

백록담의 말은 거기까지였다. 손님들이 밀려들기 시작한 탓이었다. 나는 허둥지둥 보조를 하면서 제대로 듣지 못한 뒷이야기를 추측해 보았다. 그러나 밑그림조차도 그려지지 않았다. 유담 언니가 외모 때문에 낙담한 적이 있다는 것부터가 여전히 믿어지지 않았다. 당장이라도 '미국에서 무슨 일이 있었는데요?' 하고 묻고 싶었지만, 캐묻기가 좀 그랬다.

'언젠가 기회가 되면 들을 수 있을지도 모르지.'

나는 깨끗이 씻은 머그컵을 커피머신 위에 엎어 놓으며 생각도 덮어 버렸다.

최근에는 금요일 저녁부터 기분이 몽실몽실했다. 승아가 왜 온종일 실실거리고 들떠 있느냐고 물어 올 정도였다. 이유는 그거였다. 토요일이 되면 카페를 갈 수 있다는 거. 카페에서 일을 하는 시간들은 항상 즐거웠다. 나는 카페 일과 분위기에 빠르게 적응하고 있었다.

"야, 너 완전 다 티 나."

승아가 킥킥 웃었다.

"뭐가?"

"너 그 오빠 좋아하지?"

나는 잠을 자다가 가위라도 눌린 사람처럼 몸을 크게 움찔거렸다.

"뭐래?!!"

소리가 과격하게 터져 나왔다. 마침 쉬는 시간이었기에 망정이지 자습 중이었다면 반 애들의 시선이 집중되었을 것이다.

"에이, 아니면 말지 뭘 그렇게 놀라?"

승아는 꼭 놀리는 것처럼 은근히 흘겨보는 눈초리를 했다. 괜히 얼굴이 뜨거웠다. 볼이 슬금슬금 달아오르는 게 티가 날 것 같아서 나는 머쓱하게 일어났다. 마침 화장실을 가려던 차였다.

"너 어디 가? 도망가?"

"화, 화장실."

역시 놀리는 게 맞다. 보지 않아도 승아가 웃고 있다는 걸 알았다.

야간자율학습 중간의 쉬는 시간은 20분이었다. 그동안 애들은 복도나 매점에서 옹기종기 수다를 떨거나 장난을 치거나 했다. 야자를 하는 애들도 많은 편이 아니라서 화장실엔 사람이 별로 없었다.

'걔는 왜 갑자기 그런 소릴 하고 난리야.'

화장실 한 칸을 차지하고 뜨거운 얼굴을 식혔다. 볼일을 보려고 변기에 앉는데 밖이 갑자기 시끄러웠다.

"아까 봤어? 공부하다가 문제가 안 풀리는지 셔츠 손목까지 걷어 올리고 인상 팍 쓰는 거?"

"봤지!! 개멋있어. 인상이 세니까 그런 게 멋있어 보이더라. 완전 남자 같고."

"한두 살 차이여도 스무 살은 스무 살인가 봐. 다른 애들이랑은 달라, 진짜."

그제야 나는 밖의 여자애들이 이야기하는 게 백록담이라는 걸 알았다. 나도 모르게 응, 응, 그렇지 하고 고개를 끄덕였다.

"야, 근데 이상하지 않냐?"

밖의 애들이 "뭐가?" 하고 물었다. 나도 속으로 그래, 뭐가 이상해? 하고 물으면서 귀를 기울였다.

"키도 훤칠하고… 인기도 많은데 왜 걔랑 같이 다닐까?"

"응? 누구?"

"아 왜 있잖아, 8반인가 9반인가에. 이름만 미인인 애. 이름 때문에라도 좀 평타 이하로 보이는, 좀 촌스러운 애."

문고리를 잡았으나 차마 문을 열지 못했다. 왜 항상 뒷담화의 현장에서는 그걸 듣게 된 피해자가 오히려 빳빳하게 굳어 버리게 될까.

"아아– 그래, 둘이 친하다더라. 저번에는 걔네 반 가서 책도 줬대. 왜 그 소문도 있었잖아. 걔가 전학생 오빠 좇아다녔다고. 진짜인지는 모르겠지만."

"하여튼 이해가 안 돼. 그 오빠 취향 좀 이상한 거 아니야? 아니면 겉모습만 세고 속은 은근히 찌질하다든지, 아니면 뭐 좀 모자란 구석이 있다든지."

더 듣고 있을 수가 없었다. 문고리를 열고 후다닥 화장실을 빠져나갔다. 복도를 쿵쿵 걷는데 마음이 참담했다. 나에 대한 헛소문은 정하얀 그 계집애 때문에 진즉 퍼져 버렸으니 그렇다 치더라도 백록담에 대해서까지 안 좋게 생각하는 사람이 있을 줄이야. 그것도 나 때문에. 나랑 좀 친해졌다고.

"화장실 잘 갔다 왔어?"

승아는 여전히 놀리는 말투였다. 나는 어색하게 웃었다. 곧 종이 쳤고, 다행히 승아는 울컥거리는 내 마음을 눈치채지 못했다. 나는 계속 공부를 하는 척했지만, 단 한 글자도 머리에 들어오지 않았다.

취향이 좀 이상한 거 아니야? 속은 은근히 찌질하다든지.

좀 모자란 구석이 있다든지.

가슴이 들끓었다. 나는 책상에 엎드렸다. 금요일 저녁은 기분이 몽실몽실한 시간이어야 맞는데 지금 기분은 부글부글이었다.

다음 날 카페에 아르바이트를 갔을 때 백록담은 여전히 환하게 나를 맞아 주었다.

문득 '저런 밝은 얼굴을 잃고 싶지 않다, 저렇게 깨끗하게 나를 반겨주는 사람이 나 때문에 나쁜 소리를 듣는다니, 그건 정말 싫다' 하는 생각이 머리를 맴돌았다. 일을 하는 내내, 눈을 제대로 마주치기 어려웠다. 그런 주제에 또 유난히 실수가 잦았다. 아이스 아메리카노 주문에 따뜻한 아메리카노를 내놓질 않나, 베이글을 태우질 않나… 내 뒷수습을 하느라 백록담이 고생이었다.

'오늘은 진짜, 내가 생각해도 내가 짜증난다….'

한숨을 푹 쉬면서 와플 기계에 눌어붙은 반죽을 긁어내는 중이었다. 나이프로 깔짝깔짝 거리고 있는데 갑자기 칼이 앞으로 쭉 나갔다.

"앗 뜨거워!!"

그 바람에 손이 와플 기계에 닿았다. 눌어붙은 반죽을 녹여서 긁어야 했기 때문에 와플 기계가 후끈 달궈져 있던 터였다. 나이프를 텅그렁 떨어뜨리자마자 백록담이 내 팔을 콱 그러쥐더니 아무 말 없이 팔을 잡아

당겨 싱크대로 가져갔다. 찬물이 콸콸 쏟아져 내렸다. 백록담이 제빙기에서 얼음을 퍼내 왔다.

"너 오늘 뭐 하냐, 진짜."

잔뜩 화가 난 목소리였다.

"죄송해요… 오늘 좀 정신이 없네요."

"대체 무슨 일이야? 아까부터 자꾸 슬쩍슬쩍 훔쳐보고."

자꾸 신경이 쓰여서 힐끔거린 게 퍽 티가 난 모양이었다. 나는 본론을 꺼내는 것도, 백록담의 안색을 제대로 살피는 것도 두려웠다.

"제가 언제요."

"어?? 지금도 그러잖아."

정말 이상하다는 듯, 백록담은 내 쪽으로 한 걸음 다가왔다. 그 거리가 너무 가까워서 나도 모르게 한 걸음 물러났다. 은연중에 백록담이 내 못생긴 얼굴을 가까이서 보는 게 싫다고 생각했던 것 같기도 하다. 약간 멀어진 그 거리가 분위기를 이상하게 만들었다.

"야, 박미인."

백록담은 싱크대에 삐딱하게 기대어 섰다. 슬금슬금 피하고 그러면서 또 자꾸 훔쳐보고 하는 내 태도가 마음에 들지 않는 듯, 눈썹이 조금 위로 솟아 있었다.

"내가 뭐 너 잡아먹냐?"

"아니, 그런 게 아니라."

"그럼 너 나 싫어해?"

"아니요!! 내가 오빨 왜 싫어해요? 이렇게 잘…."

아차 싶었다. 너무 발끈했다. 내가 다시 스르륵 고개를 숙이자 머리 위에서 웃는 기색이 느껴졌다.

"뭐, 이렇게 잘생겼는데 어떻게 싫어하냐고?"

"아, 아니요."

내가 하려던 말은 '이렇게 잘해 주는데 어떻게 싫어해요'였다.

백록담은 고무장갑을 끼면서 다시 물었다.

"내가 싫은 것도 아니고. 그럼 좋아서 그래?"

"아니요!!!!"

마음에 낭떠러지가 있다면 거기로 심장이 쿵 떨어지는 기분이었다. 나는 온 힘을 다해 고개를 쳐들고 외쳤다. 눈도 될 수 있는 한 가장 크게 떴다. 그게 도대체 무슨 말도 안 되는 소리냐는 듯이.

백록담은 늑대같이 날카로운 눈을 가늘게 뜨고 날 내려다보았다. 거짓말하지 말라는 것처럼 느껴져서 나는 또 바락바락 소리를 질렀다.

"아니요, 그런 게 아니라요!! 나는 그냥,"

"그냥 뭐?"

"그쪽이."

"그쪽?"

백록담이 인상을 확 찡그렸다.

"아니, 그러니까… 오빠가…,"

오빠라는 말은 항상 부끄러웠다. 그건 나한테 익숙한 말이 아니었다. 난 오빠라고 부를 만큼 친한 남자 선배가 없었고, 심지어 친척 오빠마저도 "니가 오빠라고 부르면 왜 이렇게 이상하냐. 그냥 형이라고 해, 형이라고. 편하게, 알았지?"라는 말을 한 적이 있다. 농담인지 모르겠으나 그 말을 들었을 때는 꽤 충격이었다. 그래서 '오빠'라는 말을 쓸 때면 항상 몸이 배배 꼬이고, 남들이 신경 쓰였다.

"내가 뭐."

"그… 이상한 소리를 들을까 봐요."

"응?"

"아니 그러니까. 오빠는 어쨌거나 학교에서 인기도 많고요, 애들이 오빠라고 좋아하잖아요."

"그런데?"

백록담은 점점 더 모르겠다는 표정을 지었다. 아니, 난 감히 얼굴을 올려다보지 못했다. 다만, 목소리에서 표정이 느껴졌다.

"나는 좀… 그렇잖아요…. 그런데 나한테 잘해 주고, 나랑 친하게 보이니까…."

백록담은 대꾸하지 않았다. 내가 더 이상 말을 이어 가지 않는데도 아무런 말을 하지 않았다. 가슴이 답답하고 불편했다. 그래서 나는 발끝만 가만히 바라보면서 마저 말했다.

"오빠까지 찌질하다는 소리 들을까 봐…."

그 말을 실제로 내뱉는 건 생각보다 훨씬 더 비참했다. 나라는 사람을 바닥에 패대기치는 기분이었다.

머리 위에서 화를 참는 것처럼 억눌린 한숨이 느껴졌다. 나는 심판을 기다리는 죄인처럼 그냥 발가락만 꼼지락거렸다. 백록담은 갑자기 큼지막한 손으로 내 얼굴을 덥석 감쌌다. 눈앞이 하얘졌다. 엄지발가락까지

찌릿찌릿 전기가 오르는 것 같았다.

'엄마야.'

"어디서 무슨 소리를 들었는지 모르겠는데."

평소보다 낮은 목소리는 짜증을 억누르려고 애쓰고 있는 것 같았다.

"말 같지도 않은 소리는 가슴에 담지 말고 쓰레기통에 갖다 버려라, 좀."

왜 나에게 화를 낼까, 싶으면서도 가슴이 뭉클했다. 백록담의 손은 곧 뺨에서 떨어졌지만 아직도 그 자리에 있는 것 같았다.

백록담은 설탕시럽을 쾅 내려놓았다. 그러고는 "사람이 사람 대하는 데 외모 말고도 중요한 게 얼마나 많은데" 하고 구시렁거렸다. 나는 자꾸 치미는 눈물을 없애려고 계속 눈을 깜빡였다. 백록담은 그 모습도 보기 싫은지 휴, 한숨을 쉬며 묵묵히 설거지를 했다. 짜증을 채 감추지 못하고 툴툴대는 그의 등이 따뜻해 보였다.

"오빠는 마음이 참 예쁜 것 같아요."

나도 모르게 툭 튀어나왔다. 목소리가 우스꽝스러웠다. 백록담은 잠깐 손을 멈추고 나를 빤히 보았다. 참 이상한 말을 들은 것 같은 표정이었다. 아마 그보다 내 표정이 더 이상했을 거였다. 내가 대체 무슨 건방진 말을 한 거지? 백록담의 입술이 슬쩍 올라간다 싶더니, 갑자기 입을 꾹 다물고 몸을 들썩거렸다. 잔 경련이 일듯이 파르르 떨리는 그의 등과 이상하게 일그러진 얼굴. 백록담은 박장대소를 참고 있었다. 그러나 곧 싱크대에 허리를 굽히고 으하하하 웃어 버렸다. 그 바람에 출입문의 종이 딸랑, 울리는 것을 듣지 못했다.

“어쭈? 야 백록담. 사장 없다고 놀자판이네. 뭐가 그렇게 재밌어?”

유담 언니가 카운터 안으로 들어오며 말했다.

“아, 언니. 안녕하세요.”

“응, 안녕. 미인아, 근데 걔 왜 저러니?”

“별거 아니야, 누나. 그냥 얘가 재밌는 말을 해서.”

나는 재밌으라고 한 게 아니었다. 마음이 예쁘다고 생각했던 게 말로 툭 나온 거였는데 스무 살 남자가 듣기엔 퍽 유치했나 보다.

“일을 좀 그렇게 재미있게 해 봐라.”

“누나, 오늘 우유 좀 부족할 것 같다. 마트에서 두 통만 사다 놓을게.”

“그래? 그럼 가서 제일 싼 걸로 두 개 사 와.”

백록담은 앞치마를 풀었다. 유담 언니에게 돈을 받으면서 그는 귓속말로 뭐라고 중얼거렸다. 언니가 눈을 깜빡이며 나를 봤다. 눈이 마주치자 언니는 곱게 웃었다. 귀로는 백록담의 말을 들으면서 고개를 끄덕이고 있었다. 백록담이 하는 말이 혹시 나에 대한 것일까 하는 생각이 들었으나, 언니는 백록담이 나간 뒤에도 딱히 뭐라고 말을 하지는 않았다. 그냥 내 엉덩이를 토닥토닥 두드려 주었을 뿐이었다. 문득 언니도 예전에 나처럼 성형 비용을 모았다는 말이, 외모로 스트레스를 받았다는 이야기가 생각났다.

Café

시험 기간에 애들이 가장 활기 넘치는 시간은 점심시간이다. 더욱이 오늘은 탕수육이 나오는 날이었다. 애들은 성난 물소떼처럼 우르르 뛰어 내려갔다. 나랑 승아도 급식판에 탕수육으로 작은 언덕배기를 만들었다. 어제 저녁에 본 케이블 드라마 이야기도 하면서 탕수육을 우물거리고 있는데 저만치 반갑지 않은 얼굴이 눈에 띄었다. 정하얀과 김미나였다. 이진솔, 이수연은 당연한 옵션이었다. 그 애들은 누군가를 찾는 듯이 식당을 휘- 둘러보다가 나를 발견하고는 자기들끼리 뭔가 속닥거렸다. 그러더니 곧 이쪽으로 오려는 듯이 몸을 돌렸다.

'아, 왜. 또 뭐라고 하려고.'

내 표정이 굳자, 승아도 뒤를 보았다. 이쪽으로 천천히 걸어오는 무리를 보는 순간, 승아는 사색이 되어서 다시 앞으로 휙 고개를 돌렸다.

"어? 여기 자리 비었어?"

그때 반가운 듯 묻는 목소리가 들렸다. 그 목소리의 주인은 대답도 듣지 않고, 승아의 옆자리 의자를 불쑥 뺐다. 갈색의 다부진 팔이 식판을 턱 내려놓았다. 옆을 힐긋 본 승아의 얼굴이 순식간에 빨개지는 게 퍽 재밌었다.

"안녕하세요."

"뭘 또 딱딱하게 '안녕하세요'야."

하고 백록담은 웃었다. 승아는 옆에서 기어들어 가는 목소리로 "아, 아, 안녕하세요" 했다. 백록담은 그래 봐야 두 살 차이라면서 어깨를 으쓱했다. 나도 모르게 김미나네를 봤는데, 반쯤 이리로 오던 그 애들은 당황한 듯이 어버버거리고 있었다. 갈 길이 막힌 발은 잠시 제자리에서 왔다 갔다를 반복했다. 정하얀은 감정을 감추지 못하고 인상을 찡그린 채였다. 고소했다. 웃음이 새어 나올 것 같아서 나는 빨리 백록담을 보았다. 무표정으로 탕수육을 집어먹는 백록담이 그렇게 든든해 보일 수 없었다.

"저… 이거 더 먹을래요?"

"뭐?"

"탕수육."

욕심껏 수북이 쌓아 온 탕수육 하나가 데구르르 굴러서 식탁 위로 톡 떨어졌다. 백록담은 내가 웃긴 건지 떨어진 탕수육이 웃긴 건지 또 입술을 씰룩거렸다. 대답은 없었지만 젓가락은 내 탕수육 두어 개를 콕콕 집어 갔다.

"근데 저랑 밥 먹어도 돼요?"

"왜, 싫어?"

"아니 그게 아니라… 친구들 있을 거 아니에요."

"없어, 없어. 나 왕따야."

그럴 리가. 백록담이 나를 찾아올 때는 늘 혼자였지만, 멀리서 지나갈 때 본 백록담은 주변에 사람이 많았다. 주변을 휘 둘러보니 아니나 다를까, 애들은 천재지변을 목격하기라도 한 것처럼 황망한 표정으로 이쪽을 보고 있었다. 뭔가 으쓱하기도 하고 부담스럽기도 했다. 특히 정하얀의 착 가라앉은 눈동자와 시선이 마주쳤을 때는 괜히 주눅이 들었다. 원래 저런 이중인격 사이코가 무슨 일을 벌일지 모르는 법이다. 다행히 저번처럼 나한테 국을 엎는다거나 하는 사건이 벌어지려는 조짐은 없었다. 다만 한 가지 마음에 걸리는 것은 우리가 지나쳐야 하는 식탁 쪽에 김미나네가 앉아 있었다는 점이다.

"안 갈 거야?"

진즉 밥을 다 먹은 백록담이 텅 빈 식판에 괜히 젓가락질을 하는 나를 재촉했다. 하는 수 없었다. 아무 일 없을 거란 기대를 하는 수밖에는. 나는 최대한 태연하게, 그리고 최대한 김미나네를 보지 않으려고 노력했다. 허리를 꼿꼿하게 세우고 백록담 뒤를 바짝 좇아가는데 아니나 다를까, 김미나의 빈정거리는 목소리가 들렸다.

"저 얼굴 앞에 두고 밥이 넘어가나 몰라. 비위도 좋다."

아까 우리 쪽으로 와서 점심시간 내내 괴롭히려던 계획이 실패해서인지 굉장히 뿔이 나 있는 목소리였다. 못 들은 척하려고 했다. 마음은 그랬다. 그러나 나는 나도 모르게 주춤, 발을 멈췄다.

"아, 대박. 무슨 냄새도 나는 것 같아."

외모로만 뭐라고 하는 게 식상했던 것일까? 그래, 새로운 발상이다.

나는 지금 그 어떤 것보다도 혹여나 백록담이 들었을까 두려웠다. 차라리 혼자였다면 화가 났겠지만, 백록담이 곁에 있어서 수치는 배가 되었고, 울음이 나올 것 같았다. 나는 억지로 그걸 누르고 빳빳하게 고개를 치켜들었다. 백록담이 어느새 이쪽으로 몸을 돌리고 있었다.

"안 가고 뭐 해요."

목소리가 이상하게 나오지는 않겠지. 내 표정은 괜찮겠지. 나는 최대한 태연하게 말하려고 애썼다.

"잠깐만."

백록담이 눈썹을 찡그렸다. 그는 식판을 정하얀의 식판 앞에 내려놓았다. 크게 소리치거나 뭔가 강한 액션을 취하지 않아도 위압감이 느껴지는 눈빛이 식탁을 쭉- 훑었다. 그다음에 백록담은 기가 찬 듯이 하, 하고 숨을 터뜨렸다.

"니가 뭔데 밥 잘 먹고 지나가는 애 얼굴을 가지고 뭐라고 하냐? 너는 뭐 상아 깎아서 만든 줄 아냐?"

쌍욕을 한 것도 아니었고, 버럭거린 것도 아니었다. 그런데도 물어뜯을 것처럼 차가웠다.

"마음 예쁘게 써라. 껍데기는 어차피 늙고 썩는다. 거울 볼 시간에 인성과 지성이나 갈고닦아. 마음 나쁜 거 얼굴에 드러나면 그거야말로 사람 못나 보이고 격 떨어져 보여."

김미나는 조금 겁을 먹은 것 같으면서도 분한 듯이 입을 움찔거렸다. 그러나 김미나보다도 주먹을 꽉 쥔 정하얀의 손이 바르르 떨리는 게 더 눈에 띄었다. 정하얀은 끓어오르는 분을 참는 듯이 온몸에 힘을 주었다.

내리깐 눈에 어떤 감정이 덧씌워져 있을지 볼 순 없지만 알 것 같았다.

백록담은 인상을 더욱 찡그리며 다시 식판을 들었다. 주변은 조용했다. 나와 승아는 그 고요를 뚫고 재빨리 백록담을 쫓아갔다. 식당을 완전히 나오고 나서야 눈에 눈물이 그렁그렁 차오르기 시작했다. 슬프고 분해서 그런 게 아니었다. 누군가가 남들 앞에서 내 편을 들어 준 게 너무 감격스러웠던 것이다. 승아는 내가 속상해서 우는 것이라고 생각했는지, 등을 토닥토닥 두드렸다. 그 바람에 눈물이 후드득 떨어졌다. 백록담이 휴, 한숨을 쉬었다.

“저번에도 말한 것 같은데… 말 같지도 않은 말은 가슴에 담아 두는 거 아니야. 쉽지 않은 건 아는데, 그래도 웬만하면 빨리 쓰레기통에 갖다 버려. 널 잘 모르는 사람들, 널 제대로 알고 싶어 하지도 않는 사람들이 아무렇게나 하는 말은 다 거짓말이니까 믿지 말고. 속지도 말고.”

백록담의 말은 그게 유일한 사실인 것처럼 가슴을 쳤다. 그 순간 내가 백록담을 정말로 좋아하고 있다는 걸 깨달았다. 김한솔을 좋아했던 것보다도 더.

깨달음과 동시에 으흑, 하고 우는 소리가 속에서부터 터져 나왔다. 나도 당황스러웠다. 벌써 몇 번째야, 제발 그만해, 속으로 소리를 빽 질러 가며 가까스로 울음을 추슬렀다. 백록담은 잦아든 흐느낌 속에서 내가 민망해할 즈음, “이만 들어가자” 했다. 수업시간 내내 아무것도 들어오지 않았다. 머리가 멍했다.

◆◆◆

일단 깨닫고 나자 감정은 걷잡을 수 없이 커졌다. 핑계를 대자면, 백록담의 탓도 있었다. 교실을 찾아오는 걸음에는 망설임이랄 게 없었고, 자연히 우리는 자주 얼굴을 봤다. 마음을 막을 수 있을 리가 없었다. 그러다 보니 한 가지 좋은 점은, 김한솔과 정하얀의 수상한 모습을 목격해도 그게 그렇게 씁쓸하지 않다는 거였다. 사실 공표되지만 않았을 뿐 둘이 사귀는 사이라는 이야기는 은연중에 퍼져 있었고, 나는 김한솔을 좋아했기 때문에 그게 퍽 가슴 아팠었다. 그러나 지금은 아니다. 그 둘을 볼 때마다 혀끝인지, 가슴 끝인지에서 느껴지는 씁쓰레한 감각은 없었다. 다만 부작용으로 불쑥불쑥 화가 치밀었다. (특히 김한솔과 정하얀이 함께 뭔가를 하고 있는 꼴을 보면.) 정하얀같이 성질 나쁜 사이코가 김한솔 옆에 있다는 게 마뜩잖았고, 김한솔이 정하얀의 실체를 모르고 있다는 것도 화가 났다.

"김한솔만 불쌍하지 뭐, 흥."

나도 모르게 심통이 가득한 표정을 짓고 있었는지도 모르겠다. 카페 문을 열자, 카운터를 지키고 있던 유담 언니가 놀란 얼굴을 했다.

"너, 무슨 일 있니?"

"아, 아니요…. 아, 저기 오빠는 아직 안 오셨나 보네요?"

"담이? 담이 오늘 좀 늦는다고 연락 왔어."

심통 가득한 얼굴을 보이지 않을 수 있어서 차라리 다행이라는 생각이 들었다. 백록담이 카페에 도착하기 전에 불쑥 치솟은 화를 가라앉혀

야겠다.

"미인이 너, 오늘 좀 피곤하니? 어디 아픈 건 아니지?"

괜찮다고 대답은 했지만, 표정이 쉽게 풀리진 않았다. 김한솔과 정하얀이 나란히 하교하는 뒷모습 같은 게 자꾸 아른거려서 분통이 터졌다.

"있잖아요, 언니. 저희 반 부반장 정하얀 말이에요…."

결국 나는 믹서기를 씻으면서 툭, 이야기를 하고 말았다. 사실은 하소연이 하고 싶었던 모양이다. 언니는 얼음 통에 얼음을 채워 넣으며 응, 응 하고 성의껏 대꾸해 주었다.

"새하얀 피부에 연예인처럼 크고 또렷한 눈을 가졌어요. 강아지처럼 순하고 귀여운 얼굴이에요. 모두 다 똑같은 교복을 입는데도 그 애가 입으면 뭔가 달라요. 워낙 스타일도 잘 내고 다니고요. 저는 원래 그 애를 동경했어요. 심지어 마음씨까지 착했거든요."

언니를 처음 만났을 때 했던 얘기를 또다시 읊을 정도로 난 흥분해 있었다.

"그런데 사실은…."

그게 모두 연기였다. 내가 알고 있던 정하얀은 없었다. 그 애는 가끔 나를 도와줬지만 그건 우월감 때문이거나 천사 같은 이미지를 만드는 데 이용하려고 그랬던 것일 터였다.

"어쨌거나, 그 정하얀이 우리 반에 김한솔이라는 애랑 사귀는 것 같단 말이죠. 김한솔은 반장인데, 정말 착하고 괜찮은 친구거든요. 그런데 정하얀이 어떤 애인지 전혀 몰라요. 아니, 김한솔뿐 아니라 우리 반 애들다… 아마 전교생이 정하얀의 실체에 대해 모를 거예요."

말을 하다 보니 더 미칠 노릇이었다. 억울한 마음이 점점 불어났다.

"도대체 정하얀은 왜 나한테만 그렇게 사이코같이 구는지 모르겠어요. 굳이 이유라고 할 만한 게 있다면, 내가 백록담 오빠랑 친하게 지낸다는 거 하나뿐인데 아무리 그렇다고 해도 이해가 안 가요. 그 애는 우리 학교에서 제일 예쁘고…. 누구나 그걸 인정해요. 심지어 착하기로도 소문이 나 있는데. 백록담 오빠랑 친해지고 싶으면 그냥 친해지면 될 거 아닌가요?"

말이 우다다 쏟아졌다. 불현듯이 저번에 식당에서 있었던 일까지 떠올랐다. 백록담이 김미나한테 한 소리 했던 그 사건 말이다.

"이렇게 생각하고 싶지 않지만 자꾸만 내가 못생겼기 때문에 나를 우습게 보는 거라는 생각이 들어요. 정하얀도 그렇고 다른 애들도 그렇고요. 그냥 내가 못생겼다는 이유만으로 애들은 저를 상처 입혀도 된다고 생각해요. 무례해도 된다고 생각해요. 언니, 이 세상은 예쁘지 않으면 아무런 의미도, 가치도 없다고 결정해 버리는 것 같아요. 그런 생각을 하면 숨이 막혀요."

그러나 언니는 오히려 자기가 숨이 막히는 것처럼 인상을 찡그렸다.

"사람들이 보이는 것에만 침을 흘리는 건…,"

언니는 방금 막 만든 아메리카노를 한 모금 마시고 나서야 대꾸했다. 말은 차분하고 느릿느릿하게 이어졌다.

"마음이 텅 비었기 때문이야."

손가락이 가슴께를 가리켰다. 하얀 머그컵에는 언니의 벽돌색 립스틱이 남았다.

“여기가 공허하고 메말라서 자꾸 껍데기에 집착하는 거야.”

분에 못 이겨서 털어놓은 하소연에 생각지도 못했던 대답이 돌아와서 좀 당황스러웠다. 언니는 내 쪽으로 의자를 바짝 당겨 앉았다. 하얀 손가락이 내 머리카락을 귀 뒤로 넘겨 주었다. 나무껍질같이 짙은 고동색의 눈동자가 차분하게 나를 보았다. ‘백록담의 눈도 이런 색이었지, 참.’ 난 이 순간에 어울리지 않는 생각을 했다. 언니의 손끝이 여운을 남기고 떨어졌다.

“각종 미디어와 매체에서는 예쁜 게 제일인 것처럼, 예쁘면 모든 것이 달라지고 인격도, 가치도, 삶의 질도 모두 올라가는 것처럼 포장해서 보여 줘. 외모뿐이겠니? 온갖 화려한 물질을 들먹이면서 인생에서 가장 중요한 건 그런 화려한 것들이라고 소리친다고. 세상은 점점 그렇게 미쳐 돌아가고 있어. 그 안에서 살다 보니 마음을 제대로 지키지 못하면 여기가 텅 비어 버릴 수밖에. 사랑도, 따뜻함도, 아름다움도 모두 없었던 것처럼 비어 버리게 되는 거야. 그러니까 남한테도 무례해지고.”

언니는 특유의 그 인문학적인 화법으로 말했다. 언니의 말은 가끔 알아듣기가 어려웠다. 나는 반은 이해하고, 반은 이해하지 못한 채로 가만히 들었다.

“거기에 휩쓸려서 ‘그래 나는 정말 못났어. 나는 정말 못생기고 매력 없는 사람이야. 내 인생은 망했어’ 하고 절망해서는 안 돼, 미인아. 쉽지 않다는 건 알아. 이미 미쳐서 날뛰는 세상을 거스르는 게 어디 쉬운 일이겠니. 하지만 거기에 휩쓸리면 너도 모르는 새에 마음을 잃고 넝마조각이 되어 버릴 거야. 텅 빈 가슴을 안고 살아간다는 건 정말 고통스러운 일이야."

언니 같은 사람도 그런 아픔을 알아요? 어쩌면 나는 그렇게 묻고 싶었던 걸지도 모른다. 내 얼굴을 가만히 바라보던 언니가 눈을 살짝 아래로 내리깔면서 조용히 말했다.

"내가 그랬거든."

그 말을 듣는 순간, 나는 백록담이 했던 말, 우리 누나도 너처럼 성형을 하려고 악착같이 돈을 모았다는 그 말이 떠올랐다. 언니는 방금보다 가라앉은 목소리로 회상했다.

"시작은 그거였어. 서툰 짝사랑에 대한 상처. 내가 많이 좋아했던 남자애가 나더러 못생겼다고 했거든. 그것도 되게 자세하게 표현했는데, 못생긴 하얀 돼지 같다느니 피부가 하야니까 못생긴 게 더 잘 보인다느니 뭐 그랬던 것 같아. 그것도 한창 외모에 민감할 열네 살인가 열다섯 살 때쯤 말이야. 내가 얼마나 충격을 받았을지 상상이 가니? 나는 그때부터 내가 정말 못난이 중의 상못난이라고 생각했어. 나한테 내세울 만한 것이라고는 단 하나도 없다고 생각했지. 주위에서 자꾸 그런 식으로 얘기하니까 당연히 자신감이 없어지지 않겠어? 상처를 입을 수밖에 없는 말에 상처를 입는 건 당연한 거지. 있는 장점도 다 사라질 판이었다고. 심지어 담이가 어릴 적엔 아빠를 닮아서 마른 편이었기 때문에 비교당하기 일쑤였지. 그때는 정말 맨날 집에 가서 거울 보면서 울었어. 부모님한테 화도 많이 냈지, 특히 엄마한테. 내가 엄마를 닮았거든. 어쩌면 내 유전자는 다 엄마한테서 왔고, 담이 유전자는 다 아빠한테서 온 걸지도 몰

라. 여하간 그 시절에는 거의 매일 울었던 것 같아."

모든 게 절망적이었다고 언니는 회상했다. 세상에서 제일 못난 것 같은 자기의 모습을 보는 건 그 자체로 고역이었다. 언니의 유일한 희망은 성형을 해서 모든 사람이 인정하는 미인이 되는 것뿐이었다. 그래서 고등학교 1학년 때부터 죽어라고 돈을 모았다. 그때는 장래희망도, 하고 싶은 일도 없었다. 오로지 성형미인으로 거듭나는 것만이 유일한 관심사였다. 얼굴이 예뻐지면 모든 일이 다 잘 풀릴 것이라고 생각했더랬다. 별다른 이유도 없이 자신을 공격했던 사람들에게 예뻐진 얼굴로 다가가서 통쾌하게 몇 마디 날려 주는 상상을 했고, 예뻐진 뒤에 걷게 될 탄탄대로를 상상했다.

"그렇게 3년 동안 빠듯하게 돈을 모았고, 나는 졸업하자마자 성형을 하려고 여기저기 돌아다녔어. 그런데 3년간 모은 돈을 몽땅 투자하는 수술이면 얼마나 대대적인 공사겠니? 거기다 내가 제일 먼저 하려고 했던 건 지방흡입이었거든. 근데 아무래도 우리 엄마아빠는 내가 수술대 위에서 죽을까 봐 걱정이 되셨던 모양이야."

나는 문득 내가 이전에 했던 상상, 그러니까 성형외과 의사 선생님이 내가 원하는 수술을 모두 들어 보고 나서 "그러다 죽어요"라고 말할지도 모른다는 그 상상을 다시 떠올렸다.

언니의 부모님은 조금만 더 생각해 보라며, 대신 전부터 가고 싶어 했던 미국을 보내 주겠다며 언니를 덜렁 미국에 사는 이모 집으로 보내 버렸다. 생각은 아주 오랫동안 충분히 했다는 언니의 말은 씨알도 먹히지 않았다. 언니는 울며 겨자 먹기로 한국을 떠나게 되었던 것이다.

"처음엔 엄청 억울하고 화가 났어. 내가 뭐 때문에 그렇게 돈을 벌었는데, 싫었던 거지. 정말 성형하는 날만을 손꼽아 기다렸거든. 근데 막상 미국에 도착해서 생활하면서는 오히려 괜찮더라. 거기선 사람들이 남의 외모에 대해 거의 신경을 안 썼거든. 어딜 가나 그런 사람들이 있긴 하지만 한국만큼 심하진 않았어. 거긴 타고나는 외모는 정말 개인적인 부분이기 때문에 함부로 언급하는 것 자체가 아주 경우 없는 일이라고 생각하는 사람들이 많아. 거기선 '너 정말 말랐다. 비결이 뭐야?'라고 물어봐도 '너 정말 무례한 소리를 하는구나'라고 대답해. 우리나라는 학교에 화장을 안 하고 가면 친구들도 한 번씩 '야 너 오늘따라 왜 이렇게 폐인이냐? 비비라도 바르고 와라'라고 말하는 게 자연스럽지? 근데 미국 학생들은 대개가 편한 차림에 백팩, 화장기 없는 얼굴로 다녀. 그걸 자연스럽게 생각해. 내가 화장을 안 하고 안경을 껴도, 살이 쪄도 아무도 뭐라고 안 한다고. 웃기지? 뭐, 아이러니하게도 인종차별은 꽤 있지만."

언니는 어깨를 으쓱했다.

"나는 거기서 지금 남편을 만났어."

언니는 더없이 수줍고 사랑스러운 미소를 지었다. 그러나 나는 그 달콤한 표정에 감탄할 틈도 없이 경악했다.

"언니 결혼했어요?!!"

몸까지 앞으로 기울여 가며 소리를 질렀다. 언니는 소리 내서 웃었다.

"응, 2년 전에."

언니가 결혼했다는 충격이 채 가시기도 전에 언니는 또 의외의 얘기를 했다.

"백록담도 내가 결혼한 후에 미국으로 나가서 2년 정도 있다가 들어온 거야. 우리 시댁이 미국에 있는데 거기서 지내면서 넓은 세계를 좀 보고 오면 어떻겠느냐고 남편이 먼저 제안했거든. 담이도 좋다고 미국으로 나갔고. 미국에서 하고 싶은 거 실컷 해 보고 이번에 들어와서 바로 고등학교 편입한 거야. 담이한테 안 물어봤니?"

학교에는 백록담이 뭔가 사고를 쳐서 2년을 꿇었다는 소문이 파다했다. 물론 나는 그런 소문을 믿지 않았지만 가끔은 혹시나 말 못 할 과거가 있는 건 아닐까 궁금증이 들기도 했다. 백록담한테 왜 2년을 꿇었느냐고 물어보지 못한 것은 그런 이유에서였다. 혹시라도 뭔가 숨기고 싶은 과거를 건드릴까 봐서.

"네. 물어보진 않았어요. 생각보다는 평범한 이유였네요."

인상 강한 얼굴과 다부진 몸 때문에 돌았던 출처 불명의 뒷말에 비하면 아주 점잖은 이유였다.

결정적으로 언니의 생각이 바뀐 것은 미국에서 만난 남편 영향이 컸다. 이모를 따라 나갔던 교회에서 만나게 됐는데, 그 지역에서는 제법 손님이 많이 드는 미용사였다. 특이한 것은 대학교에서 상담학을 전공하고, 미용 기술은 아카데미에서 배웠다는 것이었다.

언니의 남편은 주말에 예배가 끝나면 항상 이동식 미용실로 개조한 차를 끌고 홈리스들이 모여 있는 곳이나 AA모임(익명의 알코올중독자 모임) 등을 찾아가서 자원봉사를 했다. 봉사는 주로 미용을 하면서 말상대가 되어 주는 것이었는데, 그와 대화를 나누면 10분만 지나도 다들 마음을 열곤 했다. 그래서 별명이 '미스터 텐미닛'이었다. 그가 하는 이야기는 대개가 "당신은 정말 아름다운 사람으로 창조되었다"는 것이었다.

"모든 사람을 아름답게 볼 수 있는 남자였어. 겉모습이 어떻든지 간에 사람들이 저마다 가진 씨앗을 보고 싹 틔울 수 있는 사람이었지. 그 사람은 나한테도 내가 얼마나 괜찮은 사람인지 끊임없이 말해 줬어. 그런 사람과 여러 날 함께 있다 보니까 내 마음도 채워지더라. 마음이 차고 나니까 나를 제대로 볼 수 있었고, 남도 제대로 볼 수 있게 됐어."

남편 얘기를 할 때 언니는 막 피어나는 싱그러운 꽃 같았다. 예전에 언니가 못생겼다는 말을 들었다는 게 여전히 믿기지 않았다. 눈이 크고 쌍꺼풀이 짙은, 턱이 갸름하고 콧대가 높은 미인은 아니었지만, 따뜻하고 우아한 분위기를 가진 사람이었다. 부러질 것처럼 가느다란 허리와 다리를 가진 것도 아니었고 오히려 제법 살집이 있는 통통한 체형이었지만 그런 체형 역시 언니의 차분한 미소와 어울렸다.

"있잖아, 미인아, 내가 미국에서 공부한 건 메이크업이었어. 근데 왜 이런 퓨전카페를 차렸을 것 같니?"

"어… 음…."

질문을 할 거라고는 생각도 못 했기 때문에 당황했다. 언니는 잠깐 기다리더니 답을 말해 주었다.

"우리 남편 같은 일을 하고 싶어서야. 어딘가에 있을 과거의 나 같은 여자들한테 우리 남편처럼 조금이나마 도움이 될 수 있는 말을 해 주는 사람이 되고 싶었거든. 아직은 카페가 좀 더 자리가 잡히고, 나도 좀 더 준비가 되어야겠지만."

언니에게 그런 마음이 있는 줄은 몰랐다. 그냥 참 속이 좋은, 마음이 예쁜 사람인 줄로만 생각했었다.

“미인아, 너는 네가 얼마나 괜찮은 사람인지 알아야 해. 그래야 흔들리더라도 곧 제자리로 돌아와서 너 자신을 지킬 수 있는 거야. 꽉 찬 마음을 안고 묵묵하게 너의 길을 걷다 보면, 다른 사람도 너의 진면목을 알아볼 거야. 아, 박미인은 그런 점이 참 괜찮은 사람이더라, 하고 말이야.”

이 남매는 꼭 봄날에 나부끼는 꽃잎 같았다. 두 사람이 번갈아 가면서 보듬어 주는 덕에 조금쯤 일어날 기운을 찾고 있다.

“쉽지는 않겠지만 내가 도와줄게. 우리 남편이 날 도와줬던 것처럼.”

그러니까 세상이 하는 거짓말에 너무 괴로워하지 마. 세상의 기준과 상관없이 ‘너’라는 사람 자체가 예술이니까, 하고 언니가 말했다.

유담 언니는 뜬금없이 숙제를 내줬다. 숙제의 제목은 '미인의 법칙'이었다. 왜 그런 제목을 붙였는지 알 길이 없지만, 카페의 두 고양이 이름을 오드리와 햇반으로 지은 것이나 카페 이름을 생각해 보면 언니의 독특한 작명 센스가 또다시 발동된 모양이었다. 이 얘기를 백록담한테 했더니, 와플을 굽다 말고 "아 그 쓸데없는 작명 센스 진짜…" 하고 한숨을 쉬었다.

"도대체 그런 숙제는 왜 내준 거래?"

어디서부터 말을 해야 하나 잠시 망설이자 백록담은 자연스럽게 다른 질문을 했다.

"숙제 내용이 뭔데?"

"별건 아니고요, 그냥 내가 생각하는 나의 장점 10개 적어 오기랑 오드리 헵번의 유언 써 오기요."

그러자 백록담은 씩 웃었다.

"뭐야, 우리 매형이 한 거 그대로 따라한 거네."

"네?"

"그 숙제 말이야, 누나 남편이 누나한테 내줬던 거거든. 물론 그때는 '미인의 법칙'이니 뭐니 하는 우스꽝스러운 이름은 없었지만."

아, 그런 거였구나.

모든 사람을 아름답게 볼 수 있는 남자였어, 라고 말하던 언니의 목소리는 꼭 꿀을 발라 놓은 것처럼 달콤했었다.

"오드리 헵번 유언이면 저거 말하는 거잖아, 알고 있어?"

갑자기 백록담이 카페 벽에 걸려 있는 액자들을 가리켰다. 그 액자에는 오드리 헵번의 사진이 들어 있었고, 사진 위에는 짧은 글귀들도 같이 쓰여 있었다. 글귀를 다 모아 보면 이랬다.

아름다운 입술을 갖고 싶으면 친절한 말을 하라.

사랑스러운 눈을 갖고 싶으면 사람들에게서 좋은 점을 보아라.

날씬한 몸매를 갖고 싶으면 너의 음식을 배고픈 사람과 나누어라.

아름다운 머리카락을 갖고 싶다면 하루에 한 번 어린아이가
손으로 머리를 쓰다듬게 하라.

아름다운 자세를 갖고 싶다면 결코 너 혼자 걷고 있지 않음을 명심하라.

사람들은 상처로부터 치유되어야 하고 낡은 것에서도 새로워져야 하고
병으로부터 회복되어야 하고 무지함으로부터 교화되어야 하며
고통으로부터 구원받고 또 구원받아야 한다.

누구도 버려져서는 안 된다.

기억하라. 만약 도움의 손이 필요하다면 너의 팔 끝에 있는
손을 이용하면 된다.
네가 더 나이가 들면 손이 두 개라는 것을 발견하게 될 것이다.
한 손은 너 자신을 돕는 손이고, 다른 한 손은 다른 사람을 돕는 손이다.

"아… 이게 오드리 헵번의 유언이에요?"

오며 가며 카페 벽에 걸린 액자를 보기는 했었다. 일하는 중간에 요정 같은 미모를 무심코 바라보았던 적도 있다. 그럼에도 오드리 헵번의 말이라는 것을 이제까지 알아채지 못했다.

"응. 감동적이지? 사실 이거 원래는 샘 레븐슨이라는 시인이 손녀딸에게 보낸 편지 속에 있었던 시야. 오드리 헵번이 세상을 떠나기 1년 전, 이 시를 인용한 유서를 아들에게 읽어 준 이후로 유명해졌어."

"이게 원래 시였어요?"

"응. 제목은 Time Tested Beauty Tips, 세월이 일러 주는 아름다움의 비결."

아름다움의 비결이라. 예전에 들었다면 시대착오적이라고 생각했을지도 모르겠다. '흥, 그래 봐야 인형처럼 예쁜 게 제일이지 뭐' 하고 코웃음을 쳤을 것 같다. 백록담과 백유담을 아는 지금이라서 이 시가 감동적으로 다가오는 것일 수도 있겠다는 생각이 들었다.

"원래 시의 끝부분에는 이런 말이 덧붙여져 있어. 여인의 진정한 아름다움은 영혼으로 투영된다. 사랑으로 베푸는 돌봄과 그녀가 보여 주는 열정이야말로 진정한 아름다움인 것이다."

백록담은 "이 부분이 나랑 누나가 제일 좋아하는 부분이야" 하고 말했다. 그 말들이 동그랗게 뭉쳐져서 가슴으로 떨어지는 기분이었다. 나는 슬쩍 가슴 아래를 꾹 눌렀다.

"이것도 우리 매형이 누나한테 알려 준 시야. 오드리 헵번이 이 시를 유언에 인용했다는 걸 알고 난 뒤부터 우리 누나는 오드리 헵번을 좋아했어. 얼마나 좋아했으면 고양이 이름을 오드리랑 햇반으로 했겠냐. 카페 이름도 원래는 '오드리 헵번'이나 '세월이 일러 주는 아름다움의 비결'이라고 하겠다는 걸 나랑 매형이 뜯어말려서 '미인의 법칙'이라고 바꾼 거야."

백록담은 "촌스럽기는 마찬가지지만" 하고 덧붙이면서 나를 돌아봤다. 백록담과 눈이 마주쳤다. 그제야 내가 백록담을 관찰하듯이 뜯어보고 있다는 걸 알았다.

"왜 이렇게 빤히 봐?"

질문이 직설적이라서 당황했다. 시선을 순식간에 땅으로 내리꽂았다.

"아, 아뇨, 그냥… 오빠는 참 장점이 많은 사람이다 싶어서…."

"너도 많은데, 왜."

백록담은 다 닦은 와플 기계를 닫으며 말했다. 이전에 내가 넋을 빼놓고 있다가 와플 기계에 손을 덴 이후로, 와플을 굽는 것부터 기계를 청소하는 것까지 전부 백록담 차지가 되었다. 여하간 덤덤한 말이었지만 난 공연히 부끄러웠다. 백록담이 당연하다는 듯이 말했기 때문인 것 같다. 아니면 어색했기 때문이거나. 남들이 나를 칭찬하는 일은 거의 없었으니까 말이다.

"저요?"

"여기에 너 말고 누가 있냐."

백록담이 툭, 내 어깨를 건드렸다. 그러고는 놀리려는 작정이었는지 모르겠으나, 갑자기 내 장점을 줄줄 말하기 시작했다.

"잘 모르는 것 같은데 넌 부지런히 일도 잘하고, 왠지 좀 소녀스러운 구석도 있고, 키도 작고 손도 작아서 아기자기하고, 피부도 좋아. 매사에 차분하고, 말도 조근조근 예쁘게 하고, 목소리가 낮지도 않고 너무 높지도 않아서 듣기가 참 좋고… 아, 이상한 데서 부끄러움 타는 것도 좋다. 그러니까 그런 의미에서 어깨 좀 펴고 다녀. 고개도 확 들고. 세상에 무슨 큰 죄 졌냐? 전 세계에 박미인은 너 하나뿐인데 왜 이렇게 세상 눈치를 보냐?"

머리가 멍해졌다. 어, 하는 순간에 생각지도 못한 말을 너무 많이 들었다. 갑자기 얼굴에 열이 몰렸다. 핀잔을 주는 것 같으면서도 어쨌거나 상냥했던 목소리가 자꾸 주변을 맴돌았다.

"이상한 데서 부끄러움 타는 건 뭐예요~. 그게 무슨 장점이에요?"

떨리는 가슴을 들키지 않으려고 간신히 내뱉은 말이 그거였다. 백록담은 흠, 하고 가볍게 어깨를 으쓱했다.

"아니… 장점인데 그거."

무덤덤해서 더욱 부끄럽다. 익숙하지 않은 탓일 수도 있다. 머릿속으로 열심히 대꾸할 말을 찾았지만 어떤 말도 멍청하게 들릴 것 같았다. 내가 어버버거리고 있는 게 웃겼는지 백록담은 별안간 웃음을 터뜨렸다.

"아하하하, 아니 대체 뭐가 그렇게 부끄러운 거야?"

그 말을 들으니 더 부끄러워서 정말로 아무런 말도 할 수 없었다. 백록담은 곧 웃음을 그쳤지만 입술은 간질거리는 걸 참는 것처럼 여전히 씰룩거렸다.

"숙제 거의 끝났네."

"네?"

"장점 10가지 생각해 오는 거."

"아…!"

그러고 보니 그랬다. 나는 아무리 생각해도 5개 이상 떠오르지 않아서 골머리를 앓고 있었는데 (그나마 찾은 장점도 다 흔해 빠진 거였다. 사람의 기분을 생각할 줄 안다, 친구를 소중하게 생각한다, 남의 말을 잘 들어 준다, 책을 많이 읽는다, 욕을 안 한다. 이거 5개가 내가 간신히 찾은 나의 장점이었다.) 백록담이 쏟아 낸 장점은 어림잡아 10개 정도 되었던 것 같다. 나는 벌떡 일어났다.

"한 번만 다시 말해 주세요. 한 번만요~!"

그 민망한 칭찬을 다시 듣는 게 여간 불편한 게 아니었지만 일하는 내내 억지로 내 장점을 쥐어 짜내지 않아도 된다면 한 번 더 듣는 것쯤이야 참아 낼 수 있었다. 그러나 백록담은 바로 대답해 주지 않고 실실 웃으면서 은근히 나를 놀렸다. 결국 이야기해 주긴 했지만 너무 낯부끄러워서 그건 그것대로 고역이었다.

집에 돌아와서 목욕을 하는데 백록담이 말한 것들이 떠올랐다. 늦은 저녁을 먹을 때도, 침대에 누울 때도 자꾸 백록담의 칭찬이 떠올라서 도무지 제대로 집중을 할 수가 없었다. 나는 헤벌쭉 웃다가 몇 번이나 스스로 허벅지를 꼬집었다.

“정신 차려, 박미인!! 그건 그냥 의미 없는 칭찬이라고!!”

하지만 소리를 친 보람도 없이 나는 결국 꿈에서까지 오늘의 상황을 되풀이했다. 꿈속에서의 나는 이상하게도 조금 더 예쁜 느낌이었고, 백록담 역시 현실에서보다 한층 더 미화된 모습으로, 진짜 상황에서보다 더 달콤하게 말을 건넸다는 점만이 약간 달랐다.

café

야자 시간이었다. 나는 유담 언니에게 숙제를 잘했다는 걸 보여 주기 위해서 볼펜을 꾹꾹 눌러 가며 노트에다 내 장점들을 쭉 적고 있었다. 그러다가 또 백록담의 목소리가 들리는 듯해서 숨죽여 웃고 말았다.

"헐."

옆에서 승아가 어이없어했다. 내가 갑자기 비싯비싯 웃으니까 그런가 보다 싶어서 뜨끔했다.

"얘 또 사진 올렸다."

그러나 승아는 영문을 알 수 없는 말을 중얼거리며 나한테 핸드폰을 들이밀었다. 화면에 떠 있는 것은 정하얀의 페이스북 타임라인이었다. 이제 막 올린 새로운 프로필 사진이 눈에 들어왔다. 교정에서 찍은 사진이었는데 하얀 피부는 햇빛을 받아 더 투명했다. 한쪽으로 흘러내리는 긴 생머리 덕에 훨씬 청순해 보이기까지 했다. 예쁘긴 진짜 예쁜 아이다.

"조금만 있으면 또 '좋아요'가 순식간에 100개, 200개 넘어가겠지."

승아는 빈정거리면서 혀를 찼다. 승아의 말대로 곧 페이스북 인기도나 마찬가지인 '좋아요'가 득달같이 올라갈 것이었다.

정하얀의 인스타그램 계정과 페이스북 계정은 인기가 아주 많았다. 다 빼어난 얼굴과 지금껏 잘 쌓아 온 이미지 덕이었다. 정하얀은 일주일에 서너 번은 꼭 자신의 SNS에 사진을 업로드했다. 정하얀에게 친구 요청을 하는 사람은 아주 많았고, 그 애의 사진에는 항상 '좋아요'가 경쟁이라도 하듯이 올라갔다.

나는 괜히 배알이 꼴려서 일부러 눈을 질끈 감았다.

내 장점이 아무것도 아닌 것처럼 느껴질 것 같았다.

'백록담이 찾아 준 장점이잖아. 아무것도 아닌 게 아니야. 흔들리지 말자.'

애써 마음을 다잡으려는데 승아가 다시 나를 툭, 건드렸다.

"대박. 야, 야, 야…미인아 이거 좀 봐 봐."

나는 도리질을 했다.

"됐어. 안 볼래. 괜히 질투 나서 싫어."

"아니, 그게 아니라니까. 얼른 봐 봐. 대박이야, 이거."

작게 소곤거리면서도 목소리는 조급했다. 승아는 급기야 내 어깨를 잡고 흔들었다. 결국 눈을 뜨고 코앞에 들이밀어진 핸드폰을 확인했다.

"어…?"

내가 뭘 잘못 봤나? 두어 번 눈을 깜빡여 보았는데도 화면은 바뀌지 않았다.

내가 본 것은 정하얀이 새로 올린 프로필 사진 밑의 댓글이었다. 이제 막 올려서 그런지 '좋아요'도 아직 3개, 댓글은 1개만 달려 있었는데 그 하나 달린 댓글의 내용이 충격적이었다.

강이안 : 충청도 오송 OO중학교 자퇴한 돼지 왕따 정하얀. 눈 앞트임, 뒤트임, 눈매교정에 쌍커풀까지 다 하고 살 빼서 서울로 전학 갔다더니 새로운 인생 살고 있는 것 같다? 너네 학교 애들이 너 원래 존나 뚱뚱했던 거 알아? ㅋㅋㅋㅋ

나랑 승아는 아무런 말도 하지 못했다. 입을 열면, 반 애들이 다 들을 만큼 큰 소리로 '억' 하고 숨넘어가는 소리를 낼 것 같아서였다. 승아는 양손으로 입을 막았다. 나는 다시 한 번 댓글을 읽었다. 읽은 그대로였다. 갑자기 승아가 노트에다가 글씨를 썼다.

– 이 댓글 뭐임??

나도 글로 답을 했다.

– 정하얀 안티 아니야, 악의적인 루머 생성하고 다니는?

– 갑자기 이렇게 뜬금없이???

– 원래 페북 스타들 루머 만들고 다니는 사람 많잖아. 연예인처럼. 너무 말이 안 돼. 정하얀이 왕따에 뚱뚱했었다는 것도 상상이 안 되고,

그 애 눈이 사방위로 다 찢어 놓은 가공품이라는 것도 못 믿겠어. 그 얼굴의 어디가 수술한 걸로 보이냐?

어쩌다 보니 내가 정하얀을 변호하는 것처럼 얘기하고 있었다. 그만큼 정하얀의 미모와 태도는 자연스러웠다. 사랑받는 것도 무척 익숙한 듯한 분위기였다. 우리는 다른 댓글이 더 달리지 않았을까 싶어서 새로고침을 눌렀다. 화면이 다시 로딩됐다. 문제는 핸드폰 화면에서 정하얀의 새로운 프로필 사진 자체가 사라졌다는 것이다.

"야, 이거 왜 이래? 방금 올린 프로필 사진 게시글이 아예 없어."

다시 새로고침을 눌러 봤지만 똑같았다. 승아가 뭔가 깨달은 것처럼 눈을 크게 떴다.

"삭제했나 봐."

"응?"

"이상한 댓글이 있으니까 게시글을 통째로 삭제한 거야."

미친놈은 피하는 게 상책이다. 이상한 댓글에 반응하는 것보다는 그냥 조용히 글 자체를 삭제하는 게 나을 수도 있다. 그렇게 생각하면서도 한편으로는 혹시 찔려서 그런 것은 아닐까 하는 의심이 들었다. 승아도 마찬가지였는지 마주친 두 눈은 의아한 기색을 띠었다. 물론 확인할 길이 없으니 그냥 묻어 두는 수밖에 없는 노릇이었다.

'이거 캐내서 무슨 부귀영화를 누리겠다고… 신경 끄자.'

머리만 아프기 딱 좋았다. 단순한 해프닝으로 취급하려고 애쓰며 노트로 눈을 돌렸다. 한창 적고 있었던 나의 장점들을 다시 사각사각 써 내려갔다. 혼란했던 마음은 곧 잠잠해졌다. 숙제가 끝나고 자습도 끝나갈 무렵, 혹시나 하는 마음에 페이스북을 들어가 봤으나 뭐가 더 올라오고 하지는 않았다.

◆◆◆

오드리 헵번의 명언 적기, 나의 장점 10개 쓰기 이후에 언니가 내준 과제는 '나 자신에게 러브레터 쓰기'였다. 처음에는 그 낯부끄러운 제목에 질색했지만, 예쁜 편지지를 고르면서 어쩌면 조금 재미있겠다는 생각이 들었다. 한 5년쯤 지나서 다시 읽어 보면 굉장히 기분이 묘할 것 같았다. 그건 승아랑 백록담도 마찬가지였는지, 둘 모두 내 과제에 흥미를 보였다. 우리 셋은 점심시간에 밥을 먹고 바로 도서실로 내려갔다. 나랑 승아는 각자 편지지에 자신을 향한 러브레터를 쓰기 시작했고, 백록담은 여기에 동참하지는 않았지만 옆에 앉아서 우리를 힐끔힐끔 보았다.

"사랑하는 미인이에게."

백록담이 내 편지를 슬쩍 훔쳐보고는 대뜸 소리 내서 읽었다. 아직 그 한 줄밖에 쓴 게 없지만 백록담이 읽으니, 기껏 그 한 줄도 부끄러웠다. 나는 편지지를 팔 안으로 감추었다. 그러고 나서 다시 펜을 잡는데 갑자기 '사랑하는 미인이에게' 하고 말하는 백록담의 목소리가 다시 귀에서 맴돌았다. 사랑하는 미인이… 그 짧은 말이 사람을 들뜨게 만들었다. 나는 일부러 기계적으로 편지지를 내려다보았다.

한참 동안 단 한 줄도 떠오르지 않았다. 사랑하는 미인이에게- 라는 글 뒤로, 나는 계속 톡톡톡 점만 찍어 대고 있었다. 끙끙대며 있는 말, 없는 말 붙여 가는 도중에 백록담이 책상 위로 늘어지게 누웠다. 나는 나도 모르게 백록담의 넓은 어깨와 팽팽하게 당겨진 교복 셔츠, 그리고 책상 위에 쭉 뻗은 긴 팔을 흘깃거렸다. 그러다가 문득, 이런 변태스러움은 뭐야 하는 생각에 심장이 쿵 했다. 나는 황급히 고개를 돌리고 다시 편지를 써 내려갔다.

어쨌거나 미인아. 유담 언니는 사람들이 뭐라든 '뭐 어때, 난 이렇게
멋진 사람인데' 하면서 살다 보면 분명히 다른 사람도 널 멋지게 볼 거래.
아직 난 그 말이 맞는지 잘 모르겠지만, 생각해 보니까 멋진 인생을
살고 있는 여자들이 꼭 얼굴이 인형같이 예쁘고 화려한 건 아니더라고.
외모랑 상관없이 잘 살아가는 사람들은 생각보다 많을지도 몰라.

거기서 또 생각이 막혔다. 나는 잠깐 샤프를 깔짝거리다가 다시 백록담의 등을 보았다. 괜히 코가 간지러웠다.

그리고 세상에는 백록담과 백유담 같은 올곧은 시선을 가진 사람들이
분명히 있어. 응. 정말 그래. 그러니까 미인아 잘해 보자, 진짜로.

편지 끝에는 웃는 얼굴을 그렸다. 어릴 적 숙제 끝에 내 사인처럼 그려 넣었던 거다. 그래. 나는 어릴 때 일기나 숙제 끝에 항상 이런 걸 그렸었다. 어느 순간부터 사라졌던 나의 습관이었다. 그게 왜 지금 갑자기 다시

나타난 것인지 모르겠지만 나는 왠지 나를 한 조각 되찾은 것 같아서 기뻤다.

"어, 미인아~."

편지를 접는데 뒤에서 누가 날 툭, 쳤다. 목소리만으로도 정하얀이라는 걸 알았다. 나는 대답하지 않고 뒤를 돌아봤다. 정하얀은 김한솔과 함께 있었다.

"뭐 하고 있었어?"

정하얀은 굳이 소곤대듯 물었다. 애교스러운 미소가 그림같이 떠오른 얼굴을 마주하면서 나는 짧았던 해프닝을 떠올렸다. 예쁜 프로필 사진 아래에 달렸던 의미심장한 댓글. 그리고 순식간에 삭제된 게시글.

"그냥 할 일이 좀 있어서."

그 댓글은 과연 뭐였을까? 평소보다 더 주의 깊게 그 애의 얼굴을 보았다. 역시 자연스러웠다.

"옆에는… 혹시?"

정하얀이 손가락으로 가리킨 건 여전히 엎드려서 자고 있는 백록담이었다. 정하얀의 눈이 반짝반짝 빛났다. 백록담이라고 대답하고 싶지 않았다. 하지만 동시에 네가 관심 갖는 사람이 나랑 이만큼 친하다는 걸 보여 주고 싶기도 했다. 대충 고개를 끄덕이자 정하얀은 그럴 줄 알았다는 얼굴로 화색을 드러냈다.

"우아, 부러워라. 너 정말 친하구나. 나도 인사시켜 주라."

싫다는 말이 바로 튀어나올 뻔했다. 정하얀은 자고 있는 백록담을 깨우려는 것처럼 책상을 손톱으로 톡톡톡 두드렸다. 김한솔이 정하얀을 끌어당기면서 자는 사람을 뭘 굳이 깨우느냐고 소곤거렸다.

"뭐 어때, 친해지면 좋잖아."

"아니, 그래도 여기 도서관이잖아."

김한솔이 난감한 듯 웃으면서 대꾸했다. 사람이 별로 없기는 했지만 조용히하는 게 맞았다. 아무리 작게 말해도 거슬릴 사람은 거슬릴 거였다. 정하얀은 못들은 척 책상을 손톱으로 치면서 "미인아~ 소개해 줘~" 하고 말했다. 애교 부리듯 끝을 늘어뜨리는 말투가 정말 마음에 안 들었다. 나는 무의식적으로 이마를 만졌다. 그리고 그때, 완전히 힘이 풀려 있던 백록담의 등이 움찔 움직였다. 백록담이 고개를 들었다. 잠자는 걸 방해받은 게 퍽 불쾌했던지 눈이 잔뜩 찡그려져 있었다.

"뭐야, 다 썼어?"

백록담은 정하얀에게는 눈길도 주지 않고 나한테 물었다.

"아, 네··· 방금요."

"그럼 일어나자."

백록담이 의자를 뒤로 밀었다.

"안녕하세요."

정하얀이 황급히 말을 걸었다. 백록담은 여전히 인상 쓴 눈으로 정하얀을 쳐다보았다.

"저, 9반에 정하얀이라고 해요. 전부터 오빠랑 친해지고 싶···."

"아, 너 걔구나."

정하얀의 말이 끝나기도 전에 백록담이 알은체를 했다. 정하얀의 얼굴이 눈에 띄게 밝아졌다.

"박미인 자꾸 괴롭히는 애."

아무렇지 않은 듯이 툭 던진 말에 나는 말할 것도 없고, 정하얀과 김한솔까지 몹시 놀란 기색이었다. 특히 정하얀은 잠깐 할 말을 잃고 눈을 크게 떴다. 입술은 말을 내뱉지 못하고 몇 번인가 뻐끔거렸다. 가뜩이나 하얀 얼굴이 더욱 하얘져서 호흡 곤란이 오는 건 아닐까 걱정이 될 정도였다.

"…뭘 오해했나 봐요. 제가 아니라 김미나가 그러는 거예요."

정하얀은 황급히 김미나 핑계를 댔다. 저 말이 나중에 김미나 귀에 들어가면 아무리 정하얀이라도 분명히 욕을 얻어먹을 텐데 싶었다.

"걔는 보이게 괴롭히고 너는 안 보이게 괴롭히잖아."

백록담의 목소리는 냉정했다. 내리깐 눈도 차가웠다. 나는 백록담에게 정하얀이 나를 괴롭힌 일을 구구절절 말한 적이 없다. 백록담은 어떻게 알고 있는 것일까? 역시 유담 언니를 통해서 전해진 건가?

정하얀은 얼어붙은 것처럼 빳빳하게 굳었다. 빠져나갈 구멍을 찾을 생각도 못 하는 것처럼 아무런 미동도 보이지 않았다. 백록담은 작정하고 삐딱하게 몸을 돌려세웠다. 완전히 자기 쪽으로 향해 있는 백록담의 앞에서 정하얀은 옴짝달싹하지 못했다.

"껍데기 예쁘다고 썩은 내 안 나는 거 아니다. 예쁜 얼굴로 아무리 가려 봐도 새까맣게 썩고 물러 터진 알맹이가 보인다고, 내 눈에는."

그 말을 듣는 순간, 정하얀의 눈동자는 빛을 잃었다. 유리알같이 빛나던 그 애의 생기가 갑자기 탁하게 가라앉은 것 같았다. 내가 느끼기엔 그랬다. 바로 그때, 수업 예비 종이 울렸고 백록담은 마치 덫에 걸린 짐승을 놓아 주기라도 하는 양 눈을 흘기며 돌아섰다. 그 뒤를 나와 승아가 허겁지겁 뒤쫓았다. 창백하게 질린 정하얀이 그만 쓰러지는 건 아닐까 조금 무섭기도 했지만 김한솔이 옆에 있으니 큰일은 없을 거라고 생각했다. 수업이 시작하고 나서도 정하얀은 들어오지 않았다. 선생님이 들어오신 뒤에 김한솔이 혼자 터덜터덜 돌아왔을 뿐이었다. 정하얀은 도대체 어디에 있는지, 뭘 하고 있는지, 그게 신경 쓰여서 수업에 집중할 수가 없었다. 얼마가 지났을까, 교실 문이 덜컹거렸다. 수업 중에 당당히 문을 열어젖힌 것은 정하얀이었다. 아이들의 시선이 순식간에 문 앞으로 쏠렸다. 정하얀은 그 앞에서 아주 잠깐 교실을 둘러보았다. 나와 눈이 마주쳤다. 정하얀은 이전에 교실에서 김미나와 내 욕을 하다가 나한테 들켰던 그때처럼 입술을 비틀었다. 선생님이 정하얀을 향해 뭐라고 하지 못하고 잠깐 주춤한 것은 전혀 생소한 그 애의 그 표정 때문이었을 것이다. 끈적이는 여름 바람이 목을 휘감는 듯한 기분이 들었다. 잠깐 내려앉은 침묵도 그랬다. 아이들은 처음 보는 사람같이 낯선 정하얀의 모습에 당황해했다. 선생님이 혼을 내지 않고 도리어 걱정이 되는 투로 조심스럽게 물었다.

"하얀아… 어디 아프니?"

놀랍게도 정하얀은 대꾸하지 않았다. 그 애는 성큼성큼, 아니 거의 뛰듯이 내 자리로 걸어왔다. 그 걸음걸이나 표정에는 사나운 남자애들이 발광할 때와 같은 어떤 기운이 서려 있었다.

"못생긴 게."

그 말과 함께 손바닥이 날아왔다. 고개가 확 꺾였다. 얻어맞은 관자놀이가 징징 울렸다. 차라리 뺨을 갈길 것이지, 하는 생각과 욕이 동시에 치밀어 올랐다. 그러나 그 애가 보여 준 서슬 퍼런 눈빛이나 그 엄청난 기세에 눌려 아무런 말도 하지 못하고 그 애를 멀거니 올려다보았다.

"진짜 너 깝치지 마."

"…뭐?"

"야, 백록담이 너랑 친하게 지내니까 니가 뭐라도 된 것 같지, 어?"

정신이 멍해졌다. 머리 쪽을 맞은 후폭풍은 원래 몇 초 뒤에나 오는 건가. 얘가 지금 뭐라는 거야? 나는 묻듯이 다른 아이들에게로 시선을 던졌다. 그러나 반 애들 역시도 지금 이 상황을 도무지 이해하지 못하겠다는 듯 얼빠진 얼굴을 하고 있었다.

선생님이 뛰어와서 정하얀을 잡았다. 그 애는 세차게 몸부림쳤다.

"놔, 놓으라고!!!"

발작하듯이 지껄이는 그 애의 모습에 모두가 믿을 수 없다는 듯이 서로의 얼굴만 쳐다보았다.

"뭐? 껍데기 예쁘다고 썩은 내 안 나는 거 아니라고?? 공자, 맹자 나셨어, 아주. 지가 뭘 안다고. 이 나라에선 껍데기 예쁘면 최고야! 알아?!"

그제야 나는 정하얀의 발작이, 그 애의 가면이 깨어진 게, 백록담의 냉정한 한마디 말 때문이었음을 알았다. 선생님은 뒤늦게 그 애를 와락 끌어안고 진정을 시켰다. 정하얀은 곧 거친 숨을 몰아쉬면서 훌쩍훌쩍 울기 시작했다. 선생님이 정하얀을 데리고 밖으로 나갔다. 교실 밖에는 때아닌 소란에 뭐야, 뭐야, 하고 몰려 나간 몇몇 애들이 놀란 토끼 눈을 하고 정하얀을 바라보았다. 승아가 창백한 얼굴로 나한테 다가왔다. 교실은 곧 아수라장이 되었다.
"대박… 야 뭐야, 방금 그거 뭐야?"
"정하얀 미쳤나 봐. 뭐야, 쟤 갑자기 왜 저래?"
"존나 소름. 방금 걔가 진짜 우리가 알던 정하얀 맞냐? 살짝 미친 것 같았는데."
"박미인이 뒤에서 정하얀 속 긁은 거 아니야?"
"그래도 그렇지… 방금 진짜 또라이 같았다고. XX, 예쁜 여자가 무서운 건 처음이다."
나는 여전히 정신을 차릴 수가 없었다. 서러움과 억울함이 밀려왔으나, 충격이 너무 커서 눈물은 조금도 나오지 않았다. 나는 그저 멍하니 앉아 있었다.

담임 선생님은 누렇게 뜬 얼굴로 들어왔다. 종례를 하는 둥 마는 둥 목소리는 조급했고 전달력이라고는 전혀 없었으며 정신없이 흔들리는 눈동자는 꼭 뭐에 홀린 사람 같았다. 정하얀 때문이었다. 이제껏 착하고 얌전했던 그 아이의 정신병 같은 발광에 몹시 당황한 것이었다.

"다들 쓸데없는 데다 신경 쏟지 말고, 야자 시간 잘 활용해!! 쌤은 오늘 처리할 일이 좀 있어서 바쁘니까 웬만하면 교무실 들어오지 말고."

선생님은 쫓기듯 교실을 나갔다. 반 아이들이 정하얀에 대해서 물어볼까 봐 도망가는 것처럼 보였다. 선생님이 나가자마자 교실은 다시 소란해졌다.

"정하얀, 어디로 갔을까?"

"몰라, 그냥 조퇴도 아니고 부모님이 와서 데리고 갔을 정도니까 진짜 정신병원이나 그런 데 간 거 아니야?"

누군가의 말대로였다. 아까의 그 엄청난 사건이 있은 후, 곧 정하얀의 엄마가 차를 몰고 나타났고 정하얀은 딱 봐도 고급진 세단에 몸을 실은 채 학교를 빠져나갔다. 아이들은 '그대로 정신병원으로 갔을 거다' '아니다, 어디가 아파서 그런 걸지도 모른다. 아마 응급실로 갔을 거다' 내지는 '집에 가서 안정을 취할 것이다' 등 이런저런 추측성 이야기들을 제멋대로 뱉어 냈다.

◆◆◆

정하얀은 일주일이 넘도록 학교에 나오지 않았다. 선생님은 많이 아프다고만 했다. 학교에는 이런저런 소문이 파다하게 퍼졌다. 사실 자체로도 경악스러운 내용은 살이 붙어서 더욱 비현실적으로 변했다. 백록담도 당연히 그 얘기를 들었고, 나는 유담 언니에게도 그날 일을 얘기했다. 언니는 그 엄청난 사건을 듣고 잠시 할 말을 잃었다. 그러더니 "그것 참… 안쓰럽네" 하고 의외의 대답을 했다. 그야 안쓰럽다고 생각할 수도 있을 만한 발악이었지만, 내가 그 애 때문에 얼마나 마음을 끓였는지 아는 언니가 그렇게 얘기한 게 조금 이해가 되지 않았다. 더구나 그때 봉변을 당했던 건 내가 아닌가. 난데없이 머리통까지 맞아 가면서 말이다.

'언니는 마음이 너무 좋아서 탈이야.'

언니를 보면 생각나는 시가 있었다. 윤동주의 서시였다. 외우고 다니는 것은 아니지만 시의 끝부분이 인상 깊어서 기억에 남아 있었다. '별을 사랑하는 마음으로 모든 죽어 가는 것을 사랑해야지.' 그래. 유담 언니는 꼭 그 시 구절 같은 사람이었다. 어쩌면 그보다는 조금 더 냉정한 편인 백록담이 그래도 더 낫지, 하고 제법 배은망덕한 생각을 하면서 나는 운동화를 구겨 신었다.

"미인이 너, 오늘도 알바 가니? 오늘은 안 가는 날 아니야?"

엄마가 고개를 불쑥 내밀고 물었다. 나는 가볍게 운동을 하러 나가는 참이었다. 유담 언니가 이번에 내준 과제가 그거였다. 언니는 건강한 몸에 건강한 정신이 깃드는 법이라며 일주일에 네 번, 30분 정도, 가볍게 조깅이라도 하라고 했다. 대한민국 고등학생에게 주당 네 번의 운동은 부담스러운 일이다. 아무리 30분짜리 걷기라 해도. 하지만 언니가 "담이랑 같이 하고 와. 어차피 담이도 운동 좋아하고, 처음에는 습관이 안 돼서 혼자 하기 힘들 테니까" 하면서 백록담을 붙여 주었기 때문에 흔쾌히 응하기로 마음먹었다.

"운동하러요."

"운동? 이 시간에? 어디서?"

"그냥, 뭐… 저수지 근처나 돌까 해서요."

15분 거리에 산책로의 느낌으로 건설한 저수지가 있었다. 따뜻한 날이나 여름밤에는 제법 많은 사람들이 거기서 운동을 했다.

"그래, 성형보다는 운동으로 빼는 게 낫지. 건강에도 좋고 돈 버느라 시간 뺏기지 않아도 되고."

잔소리가 행여 길어지기라도 할까 봐 급히 집을 빠져나왔다. 엘리베이터를 타고 내려가는데 가슴이 조금 두근거렸다. 저수지에 도착하기 전에 몇 번이나 거울을 보면서 머리카락을 다듬고 입술에 틴트를 발랐다. 선크림이 뭉치지는 않았을까 꼼꼼히 살펴보기도 했다. 저수지에서 마주친 백록담은 깔끔하게 하얀 반팔 티셔츠에 남색 트레이닝 바지를 입고 있었다. 꼿꼿하게 선 허리나 긴 다리와 너무 잘 어울리는 차림새였다. 사실, 뭘 입었든 멋있다고 생각했겠지만.

"안녕하세요."

"뭐야, 어색하게 왜 또 '안녕하세요'야."

말하면서도 좀 안 어울린다고 생각하기는 했다. 하지만 밖에서 따로 만나는 건 처음이라서 왠지 첫 말이 떨어지질 않았던 것이다.

"저녁에 운동하는데 선크림도 바르고 입술에도 뭐 발랐어?"

백록담이 내 얼굴을 내려다보면서 싱글싱글 웃었다. 마치 마음을 들킨 것 같아서 부끄러움이 치솟았다. 역시 선크림은 좀 오버였나.

"원래 선크림은 저녁에도 발라야 된대요."

"입술은?"

"그건…."

내가 할 말을 못 찾자 또 웃는 것 같은 기색이 느껴졌다.

"사람은 언제 어디서나 준비되어 있어야 한다고요."

"무슨 준비?"

"인연을 만날 준비요…."

억지로 우겨 보았지만 목소리는 역시 기어들어 갔다. 차라리 당당하게 말할 수 있었다면 이렇게 부끄럽지는 않았을 것이다. 백록담은 또 으하하하 웃었다. 나를 만날 때 즐거워하는 건 좋지만, 난 백록담을 웃기고 싶은 건 아니다. 조금 시무룩해지는 기분이었다.

"너 그런 점도 좋아."

백록담은 속도 모르고 아무렇지도 않게 사람 마음을 허무는 말을 던졌다.

"뭐가요?"

"생각지도 못한 말을 하는 거."

내가 그 정도로 이상한 말을 했나, 하고 생각해 봤지만 역시 모르겠다.

우리는 저수지를 열심히 걸었다. 나는 나름대로 경보로 걸었으나 백록담은 나한테 맞추는 바람에 평소보다 약간만 빠른 정도였다. 여름밤이라는 시간과 저수지라는 공간의 힘 때문인지 우리는 시답지 않은 이야기를 (카페 진상 손님이나 학교 얘기) 하면서도 즐거웠다. 뭔가 몸을 움직이니까 활력이 생기고 기분이 좋아졌다. 역시 유담 언니는 허튼 얘기는 하지 않는구나 하는 생각을 했다.

"어? 미인아. 쟤, 너희 반 애 아니냐?"

백록담이 맞은편을 가리켰다. 그쪽에는 하얗고 복슬복슬한 강아지와 그 강아지의 끈을 잡고 있는 김한솔이 있었다. 김한솔과 눈이 마주쳤다. 그 애는 놀라기도 하고 당황하기도 한 것처럼 눈이 커져서는 나와 백록담을 멀거니 쳐다보았다. 아마 나도 마찬가지였을 것이다. 김한솔과의 거리는 점점 더 가까워졌다. 흥분한 강아지는 숨을 헥헥거리면서 버둥거렸다. 목줄이 팽팽하게 당겨졌다.

"아, 안녕."

내가 먼저 인사했다. 김한솔은 내 다리께로 뛰어오르는 강아지를 품에 안았다.

"안녕."

"강아지 키우는구나."

"응, 산책시키러 나왔어… 넌?"

김한솔의 시선이 얼핏 백록담에게로 향했다. 섣부른 오해를 하지 않을까 생각했지만, 먼저 묻지 않는데 해명을 하기도 퍽 웃기는 일이었다.

"운동하려고."

"아… 체력 키우게?"

"응… 뭐."

어색해서 견딜 수가 없었다. 몸이 오그라드는 것 같았다.

"몸이 건강해야 정신도 건강해지니까."

침묵이 못 견디게 부담스러워서 무작정 유담 언니가 했던 말을 그대로 읊었다. 그 뒤로도 둘 다 딱히 할 말이 없었다. 원래부터가 나의 일방적인 짝사랑이었고, 마음 착한 김한솔이 간혹 친절하게 대해 주었을 뿐인 관계였지, 썩 친한 사이는 아니었으니까. 그러니 이 심상치 않은 분위기는 정하얀 때문일 것이었다. 정하얀은 김한솔의 여자 친구고, 나흘 전에 교실에서 나한테 패악을 부렸다. 분위기가 더 어색해지기 전에 헤어져야 할 것 같았다.

"그럼 이만 가 볼게…."

억지 미소는 내가 생각하기에도 너무 어색했다. 백록담과 그 곁을 지나가려는데 김한솔이 나를 불렀다.

"저기."

"응?"

"미안하다."

"뭐가?"
"그때··· 너 정하얀한테 봉변당했잖아. 내가 사과한다고 해서 마음이 풀릴 일은 아닌 거 알지만 그래도 일단은."
김한솔은 잠시 뜸을 들이다가 덧붙였다.
"뭐 이미 알고 있을 수도 있는데··· 나 정하얀이랑 사귀거든. 나라도 사과하고 싶어서. 어쨌거나 내가 걔 남친이니까····."
김한솔의 목소리는 황망했다. 김한솔이 내게 대신 사과를 하는 이 상황이 참 어이가 없었다. 세상에 그까짓 남자 친구 타이틀이 뭐라고 당사자도 아니면서 사과를 한단 말인가. 그러나 한편으로는 항상 예의바르고 다정한 반장의 마음이 버석버석 마른 것을 엿보게 된 것 같아서 내 마음도 좋지 않았다.
"도대체 걔가 왜 그런 건지 모르겠어. 걔가 뭐가 부족해서 너한테 그렇게 했을까? 그동안 너를 도와주던 건 다 뭐고? 정하얀의 모든 게 거짓이었을까? 대체 왜 그랬을까?"
어떤 대답도 할 수 없었다. 난들 뭘 알아서 당한 게 아니었다. 짐작 가는 이유라면 단 하나, 백록담이었다. 하지만 그것도 너무 이상한 게, 백록담이랑 정하얀이 사귀었던 것도 아니고 그 둘은 그야말로 학교에서 알기 전까지는 완전 초면이었다. 게다가 정하얀은 여태 김한솔을 좋아했고, 심지어 김한솔과 사귀고 있는 상태였다. 아무리 생각해 봐도 정하얀이 백록담 때문에 나를 괴롭히는 건 타당하지 않았다. 개연성이 부족했다.
"정하얀이 갑자기 왜 그랬는지 전혀 몰라?"
"전혀. 그리고 너는 아마 몰랐겠지만 그거 갑자기 아니야. 급식실에서 나한테 급식도 엎었고, 이래저래 사람 피 말리는 짓을 아주 은밀하게 해 왔다고, 니 여자 친구가."

김한솔을 좋아하는 마음이 사그라들었기 때문일까, 아니면 김한솔이 약한 모습을 보여서, 마치 나한테 매달리듯이 굴어서일까? 그 애에게 내 생각을 말하는 게 이전처럼 어렵거나 부끄럽지 않았다.

김한솔은 꿈을 꾸는 사람처럼 내 말을 듣고 있었다. 그러나 한 번쯤 짐작한 적이 있기라도 한 듯, 곧 잠자코 고개를 끄덕였다. 힘이랄 게 전혀 없는 고갯짓이었다. 꼭 내가 김한솔을 괴롭히고 있는 것 같아서 나도 입을 다물었다. 김한솔이 후, 하고 한숨을 쉬었다.

"어떻게 해야 하냐, 나. 나도 걔가 도무지 이해가 안 되는데, 뭐라도 얘기를 들어 봐야 할 것 같은데 정하얀은 연락도 안 되고…."

김한솔이 이렇게 가깝게 다가온 적이 전에는 없었다. 별로 친하지 않은 나한테 물을 정도로 힘든가 보다, 하고 안쓰럽기도 했다. 그러나 고까웠다. 그걸 왜 나한테 묻니, 그렇게 대답하고 싶었다. 너 뭔가 착각하나 본데, 난 피해자야. 네가 나에 대한 예의가 있다면 그걸 나한테 물어보면 안 되지 하고 빽 소리치고 싶었다. 화도 나고 황당하기도 해서 헛웃음이 나왔다.

"그걸 왜 애한테 물어봐."

나를 대신해서 대답한 것은 백록담이었다. 순간 등골이 저렸다. 내가 반사적으로 그를 올려다본 것처럼 김한솔도 저보다 한 뼘 더 큰 백록담을 물끄러미 바라보았다.

"그러게요…."

그 애의 입에서 쏟아지는 한숨이 나를 조금 아프게 했다. 이제 더 이상 이성의 감정으로 좋아하지 않는다 해도 김한솔은 내 인생에서 맞닥뜨린, 외모로 차별하지 않은 정상적인 사람 중의 한 명이었던 것이다. 그런 생각을 하면 김한솔이 아파하는 걸 아무렇지 않게 보고 있을 수가 없었다. 입안에서 하고픈 말들이 이리저리 움직였다. 나는 결국 주먹을 꽉 쥐고 내뱉었다.

"한솔아, 있잖아 나는, 정하얀은 진짜 밉지만 너는 정말 좋은 사람이라고 생각해."

나는 숨도 안 쉬고 다다닥 얘기했다. 내가 생각해도 상황에 맞지 않는 엉뚱한 말이었다. 김한솔이 멍한 표정을 지었다. 뭔가 말을 더 덧붙여야 했다.

"그, 그러니까 정하얀이 제정신이 돌아오면 분명히 다시 너한테 연락할 거야. 걔는 지금 좀 시간이 필요한 걸 거야. 그런 미친 짓을 해 놓고 태연하게 연락하면 그게 더 무섭지 않겠어? 그러니까 지금 걔가 잠수 탄 건 당연한 거라고. 너는 정하얀 남자 친구니까 걱정이 되겠지만 당연한 일을 가지고 너무 속 태우지 마."

나는 김한솔의 눈도 쳐다보지 못하고 슬쩍 땅바닥을 바라보면서 말했다. 어쩌면 우스꽝스러운 랩처럼 들렸을지도 모르겠다.

말을 끝내고 슬쩍 고개를 들었을 때 그 애의 표정은 참 이상했다. 놀란 것 같기도, 혼란스러운 것 같기도 했다. 선해 보여서 좋아했던 김한솔의 커다란 눈동자는 한 번도 보지 못했던 새로운 감정을 담고 있었다. 그 애는 뭔가 머뭇거리다가 품 안의 강아지가 세차게 버둥거릴 즈음, 고개를 끄덕였다.

"그래, 너 말이 맞아. 고맙다."

그렇게 말하는 김한솔이 후련해 보였던 것 같지는 않다. 그러나 나는 내 멋대로, 조금쯤은 위로가 되었을 거라고 생각했다. 김한솔과는 인사를 하고 헤어졌다. 그 애가 정하얀을 그렇게나 좋아했던가 싶어서 싱숭생숭했다.

"박미인."

백록담이 나를 불렀다. 가슴이 펄쩍 뛰었다.

"네, 네?"

"무슨 생각 하냐?"

"아무 생각도요."

"그래. 안 좋은 생각에 잡혀 있지만 마라."

내가 상처 받았던 과거를 떠올리는 줄 알았나 보다. 따뜻한 사람과 같이 있으니 나도 따뜻해지는 것 같았다. 나는 곧 김한솔의 심란한 얼굴을 잊어버리고 백록담과 괜한 얘기로 시시덕거리면서 저수지를 돌았다. 운동을 마치고 집으로 돌아갔을 때는 기분이 아주 상쾌하고 즐거웠는데, 그게 운동을 한 덕분인지 백록담과 함께 있었기 때문인지 알 수 없었다.

"미인이 예뻐졌네."

낯선 칭찬이었다. 아주 어렸을 때와 명절날 친척들을 만났을 때에나 들은 기억이 있는 말이었다. 나는 너무 놀라서 하마터면 컵을 떨어뜨릴 뻔했다. 그 말을 한 게 유담 언니였으니 딱히 신빙성이 있는 건 아니었지만 어쨌거나 당황스러웠다.

"아이고~ 아니에요, 언니."

"넌 열여덟 살이 무슨 아이고라는 말을 쓰니, 안 어울리게? 그리고 칭찬받을 때는 그냥 어머, 고마워요 언니, 하면 되는 거야."

"아 그건 좀 부끄러워요."

"왜 부끄러워? 예뻐져서 예뻐졌다고 하는데. 안 그러냐, 담아?"

유담 언니는 옆에 있던 백록담을 걸고넘어졌다. 쿵, 하고 내 심장이 떨어지는 소리는 듣지도 못하고 백록담은 씩 웃었다.

"나랑 다녀서 그런 거야."

원래 매력적인 사람이랑 다니면 그 매력이 옮겨 가는 법이야, 하고 백록담은 농담처럼 덧붙였다. 하지만 난 정말로 그럴지도 모른다고 생각했다. 내가 잠자코 고개를 끄덕이자 이번엔 백록담이 머쓱하게 웃었다.

"니가 거기서 그렇게 고개를 끄덕이면 안 되지."

"왜요?"

그러자 더욱 난감해한다.

"아니, 그게… 그러니까."

"정말 오빠랑 다녀서 그런 걸지도 몰라요."

갑자기 유담 언니가 우리 뒤에서 휘익- 휘파람을 불었다. 그제야 나는 내가 덤덤하게 수긍한 것이 어떻게 보면 낯부끄럽게 느껴질 수도 있다는 걸 알았다. 내 얼굴까지 화끈해지자 언니가 깔깔 웃었다.

"어… 음… 저는 창고에서 원두 좀 꺼내 올게요."

목소리가 개미만큼 작았다. 들었는지는 모르겠으나 후다닥 뛰어나가는 내 뒤로 언니의 웃음소리가 더욱 커졌다. 흘깃 돌아보자 유담 언니보다 머리통 하나 정도는 더 큰 백록담이 언니의 입을 꽉 막으려 하고 있었다. 그 장면이 퍽 유쾌해 보여서 나도 실실 웃고 말았다. 카페에서 일을 할 때는 이런 즐거운 일들이 많았다. 가끔 진상 손님이 있기는 했지만 어지간해서는 백록담이 나서서 처리를 해 주었기 때문에 난 항상 흡족한 마음으로 일을 할 수 있었다. 미인의 법칙에서 일을 하게 된 건 정말 큰 행운이다. 백 남매를 알게 된 것만큼이나 말이다.

'미인이 예뻐졌네.'

칭찬을 떠올리자 기분이 좋았다. 원두 한 포대를 끌어안으며 괜히 거기에 얼굴을 살짝 묻었다. 고소하고 우아한 커피향이 느껴졌다.

"미인이… 예뻐졌네…."

괜히 중얼거려 보았다. 작은 창고에 울려 퍼진 목소리가 너무나 크게 느껴져서 깜짝 놀랐다. 거 참 낯부끄러운 짓을 하고 있다고 생각하면서도 나는 한 번 더 되뇌었다. 가슴이 간지러웠다.

다음 날, 등교하기 전 거울 앞에 섰는데 어쩐지 얼굴이 환해 보이는 것 같았다. 작은 눈도, 낮은 코도 다 그대로인데 어제와 다른 느낌이랄까.

"뭐지…?"

거울이 이상해졌나. 하지만 그럴 리가. 오늘따라 형광등이 밝은가? 그것도 아닌데.

"박미인, 아침 안 먹고 가려고?"

부엌에서 엄마가 재촉하는 소리가 들렸다. 아침을 먹고 가려면 지금 식탁에 앉아야 했다. 그런데도 나는 한 번 더 거울을 보았다. 조금 고민을 하다가 복숭아색 틴트를 살짝 발랐다. 방금 전보다 조금 더 예뻐 보였다.

"뭐지?"

유담 언니가 정말 마술이라도 부린 걸까? 아니, 어쩌면 정하얀이 학교에 나오지 않고 있기 때문에 속 썩을 일이 줄어서 그런 걸지도 모른다.

학교에 가서도, 수업 중에도 오늘따라 뭐가 좀 좋아 보였다. 자꾸 손거울을 들여다보게 되었다. 아무리 생각해도 신기했다. 아니, 이상했다.

'백록담 말대로 그 사람 매력이 옮겨 왔나?'

"야."

갑자기 짝꿍이 내 팔을 툭 쳤다. 설마 내가 너무 눈에 띄게 거울만 쳐다봐서 그런가. 얼굴로 열이 몰렸다.

"왜, 왜."

짝꿍은 앞쪽을 향해 고갯짓을 했다. 그 끝에는 영어 선생님이 시험지를 들고 나를 빤히 쳐다보고 있었다.

"박미인. 내가 너 세 번 불렀다. 뭘 그렇게 보고 있어?"

세 번을 불렀는데도 못 들은 이유가 거울에 빠져 있었기 때문이라는 게 창피했다. 혹시라도 누가 흐뭇하게 거울을 들여다보는 내 모습을 보지는 않았으려나.

"죄송합니다."

"어휴, 하여간 칭찬 좀 해 줄랬더니."

"네?"

"나와 봐, 너 저번에 본 모의고사 간당간당하게 3등급 라인 들어갔다."

선생님이 내 시험지를 팔랑거렸다. 정식 모의고사는 아니었지만, 다달이 한 번씩 선생님이 자체적으로 실시하는 2학년 전체 모의고사 시험이었다. 여기저기서 끌어온 문제를 기가 막히게 짜깁기해서 실시하는 이 영어 시험은 선생님 나름대로 등급을 매겨서 애들 실력을 관리했다. 거기서 내가 3등급 라인에 들어간 것이다. 이제까지는 늘 4등급 끄트머리에서 뒹구는 수준이었다.

"어, 진짜요?"

"수고했다. 요즘 공부 좀 열심히 했나 봐? 야자도 많이 안 빠진다며?"

"네. 아르바이트를 주말로 바꿔서요."

"어유, 잘했네."

선생님이 엉덩이를 톡톡 두드려 주었다. 기쁜 마음으로 자리로 되돌아가는데 선생님이 부드럽게 한마디 덧붙였다.

"미인아, 너 표정이 밝아졌다? 훨씬 보기 좋네."

에이, 아니에요. 이렇게 대답하려고 했다. 그런데 문득 유담 언니가 칭찬을 들을 땐 그냥 감사합니다, 하는 거라고 했던 말이 생각났다. 구태여 부정할 것까지는 없지, 싶어서 기쁜 마음을 감추지 않고 활짝 웃었다.

"감사합니다."

그리고 자리에 앉는데, 뒤에서 불퉁한 목소리가 툭 튀어나왔다.

"그런다고 지 얼굴 어디 가나."

"요즘 거울 안 보나 보지 뭐. 냅 둬. 착각은 자유라잖아."

김미나랑 그 앞 자리의 이진솔이었다. 자기들끼리 속삭이는 것처럼 얘기했지만 내 자리까지 정확히 전달되는 것으로 봐서는 틀림없이 들으란 심보였다. 갑자기 찬물을 뒤집어쓴 것 같았다. 땅이 뒤집히는 것처럼 아찔했다.

"거기 왜 갑자기 시끄러워? 조용히 해라."

선생님한테까지는 크게 들리지 않은 모양이었다. 김미나는 태연하게 "죄송합니다~"라고 하고는 픽 웃었다.

속에서 천불이 났다. 얼굴이 화끈했다. 가슴이 퍽퍽해졌다. 나는 다시 힐끔 거울을 봤다. 방금까지만 해도 퍽 보기 괜찮았던 얼굴은 다시 천하에 둘도 없는 못난이… 꼭 울퉁불퉁한 바윗덩이 같았다. 나는 이를 악다물고 거울에서 고개를 돌렸다.

café

사람의 마음이란 참 신기한 것이다. 하늘을 나는 듯했던 기분이 단 한 마디, 단 하나의 사건, 어떤 한순간만으로도 순식간에 저 바닥으로 굴러 떨어질 수 있으니 말이다. 그것도 며칠씩이나.

"준비되면 진동벨로 알려 드릴게요."

손님에게도 무뚝뚝한 목소리가 나갈 수밖에 없었다. 기분이 나쁜데 상냥하게 웃는 건 어려웠다. 손님은 모가 난 기색을 느꼈는지 인상을 쓰면서 돌아섰다. 백록담이 팔짱을 끼고 삐딱한 자세로 나를 바라보았다. 그제야 아차 싶었다. 어쨌거나 여긴 일터고, 그냥 일터도 아닌 유담 언니의 가게다. 따뜻한 마음으로 날 계속 감싸 준 언니의 선의에 이런 식으로 보답할 수는 없었다.

"왜… 그렇게 봐요…?"

도둑이 제 발 저린다고, 괜히 속이 뜨끔해서 말을 툭 던졌다. 백록담은 눈썹을 찡그렸다.

"기운이 없는 것 같기도 하고, 화가 나 있는 것 같기도 한데…."

"네?"

"분명한 건 니가 지금 기분이 별로여 보인다는 거야. 무슨 일 있냐?"

"일은 무슨…."

"이상하다. 근데 왜 표정이 안 좋지? 또 무슨 일 있었냐?"

"에이, 아니에요. 그냥 그런 날도 있는 거죠, 뭐."

백록담의 눈썹이 한층 더 사납게 위로 올라갔다.

"오, 숨기기까지 해?"

이럴 때의 백록담은 집요하다. 지금까지 그를 알아 온 바로는 그랬다. 백록담은 뭔가 하나 미심쩍은 일이 생기면 끈기 있게 파고들었다. 예전에 내가 돈을 모으는 이유를 캐물었던 것처럼 말이다.

"왜, 무슨 일인데."

"아니, 정말 괜찮다니까요."

정말 괜찮은 것처럼 웃어 보려고 했으나 잘 되지는 않았다. 백록담은 몇 번 더 누가 뭐라고 했느냐고, 어디서 또 이상한 말 듣고 그러는 거냐고 물었다. 나무껍질 색 같은 눈동자 속에, 그리고 달래는 어투에 잠겨 있는 걱정은 알았지만 난 끝까지 얘기하지 않았다. 말을 하면 더 속이 상할 것 같기도 했고 무엇보다도 좋아하는 사람 앞에서 못생겼다는 말을 또 들었다는 얘기는 하고 싶지 않았던 것이다.

난 자꾸 거울을 확인했다. 내가 어떤 모습으로 있는지 확인하고 싶었다. 백록담이 볼 때만큼은 예쁜 모습이었으면 좋겠다는 생각이 들었다. 하지만 그럴 때마다 얼굴은 더 못나 보였다. 점점 더 풀이 죽었다.

"왜 이렇게 한숨을 쉬어?"

작게 쉰 한숨이 거슬린 모양이었다. 어투는 더 이상 살갑지 않았다. 어쩌면 좀 짜증이 났는지도 모른다. 이제는 저 좋은 사람 기분까지 나쁘게 만들었나 보다 싶어서 한층 더 우울해졌다.

"죄송합니다…."

우물우물 말했다. 바닥까지 파고들어 가는 목소리가 과연 백록담의 귀에 들리기나 했을까. 머리 위에서 이번엔 백록담이 한숨을 쉬는 소리가 들렸다.

"뭘 또 죄송하기까지 해."

말투가 아까보다 좀 더 신경질적이었다. 그래 놓고 좀 무안했던지 그는 괜히 흠흠 헛기침을 했다. 잠시 후, 백록담이 내 어깨를 툭툭 두드렸다.

"잠깐 올라가자."

"네? 어디를요?"

"2층."

왜요, 라고 묻고 싶었으나 내 입보다 백록담의 손이 빨랐다. 그는 크고 길고 강한 손으로 내 팔목을 덥석 그러쥐었다. 머리털이 잔뜩 곤두서는 기분이었다. 어쩌면 백록담은 짧게나마 미국에서 살다 왔기 때문에 이렇게 스스럼없게 행동할 수 있는 걸지도 모른다.

"왜, 왜, 왜요!!!"

2층에 거의 끌려 올라가다시피 하고 나서야 간신히 이유를 물었다. 백록담은 그러거나 말거나 나를 미용과 메이크업 전용인 2층의 테이블에 앉혔다. 손님의 머리를 고데기로 말아 주던 직원 언니와 전문가의 손길을 느끼고 있던 손님들 모두 눈을 크게 뜨고 나를 바라보았다. 손님의 얼굴에 화장을 해 주고 있던 유담 언니도 1층에서 일을 하고 있어야 할 직원 둘이 갑자기 올라온 이 사태에 당황한 빛을 감추지 못했다. 백록담은 의아한 시선들에는 아랑곳하지 않고, 유담 언니에게 툭 뱉었다.

"누나. 그 손님 끝나면 얘도 좀 만져 줘."

"어?"

유담 언니는 그게 무슨 말이냐는 듯 눈을 찡그렸다.

"야, 1층은 어쩌고 둘이서 2층을 올라와!"

"나 지금 내려갈 거야."

"갑자기 무슨 일인데?"

"아니 그냥 뭐라도 좀 해 줘 봐. 일하는데 아주 우울한 분위기를 뿌리고 다녀서 나까지 축축 처진다고. 무슨 일인지 물어봐도 대답을 안 해, 어? 저보다 두 살이나 많은 사람이 물어보는데도 입을 딱 다물고… 여하간 답답해 죽겠으니까 뭐라도 해서 기분 좋게 만들어 줘. 여자는 기분 나쁠 때 화장도 하고 머리도 하면 기분이 좀 나아진다면서. 어차피 지금 손님 별로 없으니까 1층은 나 혼자서 할 수 있어."

툭툭 쏟아지는 말들이 과연 유담 언니를 향한 것인지 아니면 나한테 하는 말인지 모르겠다. 유담 언니는 나를 힐끔 돌아보더니 일단 기다리라고 했다. 나의 당황스러움은 2층의 부산스러운 분위기에 묻혀 버렸다.

"여기서 잠깐 쉬면서 마음 좀 정리하고 내려와. 지금처럼 죽을상 하고 손님 받으면 가게에도 피해야."

냉정한 것처럼, 그러나 한편으로는 상냥한 듯한 말을 하고 백록담은 다시 1층으로 내려갔다. 팔목에는 여전히 백록담의 체온이 남아 있는 것 같았다. 나는 몇 번이고 팔목을 문질렀다. 그러는 사이, 유담 언니가 앞 손님에게 서비스를 끝내고 나한테 다가왔다.

"너네 무슨 일 있었어?"

"아니요."

"그럼 뭐 때문에 담이가 널 여기까지 끌고 올라왔지?"

언니는 달래듯이 내 어깨를 쓰다듬었다. 난 마음이 복잡했다. 아르바이트생이면서 근무 시간에 여기에 앉아 있는 것도 너무 가시방석이었다. 언니의 물음도 불편했다. 나는 그냥 고개를 숙였다.

"아니요 뭐… 그냥… 이것저것 쉽지가 않아서요."

언니는 더 이상 아무것도 묻지 않았다. 그냥 짧게 "그래" 했을 뿐이다.

다른 손님과 직원들이 도란도란 이야기하는 소리를 들으면서 언니가 머리를 만져 주고 얼굴에 메이크업 베이스를 가볍게 토닥이는 것을 느끼고 있었다. 얼굴을 두드리는 스펀지의 감촉과 토닥토닥, 일정한 박자가 마음을 조금 가라앉게 했다. 유담 언니가 움직일 때마다 풍기는 자몽 향이 좋았고, 머리끝을 가볍게 말아 주는 손길 덕에 점점 나른해졌다.

"미인아, 이제 눈 떠."

언니가 나를 흔들었다.

"어…?"

눈을 뜨자마자 마주한 건, 커다란 거울에 비치는 나였다. 잠이 덜 깬 어벙한 표정으로 정면을 응시하고 있는 그 모습은 불과 몇 분 전과는 미묘하게 달랐다.

"어??"

거울 가까이로 다가가서 살펴보았다. 빳빳하게 서 있던 머리끝이 안쪽으로 둥글게 말려 있었고, 피로에 찌들어 있던 우중충한 피부는 약간 더 밝았으며 심지어 퀭했던 뺨에는 살굿빛 생기가 돌았다. 지저분하고 두꺼웠던 눈썹은 가늘고 가지런해졌다. 이마까지 예뻐진 것 같았다. 건조하고 까슬까슬했던 입술은 뭘 바른 것인지 촉촉했다.

나는 놀라움을 감추지 않고 유담 언니를 쳐다보았다.

"봐. 여자는 별거 안 했는데도 이렇게 예뻐진다니까?"

언니는 그렇게 말하며 손가락으로 내 입술 끝을 위로 살짝 당겼다.

"이렇게 환하게 웃기까지 하면 놀랄 정도로 사랑스러워지고."

나는 다시 거울을 확인했다. 이목구비야 박미인의 모습 그대로였지만, 이전보다 훨씬 단정해진 것만으로도 사람이 훨씬 화사해 보였다. 크게 달라진 게 없는데도 보기 좋아진 얼굴이 믿기지 않아서 나는 멍하니 거울을 확인했다. 옆 자리에서 미용 서비스를 받고 있는 다른 손님이 키득키득 웃는 게 들렸지만 신경 쓰이지 않았다.

"네가 매력적인 사람이라는 걸 의심하지 마. 외모만의 얘기가 아니야. 가장 중요한 건 네가 얼마나 괜찮은 사람인지를 먼저 깨닫는 거야."

어쩌면 언니는 아까 대충 대꾸한 짧은 한마디만으로도 내게 있었던 일들을 모두 간파했던 것일지도 모른다. 아니, 그랬을 것이다. 아, 혹시 유담 언니는 마법사가 아닐까. 요정이 아닐까. 아니 어쩌면 천사일지도 모른다. 상처에 찌든 가여운 나를 위해서 하나님이 보내 준 천사.

"미국의 사상가이자 시인, 랄프 왈도 에머슨이라는 사람이 이런 말을 했지. '나에 대한 자신감을 잃으면 온 세상이 나의 적이 된다.' 나는 아직도 그 말을 써서 만든 책갈피를 가지고 다녀."

언니는 대단한 비결을 알려 주는 것처럼 한쪽 눈을 찡긋거렸다.

우리가 1층으로 내려갔을 때 백록담은 음료를 만들고 있었다. 언니는 카운터 안으로 들어가려는 나를 잠깐 붙들었다. 삐져나온 잔머리를 귀 뒤로 넘겨 주는 언니의 하얀 손가락에서는 왠지 약간 슬픈 느낌이 났다. 눈꼬리를 늘어뜨리고 살짝 웃는 표정 때문이었을 것이다.

"미인아, 자기를 사랑할 수 없는 건 정말 마음 아픈 일이야."

말을 듣는 순간, 마음이 바늘에 찔린 것처럼 찌르르했다.

"네, 맞아요 언니. 하지만 가슴에 남은 상처가 자꾸만 벌어져요. 새살이 돋을 만하면, 누군가가 그 상처에 손을 욱여넣고 벌려요."

미인아, 미인아, 하고 언니가 달래듯이 나를 불렀다.

"누가 아물어 가는 네 상처를 헤집으려고 하거든, 허락하지 마. 누가 너한테 나쁜 말이나 부정적인 소리를 하면 거기에 귀 기울이지 말고 너의 관점을 지켜."

언니는 내 어깨를 끌어당겨서 다시 한 번 나를 안아 주었다.

"불안해할 필요 없고 절망할 필요도 없어. 모든 안정적인 변화는 천천히, 여러 번에 걸쳐서 이루어지는 거니까."

잔뜩 울고 난 뒤에 엄마 품에 안긴 것 같은 기분이 들었다. 언니는 내 어깨를 둘러 안았던 팔을 풀고, 카페 벽의 거울을 가리켰다.

"넌 김미나의 인생을 살고 있는 것도 아니고 정하얀의 인생을 살고 있는 것도 아니야. 눈앞에 있는 건 너야. 너의 인생을 살아가면 돼."

거울 안에는 미용 서비스 덕분인지 조금 더 화사한 얼굴의, 그러나 퍽 어정쩡한 표정을 짓고 있는 내가 있었다.

'박미인의 인생.'

그 말을 가슴으로 여러 번 되뇌었다. 거친 가시처럼 가슴에 박혀 있던 못된 말들이 흐려지는 듯했다.

"끝났으면 와서 좀 도와주지?"

백록담이 나를 불렀다. 혼자서 꽤 바빴는지 이마에는 땀이 맺혀 있었다. 그와 눈이 마주쳤다. 백록담의 왼쪽 눈썹이 위로 비죽 올라갔다.

"오."

"왜, 왜요?"

"우리 누나 메이크업 공부한 게 헛일은 아니었나 보다."

빈정거리는 것인지, 순전한 놀람인지 알 수가 없어서 잠자코 있었다. 백록담은 어휴, 하고 한숨을 쉬면서 내 머리를 툭툭 쓰다듬었다.

"예쁘다고 한 거야."

봄날같이 접히는 눈매가 아찔했다.

"자, 이제 기분도 좀 나아진 것 같으니까 본업에 충실해야지."

백록담이 훌훌 털어 버린 것처럼 웃었기 때문일까, 아니면 언니의 조언 때문일까. 짓밟히고 무너졌던 마음이 다시 기운을 차리는 것 같았다. 그건 어제 내가 예뻐 보인다고 느낀 순간에 느꼈던 감정과 비슷했다. 내 안에서 다시 무언가가 살아나고 있었다. 좋은 징조였다.

나는 유담 언니의 노골적인 힌트를 따라서 책갈피를 만들었다. 랄프 왈도 에머슨이라는 사람이 했다는 그 말, '나에 대한 자신감을 잃으면 온 세상이 나의 적이 된다'는 그 글을 소라색 색지에 예쁘게 적어서 코팅했다. 글씨는 승아가 써 줬다. 요즘 승아는 캘리그라피에 빠져 있다.

그 글귀를 책갈피로 만든다는 아이디어는 좋았다. 지갑에 넣고 다니니까 자주 읽을 수 있었고, 자주 읽으니까 혹시나 마음이 흔들리더라도 금방 다잡을 수 있었다. 승아는 내가 책갈피를 잘 활용하자 작게 자른 다양한 색지에 여러 가지 글귀를 죽 적어서 가져왔다.

"글씨 연습도 할 겸 해서 써 봤어. 선물이야."

한 뭉텅이의 색지를 받아 들고 이게 뭐냐고 묻자 승아는 해맑게 웃으면서 그렇게 대답했다. 백록담은 옆에서 바닥을 치며 웃었다.

"아하하하- 아니 한두 장도 아니고, 이 많은 걸 다 어디에 쓰라고. 하하핫-!"

백록담은 색지를 뒤적이면서 계속 웃는다. 나도 난감하긴 했지만 정성이 고마웠고, 색지에 쓴 글씨가 정말로 예뻐서 감사히 받기로 했다. 하나씩 꺼내서 읽어 보니 글귀도 그럴듯했다.

스스로 자신을 존경하면 다른 사람도 그대를 존경할 것이다. – 공자

당신이 동의하지 않는 한, 이 세상 누구도 당신이 열등하다고 느끼게 할 수 없다. – 엘리너 루스벨트

우리는 다른 사람과 같아지기 위해 삶의 4분의 3을 빼앗기고 있다.
– 쇼펜하우어

"우아, 너 이거 다 어디서 찾았어?"
승아는 수줍게 웃었다.
"그냥 뭐… 인터넷 카페랑 페이스북이랑…."
"대박. 이런 걸 언제 다 찾아서 쓴 거야? 완전 고마워, 승아야."
에이, 뭘. 하고 픽 웃어 버리는 게 사랑스럽다. 백록담은 좋은 친구가 있어서 좋겠다고 거들었다. 나와 승아는 서로 민망해서 아악, 하고 소리를 지르며 팔다리를 문질렀다.
야간자율학습이 끝나고 잠깐 번화가 사거리에 들렀다. 승아가 만들어 준 여러 장의 책갈피를 코팅해야 했다. 아무 생각 없이 길을 가는데 학생백화점 앞에서 불현듯 눈에 익은 새하얀 얼굴이 들어왔다. 2주가량 학

교에 나오지 않고 있는 정하얀이었다. 그 애는 아직 나를 보지 못했지만 나는 발이 얼어붙기라도 한 것처럼 멈춰 버렸다. 큰 눈을 깜빡거리며 핸드폰을 만지고 있는 그 애는 학교에서와는 달리 아무런 표정이 없었지만 틀림없는 정하얀이었다. 나는 상가 입구로 후다닥 몸을 숨겼다. 사실 왜 그렇게 숨어 버렸는지 잘 모르겠다. 그 애와 마주치는 게 겁이 났을까?

정하얀은 학교에서 보던 것보다 훨씬 예뻤고, 훨씬 어른 같았다. 교복을 벗고 대신에 짧은 A라인 스커트에 하늘색 브이넥 반팔티를 입어서 더 성숙해 보였으며 매끈한 다리는 시선을 사로잡았다. 검은 생머리를 높게 올려 묶고 훤히 드러낸 목 역시 가늘고 여려서 눈길을 끌었다. 더구나 시원스럽게 죽 그린 눈썹도, 꽃잎 같은 분홍색 입술도 모두 청초하고 예뻤다. 아직 학생이면서 어떻게 저렇게 화장을 잘하는지 신기할 따름이다.

'예쁘긴 진짜 더럽게 예쁘네.'

괜히 입술이 비죽 나왔다.

정하얀은 핸드폰으로 계속 누군가와 카톡을 하는 것 같았다. 서리가 내릴 것 같은 얼굴로 핸드폰 액정을 토도독 누르던 정하얀은 갑자기 눈을 위로 확 치떴다. 눈이 마주치려던 찰나, 나는 황급히 벽에 붙어 섰다.

'봤나? 못 본 것 같은데.'

굳이 피할 이유가 없는데도 몸은 반사적으로 움츠러들었다. 심장이 크게 쿵쾅거렸다. 훔쳐보긴 했지만 그렇다고 딱히 나쁜 짓을 한 것도 아닌데 그랬다. 나는 잠깐 가슴을 진정시키고 원래 길을 가던 사람인 것처럼 자연스럽게 건물을 나왔다.

"으앗, 깜짝이야."

정하얀이 내 쪽을 빤히 보고 있었다. 난 태연히 나오려던 것에 실패하고 눈에 띄게 몸을 움칠거렸다. 반면에 정하얀은 놀라지도 않았다. 싸늘하게 가라앉은 눈으로 그저 보기 싫은 걸 보는 듯이 나를 보았다. 나는 모른 척 지나가려고 했다. 이미 눈이 마주쳤지만 피차 밖에서까지 아는 척할 사이는 아니었고, 정하얀도 딱히 시비를 걸지는 않을 거라고 생각했다. 그러나 그건 내 착각이었다.

"잘 지내?"

갑자기 말을 걸어 왔던 것이다. 시비는 아니었다. 정하얀은 직전과는 달리, 반가운 친구를 보는 양 안부 인사를 해 왔다.

"잘 지내나 보다, 미인아."

내가 대답하지 않고 떨떠름하게 쳐다보자 정하얀이 알아서 대꾸했다. 그 애는 마치 관찰하듯이 유심히 나를 살폈다. 그 시선이 퍽 불쾌했는데도 나는 뭐라고 말할 수 없었다. 지금 이 상황이 너무 소름끼쳤기 때문이었다. 나와 정하얀의 마지막은 그 애가 교실에서 나를 때렸던 그 순간이 아니었던가. 그런데 이 애는 마치 때렸던 게 아니라 포옹을 했던 것처럼 굴었다.

"나, 나한테 왜 이러는데?"

정하얀은 그게 무슨 소리냐는 듯이 눈을 크게 떴다. 그러더니 하하, 하고 작게 소리를 내서 웃었다.

"뭐라는 거야, 내가 뭘 어쨌다고."

"솔직히 나 너 좀 무서워. 이해도 안 되고."

"무섭기로 따지면 김한솔하고 백록담을 스토킹하는 니가 더 무섭지.

난 무서운 게 아니라 예쁜 거고."

웃는 낯으로 그렇게 얘기를 하니까 정말 미친 것 같아 보였다. 굳이 감추려 하지 않고 속의 것을 완전히 드러낸 정하얀은, 그 전의 모습은 떠오르지 않을 정도로 뻔뻔하고 무서웠다. 상대를 하고 싶지 않아서 그냥 지나쳐 가려는데 정하얀이 뒤통수에 대고 한마디를 더 던졌다.

"백록담이랑 좀 친하다고 잘난 척하지 마. 어차피 내가 너보다 더 예뻐."

내가 주춤, 뒤를 돌아본 것은 그 말이 하도 이상하게 들렸기 때문이었다. 정하얀이 나보다 예쁘다는 건 사실이다. 그 당연한 사실을 굳이 주장해야 할 이유가 뭐란 말인가? 정하얀은 대체 왜 지금 이 순간에 저렇게나 분한 얼굴로 저런 말을 하는 것일까?

한껏 치켜든 정하얀의 얼굴은 방금 전처럼 환하게 웃고 있지도 않았고, 갑자기 드러난 그 애의 본성처럼 차갑고 무섭지도 않았다. 환하고 밝게 화장을 한 그 애는 마치 일곱 살 어린애가 울려고 하는 것 같은 표정을 하고 있었다.

"대체 왜…."

말문이 막혔던 내가 간신히 입을 열었을 때였다. 그 애의 핸드폰이 울렸다.

"어, 민재야. 나 학생백화점 근처야. 지금 갈게."

정하얀은 통화를 하며 나를 스쳐 지나갔다. 민재라는 이름이 귀에 익었다. 생각해 보니 예쁘장하게 잘생긴 2학년 남자애였다. 반 여자애들이 모여서 누가 잘생겼다, 누가 귀엽다 하는 얘기를 할 때 늘 거론되던 이름이었다. 괜히 쓸데없는 관심이 생긴다. 갑자기 정하얀과 연락이 안 된다던 김한솔도 떠오른다.

"하여튼 알 수가 없는 애야, 진짜."

나는 찜찜한 마음으로 돌아섰다. 그러나 그 마지막 얼굴이 계속 마음에 걸렸다. 아프다던 정하얀이 왜 저렇게 멀쩡한 모습으로 (심지어 한껏 치장한 채로) 시내를 돌아다니고 있는 것인가 하는 생각은 집에 돌아와서야 뒤늦게 들었다. 이전에도 진짜 아픈 건 아니겠거니, 생각하기는 했으나 실제로 멀쩡한 모습을 보고 나니까 학교에 나오지 않는 이유가 신경 쓰였다.

'역시 이중인격을 들켜서 그런 걸까?'

기분이 한참 동안 찝찝했다.

며칠 뒤에 우리 반에는 새로운 이야기가 돌았다. 정하얀에 대한 것이었다. 슬쩍 훔쳐 들은 얘기는 이랬다. 정하얀이 남자애를 바꿔 가면서 논다더라, 최근에 시내에서 짧은 스커트에 배꼽이 다 보이는 크롭티를 입고 인근 남자고등학교 학생들과 놀러 가는 걸 봤다, 어제는 우리 학교 3학년이랑 같이 다니더라, 뭐 그런 얘기였다. 놀랍게도 그 얘기는 김미나네 패거리 입에서 더 심하게 전해지고 있었다.

"알고 보니까 진짜 개또라이였어. 얼굴은 완전 청순으로 무장해 놓고."

"하여간 사람 일은 모른다니까. 일편단심 김한솔만 생각하는 척하더니, 얼굴 좀 반반하다고 소문난 남자애들은 다 후리고 다니잖아."

"갑자기 왜 그러지? 미친 거 아니야?"

이수연이 이해가 안 된다는 듯 툭 던졌다. 김미나는 책상에 펼쳐 놓은 과자를 집어 먹으며 대꾸했다.

"그 기지배 가끔 이상한 구석이 있었어. 이해 안 되는 얼굴들이 보였다고. 소름 끼치는 그런 거. 뭐가 이상한지 정확히 집어낼 수는 없어서 그냥 그런가 보다 하고 예쁘다, 예쁘다 대해 줬는데 오래 지내다 보면 보여, 그 음침하고 끈적거리는 이상한 기운 같은 거. 긴가민가했는데 이제 확실히 알겠네. 걔도 약간 맛이 간 거야."

슬쩍 훔쳐본 얼굴은 냉랭했다. 정하얀을 예뻐하던 김미나마저 저렇게…. 하기야 김미나 입장에서도 갑자기 연락을 싹 끊고 사라진 애가 시내에서 남자애들이랑만 어울려 다닌다는 말을 들으면 화가 날 법도 했다. 그러나 가장 불쌍한 것은 김한솔이었다. 알게 모르게 그 둘이 사귀는 것을 알고 있었던 아이들은 대놓고 김한솔을 동정했다. 김한솔은 그런 동정이나 위로에도 그냥 적당히 웃을 뿐이었다. 어느새 김한솔은 로맨스 영화에 나오는 비운의 남자 주인공과 같이 여겨지게 되었다. 자연히 정하얀의 평판은 더욱 나빠졌다.

"그 애의 실체가 다 드러나서 좋기는 한데… 이제까지 잘 숨겨 놓고 왜 갑자기 저렇게 막무가내로 나오는 걸까?"

매점에서 빵을 하나 사 먹고 올라오는 길이었다. 승아가 아무리 생각해도 이해가 안 된다며 물었다.

"모를 일이지. 분명한 건, 어쨌거나 제정신은 아니란 거야."

"그건 그래. 실체를 이제까지 꽁꽁 감춰 온 것만 봐도. 어휴, 그렇게 예쁜 애가 대체 뭐가 부족해서…."

승아의 말끝은 씁쓰레하게 가라앉았다. 한편으로는 안타까운 것일지도 모른다. 가만히 있기만 해도 예쁜 애가 무슨 마음에서 제 가치를 깎아 먹는가 하는 생각이 갑자기 들었을 것이다. 나 역시 그랬다. 대놓고 못되게 굴었다면 이렇게 밉지는 않았을지도 모르는, 속이 울렁거릴 만큼 미운 그 애가 어떤 면으로는 조금 안타깝기도 했다. 그러다가도 문득 '나는 참 속도 좋다. 어떻게 정하얀을 안타깝게 생각할 수 있지?' 하면서 제 정신을 차리곤 했다.

"미인아, 근데 있잖아."

승아는 갑자기 깨달은 것처럼 운을 띄웠다.

"그때 그 페이스북 댓글 말이야."

"아…!"

"그거 진짜 아닐까? 원래 엄청난 뚱뚱보에 왕따였다는 거 말이야. 뭔가 상처가 있으니까 애가 이상해졌겠지. 응?"

마음속에서 의심이 사실처럼 여겨지기 시작했다. 정말 그럴지도 모른다. 평범한 성장 과정으로는 정하얀의 기괴함을 달리 설명할 수 없었으니까. 그러나 나는 가급적 정하얀에 대한 생각은 하지 않으려고 애썼다. 가끔 마음 깊은 곳에서 불쑥 튀어 오르는 막연한 불안감 때문이었다. 일반적이지 않은 그 애, 정하얀을 외면하지 않으면 지금 잠깐 누리는 짧은 평화가 끝나고 새로운 사건이 닥칠 것 같은 그런 불안감 말이다.

정하얀에 대한 새로운 소식을 들은 건 놀랍게도 '미인의 법칙'에서였다. 나는 그날 기분이 좋았다. 유담 언니가 카페 유니폼을 만들었기 때문이었다. 깔끔한 검은색 반팔 와이셔츠에 빨간 앞치마와 빨간 모자가 참 마음에 들었다. 백록담이 입은 것도 멋있었다. 예쁜 유니폼을 입으니까 더 기운이 나고 자신감이 붙는 것 같았다. 실실 웃음이 흘러나왔다.

"아주 입이 귀에 걸렸다?"

"아니, 그… 유니폼이 너무 마음에 들어서요."

"뭘 또 갑자기 정색을 하고 그래~. 그냥 웃어, 보기 좋으니까."

웃음기가 배어 나오는 말투만으로도 가슴이 콩콩 뛰었다. 재료를 소분하는 동안 백록담은 중간중간 나를 지켜봤는데 내가 얼마만큼 실력이 늘었는지 체크하려던 걸지도 모르겠다. 그럴 때마다 손이 떨리는 걸 감추느라 혼났다. 시간이 갈수록 조금씩이지만 어색함은 없어지고, 그만큼 가슴이 뛰는 날이 많았다. 좋은 건지 나쁜 건지 알 수가 없었다.

괜히 부끄러워서 창고에 들어갔다 나오는 참이었다. 익숙한 교복 무리가 카페 안으로 들어오는 게 보였다.

"아 대박. 배 너무 불러."

"배 찢어질 것 같아. 우리 뭐 마실 수 있을까?"

여자애들 다섯 명이 우르르 몰려들었다. 잘 보니 우리 반 애들이었다. 순간 나는 반사적으로 뒤돌아섰다. 뭐 때문이었는지 모르겠다. 친하다고 하기는 좀 그런, 반 친구들을 아르바이트 장소에서 만난다는 게 그냥 좀 거북했다. 더구나 어쨌거나 나랑 정하얀은 한동안 파란의 중심에 있었던 장본인이 아닌가. 대 파란은 정하얀의 발작으로 인해서 제2막에 접어들었고. 그런데 백록담이 뒤에서 내 양 어깨를 턱 붙들었다.

"왜 쫄아?"

강하면서도 부드러운 목소리였다.

"그냥 니네 반 애들일 뿐이야. 니가 피할 필요는 하나도 없어. 평소처럼 자신 있게 주문받고, 음료 만들면 돼."

뒤에서 애들이 메뉴판을 보면서 시끌시끌 떠드는 소리가 들렸다. 나는 천천히 심호흡을 했다.

괜찮아, 괜찮아. 겁먹지 마. 자신감을 가져. 그렇게 스스로를 잠시 안정시키고 천천히 고개를 끄덕였다. 백록담이 어깨를 한 번 힘주어 잡고 손을 뗐다. 나는 백록담과 함께 카운터로 갔다. 반 애들이 주문을 하러 왔다가 나를 봤다. 처음에는 낯선 듯이 획 고개를 돌리더니 곧 다시 나를 쳐다보았다.

"어?"

눈에 띄게 낯빛이 변했다. 서로의 눈치를 보면서 눈을 깜빡거리는 모습에서 당혹감을 볼 수 있었다.

"아, 안녕."

그 짧은 인사말을 더욱 짧게 내뱉고는 가만히 포스기 화면만 바라보았다. 애들이 어찌할 바를 몰라 당황해 하는데 대표로 윤선아가 나섰다.

"너 여기서 알바하는구나…."

"으응. 좀 됐어."

"아… 그렇구나…."

이 상황이 어색한지 윤선아는 자꾸 지갑 끄트머리를 만지작거렸다.

"뭐 주문할래?"

"아, 그래! 블루베리 요거트 프라페노 두 개랑 아이스초코 하나, 아이스라테 하나. 그리고 허니 브레드."

"저… 혹시 휘핑 좋아해?"

포스기를 찍으면서 물었다. 간단한 질문이었는데도 가슴이 떨렸다. 윤선아는 살짝 웃으면서 고개를 끄덕였다.

"그럼… 많이 올려 줄까?"

"어? 어, 그러면 좋지."

"응. 접시 귀퉁이에 쭉 둘러 줄게."

"우아, 대박. 고마워."

사소한 것이었지만 진심으로 달가워하는 것 같았다. 뒤에서 우물쭈물 서 있던 애들도 고맙다고 한두 마디 얹었다. 나는 허니 브레드 위에 휘핑을 잔뜩 올리고, 접시 가장자리에도 휘핑으로 언덕을 만들었다. 진동벨을 울렸다.

"헐, 장난 아니야."

"오, 휘핑 이렇게 많이 쌓아 주는 데 첨 봤어!! 미인아 고마워~~."

휩쓸려야만 할 것 같은 분위기가 없었기 때문일까. 애들은 교실에서 만났을 때보다 훨씬 상냥했다.

"맛있게 먹어."

나는 한결 더 가벼워진 마음으로 웃었다. 애들은 어색한 듯, 의외인 듯 고개를 끄덕였다. 애들이 테이블로 돌아가고 나서 나는 백록담을 보았다. 백록담은 내 쪽으로 엄지를 살짝 치켜세웠다.

일을 하다 보니 반 애들이 앉은 자리를 자꾸 지나치게 되었다. 반 애들은 정하얀의 이야기를 하고 있었다. 자동으로 신경이 거기에 집중됐다. 애들이 앉은 자리 근처의 셀프바로 가서 정리를 하는 척하며 이야기를 들었다.

"7반 민지가 자기 학원에서 직접 봤대. 다른 학교 애들인 것 같았는데 여자애들은 딱 봐도 기가 세 보이는 애들이었고, 남자애들도 만만치 않았다는 거야. 걔네들이랑 뭐가 그렇게 좋은지 시시덕대고 있었는데, 남자애가 허리를 끌어안아도 정하얀은 아무렇지 않아하더래."

그 말을 시작으로 다른 애들은 마치 경쟁이라도 하듯 제가 알고 있는 이야기를 앞다투어 꺼내 놓았다.

"아, 그 얘기 나도 들었어. 그러니까 걔가 실제로는 발랑 까졌다는 말이 맞는 거지. 근데 사실 나도 정하얀 좀 이상하다고 생각한 적 있어."

"왜? 왜? 무슨 일 있었어?"

"아니 내가 전에 머리 매직하고, 끝에 세팅펌 했었잖아. 그때 애들이 다 예쁘다고 했었거든. 김한솔도 나 머리 이렇게 바꾸니까 훨씬 낫다고, 예쁘다고 그랬단 말이지."

김태연은 몸을 더욱 바싹 끌어당기고 이야기했으나 흥분한 때문인지 목소리는 더욱 커졌다. 김태연이 머리를 하고 온 날의 일이라면 나도 알고 있었다. 바꾼 머리 스타일이 퍽 잘 어울렸었고, 그날 반의 이슈는 당연 김태연이었다. 다들 정말로 예쁘다며 한마디씩 건넸었다.

"그랬는데 정하얀이 왜??"

"그러고 나서 화장실에 갔는데 정하얀이랑 마주쳤단 말이야. 다른 사람은 없었고. 근데 걔가 사근사근 웃으면서 오더니 자기는 나 머리 짧은 게 더 어울리는 것 같다는 거야. 근데 내가 중학생 때까지 머리 진짜 짧았었는데 애들이 다 기른 게 훨씬 낫다고 했단 말이야. 그래서 그냥 웃으면서 그렇게 생각 하느냐고, 근데 난 앞으로 머리 기를 생각이라고 그랬거든. 그랬더니 정하얀이 아니라고, 넌 자른 게 더 어울린다고 굳이 우기는 거야. 걔랑 나랑 그렇게 친한 것도 아니고, 보통은 안 어울려도 당사자가 괜찮다고 하면 그냥 그렇구나 하고 말지 않냐? 근데 끝까지 생글생글 웃으면서 다음에 미용실 가면 꼭 자르라고, 커트가 예쁘다고 얘기했다니까."

"아 뭐야, 그 정도는 그럴 수 있지 않나? 사람마다 취향이 다르니까."

"와- 너 자기 일 아니라고 막 얘기한다? 그때 생글생글 웃으면서 그런 게 얼마나 소름이었는데. 그리고 의견이 갈린 것도 아니고 열이면 열, 백이면 백, 다 긴 게 낫다고 입을 모아 얘기하는 와중에 혼자만 머리 짧은 게 나으니까 꼭 자르라고 바득바득 우기는 게 정상이냐?"

김태연이 발끈하자 다들 그런가, 하고 받아들이는 눈치였다.

"야, 근데 그러면 그걸 왜 여태 말을 안 했냐?"

그러자 김태연은 답답하다는 듯 짜증이 묻어나는 목소리로 대답했다.

"다 정하얀을 천사처럼 받드는데 내가 거기다 대고 정하얀 욕을 했어봐. 나만 겁나게 까였을걸. 사람마다 의견이 다를 수도 있는 건데 그걸 가지고 이상하게 생각한다면서 욕이란 욕은 내가 다 먹었을 거야. 그리고 그 이후로는 딱히 이상한 점이 없었으니까 여태 까먹고 있었지."

"뭐… 그것도 그렇긴 하다."

"근데 왠지 이렇게 말하고 보니까 정하얀 진짜 좀 무섭다."

"생각해 보면 박미인도 엄청 억울할 거야, 그치?"

다시 들려온 김태연의 목소리에 셀프바를 정리하던 손이 멈췄다. 갑자기 튀어나온 내 이름이 너무 선명하게 들렸다.

"하긴, 정하얀이 애들한테 박미인이 백록담 스토킹하는 것 같다고 얘기한 다음부터 분위기가 이상하게 흘러가긴 했지."

"박미인이 김한솔이랑 백록담 둘 다한테 꼬리 친다는 얘기가 퍼진 것도 정하얀 탓이 있지. 걔가 그런 뉘앙스로 얘기 많이 했잖아. 정하얀이 애매하게 전하는 말을 김미나가 보란 듯이 사실로 만들어서 뿌렸으니까."

분위기가 요상하게 돌아갔다. 나는 여전히 거기에 귀를 기울인 채로 천천히 셀프바 근처의 테이블을 닦았다.

"근데 대체 왜 정하얀이 쟤를 괴롭히는 건데?"

아이들이 곁눈질을 하며 말하는 '쟤'는 바로 나였다. 요점은 그거였다.

'그렇다면 정하얀은 대체 왜 박미인을 괴롭히려 든 것일까?' 마지막 퍼즐 조각에 도달하자 아이들은 잠깐 말이 없었다. 각자 곰곰이 생각하는 눈치였다. 나도 느릿하게 다른 테이블로 옮겨 가면서 생각했다. 대체 왜?
"백록담이랑 친해서 그런 거 아니야?"
"그게 제일 그럴듯한데, 그것만 가지고 사람을 그렇게 까나? 솔직히 나는 이해 안 된다."
"맞아, 맞아. 질투 나서 그랬다기엔 너무 사이코틱해. 그리고 정하얀이 착한 척한 건 백록담이 전학 오기 한참 전부터란 말이야. 1학년 때부터 쭉 '천사 같은 정하얀'을 유지해 왔잖아. 지금까지 그 지랄 맞은 성격을 숨겨 왔다는 게 가장 큰 문제 아니야? 제일 무서운 점은 그거잖아."
"걔 뭐 심각한 콤플렉스 있는 거 아니야? 그렇지 않고서야 저렇게 성격이 이상할 리가 없잖아."
아이들은 침묵했다. 나는 눌어붙은 시럽을 성의 없이 닦으며 그 침묵에 온 관심을 기울였다.
"있잖아, 이건 그냥 완전 들은 얘기기는 한데…."
윤선아가 슬그머니 입을 열었다. 몹시 조심스러운 기색이었는데, 말을 하는 그 순간에도 괜한 말을 하는 건 아닐까 걱정하는 것 같았다. 그러나 이미 시작한 말을 주워 담을 수 있는 분위기는 아니었다.
"사실은 정하얀 별명이 원래,"
윤선아가 한층 목소리를 낮췄다. 나는 그걸 듣기 위해서 조금 티 나게 그 근처로 갈 수밖에 없었다.
"호빵맨이었대."

café

'호빵맨이었대.'

어감은 상당히 유머스러웠다. 하지만 이제껏 몇 번이고 생각했던 정하얀 페이스북의 그 댓글 내용과 그 요상한 별명이 맞물리면서 등에 소름이 돋았다. 집에 돌아와서도 심란하기는 마찬가지였다. 정하얀의 과거 이야기가 머릿속에서 끊임없이 되풀이되었다.

윤선아가 조심스레 털어놓는 말을 들었을 때 겉으로야 못 들은 척, 태연한 척했지만 심장은 쿵쾅거렸다. 그 순간 잠깐 동안 일손이 멈췄던 것은 고의가 아니었다.

'쟤들도 그때 그거 봤나? 그 페이스북 댓글?'

잠시 후 누군가가 "야, 나 지금 이게 웃긴 건지 아니면 무서운 건지 모르겠어" 하고 침묵을 깼다. 아이들은 다시 소란스러워졌다. 조금 과장된 시끌벅적함이었다. 나는 행주를 널고, 대걸레를 가져와서 바닥을 닦으며 애들의 얘기를 들었다.

윤선아의 말에 의하면 정하얀은 페이스북 댓글의 주장대로 원래는 고도비만에 눈도 단춧구멍만 한… 말 그대로 호빵맨 같은 인상의 못난이였다. 애들 중 한 명이 눈을 고치고 살을 뺀 것만으로 아이돌 뺨치게 예뻐질 수 있겠느냐며 의혹을 제기했다. 윤선아는 "정하얀 원래 85킬로그램이었대"라는 말로 대답을 일축했다. 하기야, 160센티미터에 85킬로그램이었던 무게를 50킬로그램 아래로 줄였다면 살에 묻혔던 콧대라든지, 얼굴 윤곽이 또렷해지면서 극적인 변화가 있을 법도 했다.

"너는 대체 그런 말을 어디서 들었는데?"

하고 누가 물었을 때, 윤선아는 대답하기를 머뭇거리다가 자신 없는 목소리로 대답했다. 말의 출처는 정하얀의 페이스북이었다.

'역시 윤선아도 그 댓글을 본 거야!!'

그러나 윤선아의 입에서 나온 말은 조금 달랐다.

일주일 전쯤이던가, 페이스북에서 누군가가 정하얀의 타임라인으로 메시지를 보냈다. 내가 본 것은 정하얀 프로필 사진에 달린 댓글이었지만 윤선아가 본 건 누가 아예 대놓고 정하얀에게 보낸 메시지였던 것이다. 페이스북은 누가 어떤 사람의 계정(타임라인)으로 메시지를 보내면 그 사람의 친구들도 다 볼 수 있도록 오픈되어 있었다. 그런데 누군가가 정하얀한테 이런 메시지를 보냈던 것이다.

안녕, 인생역전한 85kg 호빵맨. 저번에 내가 댓글 달았던 게시물을 완전히 삭제했더라고. ㅎㅎ 그래서 이번엔 기념으로 사진도 좀 보내 봤어. 남들 보기 전에 빨리 삭제해^^ 빠이팅!

그 메시지에는 사진이 첨부되어 있었고, 그 사진이란 게 어마어마했다. '정하얀'이라는 명찰이 달린 교복을 입고 있는 낯선 여학생의 사진이었다. 피부는 새하얀 편이었으나 얼굴은 두루뭉술하고, 눈은 두더지가 언니, 할 정도로 작고, 표정도 몹시 어두컴컴하며 앞머리를 주렁주렁 길러서 얼굴의 반을 가릴 정도였다. 게다가 허리통은 둥글둥글, 다리는 잘 익은 무처럼 퉁퉁했고, 유행의 흐름을 전혀 고려하지 않은 듯한 빨간색 테의 뾰족한 네모 안경도 쓰고 있었다. 아무도 저 사진 속의 인물을 정하얀이라고 생각할 수 없을 정도였다.

'뭐야, 하다하다 못 해서 이제는 저런 식으로 까 내리려는 애들도 있구나. 정하얀도 불쌍하다. 평판 한번 뒤집히기 시작하니까 이런 루머 생성으로까지 번지는구나. 근데 도대체 누구 사진을 가져와서 정하얀이라고 우기는 거야?'

윤선아는 처음엔 이렇게 생각했다. 어디서 다른 사람의 사진을 가져와서 명찰을 합성했겠거니 싶었다. 원래 인기인은 피곤한 법이며 미인은 온갖 중상모략에 시달리는 게 기본 아니던가.

"그런데 말이야…."

윤선아는 목소리를 더욱 내리깔았다.

"내가 다시 한 번 화면을 누른 다음에 정하얀이 바로 그 게시글을 통째로 삭제했어. 그리고 조금 있으니까 그 애의 페이스북 계정, 인스타그램 계정이 전부 다 삭제된 거야."

그건 좀 이상하잖아, 하고 윤선아는 덧붙였다. 혹시나 다른 누군가 그 일을 목격한 사람이 있지 않을까 생각했으나 다음 날 학교 아이들은 다른 걸 가지고 흥분해 있었다. 정하얀의 페이스북 계정이 갑자기 사라진 것만 주목을 받았던 것이다. 당시 정하얀은 공부에 방해가 되는 것 같아서 큰맘 먹고 폰을 없앴다는 그럴듯한 이야기를 했었다. 아무도 그 정체불명의 추녀 사진을 언급하지 않았다. 그래서 윤선아는 그 순간의 사건을 알고 있는 건 자신밖에 없으리라고 추측했다.

심장이 벌렁거렸다. 전에 나와 승아가 목격했던 그 악의적인 댓글과 윤선아의 증언, 그리고 갑자기 삭제된 정하얀의 SNS 계정. 그야 물론 SNS를 통해서 기가 막힌 루머가 만들어지는 일은 종종 있었고, 그걸 피하려면 계정을 없애는 게 가장 손쉬운 일이기는 했다. 그러나 어떻게 생각해도 SNS 계정을 몽땅 없애 버린 그 타이밍이 너무 절묘했다.

"그러니까 정하얀이 정말 호빵맨이었다고…?"

작게 중얼거린 말은 내 방 안에 가득 찼다. 듣는 사람도 없는데 괜히 못 할 말을 한 것처럼 움츠러들었다.

머릿속이 복잡했다. 정하얀에게 가리고 싶은 과거가 있다는 게 특별히 통쾌하지도 않았고, 그런 주제에 날 괴롭혔나 하고 분하지도 않았다. 그렇다고 안타깝지도 않았다. 다만 좀 무섭고 이상한 기분이었다. 그러나 나는 잠이 들 즈음, 아이들이 그토록 떠받들던 정하얀도 어떤 무례하고 멍청한 인간들에게 난도질당한 피해자였을지도 모른다는 생각이 들어 가슴이 쿡쿡 쑤셨다. 왜냐면 그건 겪어 본 사람만이 알 수 있는 몹시 괴로운 일이기 때문이다.

◆◆◆

정하얀의 이중성에 대한 관심이 조금 시들해질 즈음, 드디어 카페에서 들었던 '정하얀 호빵맨' 설이 수면에 떠오르기 시작했다. 출처는 정확히 알 길이 없었으나 아마도 윤선아이거나 함께 있던 애들일 것이었다. 처음엔 헛소리로 치부되던 소문은 그때 그 페이스북 나도 봤다(진실인지는 알 길이 없었으나)는 목격자가 두어 명 늘어나기 시작하면서 불이 붙었다. 그러다 보니, 일전에 나와 승아가 목격했던 프로필 댓글 사건의 목격자들도 나타났다.

지금 학교를 쉬는 것도 성형을 위해서라는 근거 없는 소문까지 덧붙을 정도였다. 어쩌면 애들은 그간 너무 예쁘고 흠 없는 정하얀을 내심 질투하고 있었던 걸지도 모른다. 가슴은 드문드문 질투로 타오르지만 그 애를 미워할 건덕지가 없어서 도리어 더욱 사랑했던 것일지 모른다. 그러던 차에 발각된 빈틈은 물어뜯기 좋은 실밥이 되었던 것이다. 이러한 흐름이 결코 싫지는 않았다. 하지만 달갑지도 않았다. 마음 한구석에 돌처럼 튀어나와 거슬리는 무언가가 '정하얀 꼴좋다. 하하하' 하고 생각하려는 마음을 막아섰다.

'나도 참, 속도 좋다. 나한테 한 짓을 생각하면 아직도 억울한데.'

김미나만큼 미운 게 정하얀이었는데…. 괜히 입안이 썼다. 이 오묘한 감정의 까닭이 동병상련인가 싶어서 기가 막혔다.

그러다가도 문득,

'하기야, 외모로 당한 설움이라면 나야말로 잘 알고 있으니까.'

하는 생각이 들곤 했다.

"미인아, 미인아."

화장실을 갔다 온다더니 1분 만에 다시 교실로 돌아온 승아가 다급하게 나를 불렀다. 얼굴은 못 볼 걸 본 사람처럼 하얗게 질려 있었다. 승아는 급한 숨을 헐떡헐떡 몰아쉬었다. 작은 입술이 조급하게 달싹거렸다.

"저, 정하얀. 정하야안!"

"뭐? 정하얀?"

"걔 지금 교무실에 있어."

승아의 말은 유난히 크게 들렸다. 하던 일을 멈춘 것은 나뿐만이 아니었다. 뭐? 하고 누군가가 되물었다. 승아가 대답할 겨를도 없이 애들 몇은 일어나서 교무실로 달려갔다.

"정하얀이 교무실에 있다고? 걔 거기서 뭐 하고 있는데?"

"그건 모르지. 담임이랑 얘기하고 있던데?"

정하얀은 수업이 시작하고 나서 교실로 들어왔다. 교실에 들어오는 순간, 적대적인 분위기를 느꼈을 텐데도 아랑곳하지 않았다. 이미 이 냉대를 예견한 것처럼 태연해 보였다. 분명 김미나와 이수연, 이진솔이 정하얀을 가만히 두고 보지 않을 텐데, 하는 생각이 들었다.

예견했던 대로 애들은 점심시간이 되자마자 노골적으로 정하얀의 책상 앞을 가로막았다. 평소 같으면 종이 치기가 무섭게 식당으로 뛰어갔을 아이들이 무슨 일이 터지리라는 기대감에 가득 찬 표정으로 눈치를 살폈다.

김미나가 선두로 포문을 열었다.

“사람을 어떻게 그렇게 작정하고 싹 속여 먹냐. 그동안 존나 청순한 척 가식 쩔더니.”

뒤이어 이수연이 거들었다.

“꼭 모태미녀였던 것처럼 행세하고. 와- 진짜 사람 무섭다. 너 원래는 호빵맨이었다며?”

이제껏 아무런 감정의 동요도 내비치지 않았던 정하얀은 과거 이야기가 나온 순간만큼은 눈을 찡그렸다. 그리고 처음으로 입을 열었다.

“누가 그런 말을 해?”

“뭐?”

“미나야, 넌 그런 거짓말을 믿니?”

정하얀은 조용히 웃었다. 착하고 예쁜 정하얀의 트레이드 마크인 그 미소였다. 신나게 시비를 걸던 삼공주가 당황한 얼굴로 서로의 눈치를 봤다. 너무나 태연한 그 모습에 순간 지금까지의 소문이 싹 다 거짓말인 것 같은 착각이 들었을 것이다.

누가 보아도 김미나는 일순 당황한 게 분명했다. 그러나 허세로 그걸 덮어 버리려는 듯 더 크게 소리쳤다.

“뭐가 거짓말이야? 이제 애들도 다 알아.”

덤덤한 얼굴로 방관하던 김한솔이 도저히 못 참겠다는 듯 일어나 김미나의 어깨를 붙들었다.

“그만해. 너 좀 심하다.”

“꼴값한다, 김한솔.”

“그만하라고.”

"아, 치워!"

김미나는 신경질적으로 김한솔의 손을 쳐냈다. 김한솔이 김미나에게 뭔가 더 말을 하려는 순간 먼저 입을 연 것은 정하얀이었다.

"미나야, 증거 있어?"

"뭐?"

"내가 성형했다는 증거, 별명이 호빵맨이었다는 증거 말이야. 증거도 없는데 그러면 내가 너무 억울하잖아."

김미나에게 조목조목 대꾸를 하는 정하얀이라니. 그건 꼭 비꼬는 것처럼 들려서 눈앞에 두고 보면서도 꿈을 꾸는 것 같았다. 그렇지 않아도 그간 정하얀이 자신의 연락도 다 무시하고 밖에서 남자애들이랑 놀아났다는 사실에 충격을 받고 있었던 김미나는 얼굴이 잔뜩 일그러졌다.

"뭐래, 미친년이. 야, 이유 없이 소문나겠냐?"

"증거 없으면 함부로 떠들지 마."

"헛소문은 개뿔. 애들이 다 알고 있는데 어디서 사기를 치냐."

보여 줄 증거가 없는 김미나는 말문이 막혔는지 억지스럽게 대꾸했다. 김한솔이 "아 좀 그만하라고" 하면서 한 번 더 김미나를 말렸다. 정하얀의 독기 오른 눈에는 갑자기 눈물이 일렁일렁 차오르기 시작했다. 김미나는 "미친년" 하고 욕설을 퉤 내뱉고는 책상을 발로 걷어찼다. 교실을 나가는 김미나 뒤를 이진솔과 이수연이 후다닥 뒤따라 나갔다. 정하얀은 금방이라도 울 것 같은 표정 그대로 자리에 우두커니 서 있었다. 반 애들은 슬금슬금 눈치를 보다가 저희들끼리 속닥거리면서 교실을 나갔다. 나와 승아도 자리에서 일어났다. 김한솔은 이러지도 저러지도 못하고 우물쭈물 서 있었다. 김한솔이 망설이다 정하얀 쪽으로 다가가려던 찰나에, 그리고 거의 마지막으로 남은 나와 승아가 교실을 나가기 전에 정하얀이 책가방을 다시 둘러멨다. 괜히 마주치지 말자 싶어서 한 걸음 물러나 정하얀이 나가기를 기다렸다. 그러나 정하얀은 문으로 나가지 않고 내 쪽으로 성큼성큼 걸어왔다. 정하얀의 동그란 어깨가 내 어깨를 퍽 밀치고 지나친다.

"아!"

성질을 부리려던 것은 아니었다. 갑작스러운 충격에 나온 소리였다. 정하얀은 마치 그 소리를 기다리기라도 한 것처럼 휙 뒤돌았다. 기어코 눈물이 뚝뚝 떨어지는 그 애의 눈이 나를 철천지원수 보듯 노려보았다.

"너니?"

뜬금없는 물음이다. 영문을 알 수가 없었다.

"니가 소문냈어?"

그럴 리가. 어떻게 하면 그렇게 생각할 수 있지. 너무 말도 안 되게 오해를 받아서 말문이 막혔다.

"박미인. 모든 사람이 다 나한테 손가락질하고 성형했다고 욕해도, 너는 그러면 안 되지. 어떻게 니가 그런 소문을 낼 수 있어?"

어떻게 네가, 라고 규정하는 것도 웃겼지만 내가 그랬을 거라고 생각하는 것도 어이가 없었다. 하기야 자기가 나한테 한 짓이 있으니까 그럴 만도 하지만.

"나 안 그랬어."

"자기들 기준에 안 맞는다고 사람 무시하고 괴롭히는 게 얼마나 잔인

한 일인지 박미인, 너는 알잖아. 그런데 어떻게 그런 소문을 퍼뜨릴 수가 있어?"

염치가 없는 건지, 개념이 없는 건지 아니면 생각이 없는 건지 모르겠다. 지금껏 교묘하게 나를 괴롭혀 왔던 정하얀이 나한테 이런 말을 하는 게 웃겼다. 하도 어이가 없어서 실소가 나왔다.

"나 아니라고."

"정말 웃겨, 진짜. 다들 미쳤어. 뚱뚱하고 못생겼다고 욕하고 사람 우습게 보더니, 살 빼고 성형했더니 그걸로 또 욕을 하네."

나한테 하는 말은 아니었다. 분명 과거의 어느 한 시점에 머물러서 하는 말일 것이었다. 오래전, 자신을 구기고 찢고 망가뜨린 누군가에게 던지는 말이면서 지금 자신을 비난하는 사람들에게도 던지는 말이었을 것이다.

"그럼 나보고 도대체 어쩌라는 거야?"

사이코 정하얀. 이중인격 정하얀. 바로 그 정하얀을 보면서 나는 아무런 말도 할 수 없었다. 이 애야말로 상처투성이로 죽어 가고 있는 것처럼 보였기 때문이었다.

"학교에 없어도 소문이 들려. 정하얀 미쳤다는 얘기 말이야. 근데 미친 사람들 사이에서 살아가려면 나도 미쳐야지 뭐."

별수 있어? 하고 덧붙이는 목소리는 독하게 들렸다. 나는 정하얀의 눈이 나를 붙들기라도 하는 것처럼 꼼짝도 할 수 없었다.

뒤도 돌아보지 않고 매몰차게 성큼성큼 복도를 걸어 나가는 모습에서 이 애가 다시는 학교로 돌아오지 않을 것 같은 느낌이 들었다. 곧 김한솔이 정하얀을 쫓아나갔다. 미처 교실을 나가지 못한 몇몇 아이들과 나와 승아는 그야말로 어안이 벙벙한 표정으로 서로를 흘깃거렸다.

"일단 밥… 먹으러 가자…."

승아는 잠자코 고개를 끄덕였다.

카페에 신메뉴가 생겼다. 트롤 프라페노였다. 괴상한 이름을 가진 신메뉴의 정체는 특제 모카시럽 3펌프, 우유 50밀리리터, 초코파우더, 캐러멜 아이스크림 한 덩이를 얼음을 넣어 간 뒤에 그 위에 생크림과 시리얼, 캐러멜 시럽을 듬뿍 올리고 바닐라 아이스크림 두 덩이를 얹는 어마어마한 음료였다. 너무 많은 게 들어가서 오히려 괴상한 모양인 이 음료는 그러나 극한의 단맛으로 여성들에게 인기가 많았다. 혼자 먹으면 먹다 죽을 것 같지만 셋이서 함께 먹으면 짜릿한 단맛을 만끽할 수 있다는 평이었다. 생긴 건 좀 꺼림칙한데 막상 맛을 보고 나면 그 음료만의 매력에 빠지게 된다는 것이 일반적인 평이었다. 만드는 게 제법 번거로워서 만들 때마다 모양이 조금씩 달라졌다.

"와!! 성공!! 이번엔 모양 예쁘게 잘 나왔어요."

처음으로 완벽한 모양을 만들었다. 보란 듯이 백록담에게 내보이자, 백록담은 아하하 웃음을 터뜨렸다.

"사진 그대로의 모양이긴 한데, 완성품도 진짜 괴상하다."

"원래가 이상하게 생긴 메뉴잖아요. 먹어서 맛있으면 됐죠 뭐…."

"그래그래, 재료 조합은 잘한 것 같다. 아이스크림도 예쁘게 얹었고."

징징 울리는 진동벨을 들고 온 것은 여대생 두 명이었다. 성공적으로 만들어진 트롤 프라페노를 받아 든 여대생들은 투박한 모양과 큼직한 크기에 놀라워했다.

"실력이 훌쩍훌쩍 느네?"

"저도 이제 알바 3개월 차 끝나 가잖아요."

조심스럽게 웃자, 백록담은 더욱 유쾌한 얼굴로 고개를 끄덕였다.

"벌써 3개월이구나…. 시간 진짜 빠르다."

"정말 그래요. 처음 본 게 엊그제 같은데."

"아, 그래. 오픈도 안 한 가게 앞에서 웬 여자애가 울고 있어서 진짜 당황했었지."

분명 첫 만남은 그랬다. 지금 생각해도 창피한 일이다.

"그 기억은 제발 좀 잊어 주세요."

"잊고 싶어도 못 잊지, 엄청 인상 깊었거든."

그렇게 말하면서 또 입술 끝이 슬슬 올라간다.

"그때 그렇게 우연히 마주친 뒤로 참 별일 많았다, 진짜."

별일. 달리 말하면 온갖 꼴을 다 보인 것이었다. 엉엉 울기는 또 몇 번이고. 하지만 그만큼 백록담과 백유담 언니는 내 마음속에, 그리고 내 생활에 깊게 들어와 있었다.

불현듯 정하얀이 떠올랐다. 앙다문 입술과 부릅뜬 눈에서 독기를 철

철 흘리던 그 애도 어쩌면…. 만약 정하얀이 이 남매를 알았더라면.

"있잖아요."

"응?"

"정하얀 말이에요."

"응."

"가끔은 걔도 참 힘들었겠다, 그런 생각이 들어요."

컵의 물기를 닦던 백록담의 손이 잠깐 멈췄다. 뭐지, 싶어서 올려다보는데 아무런 말도 하지 않는다.

"아니, 그냥요… 그렇지 않을까 해서요."

"너 착하다."

백록담은 종종 이렇게 직설적으로 이야기해서 사람을 당황하게 하곤 했다.

"그, 그런 게 아니라 그냥 저도 그게 뭔지 아니까요. 자신감을 잃어 가는 거, 자꾸만 내가 형편없게 보이는 거요…."

어깨 언저리가 따뜻해졌다. 도담도담 와 닿는 손길 덕분에 티 나게 얼굴이 빨개졌다. 백록담은 한 손으론 내 어깨를 두드리고, 다른 한 손으론 머그컵을 커피머신 위로 올리면서 말했다.

"너 그동안 나쁜 사람들만 만나서 그래. 이제부턴 괜찮을 거야."

"어, 어쨌거나 정하얀도 많이 힘들었겠다 싶어서… 나처럼 유담 언니나 오빠를 만났다면 그렇게까지 궁지로 몰리는 일은 없지 않았을까 하는 생각이 들어 가지고요."

"그건 네가 받아들일 준비가 되어 있었기 때문일 거야. 사실은 마음 깊이 스스로를 좋아하고 싶었던 거라고."

"그럴까요?"

"사람은 누구나 자기 자신을 사랑하고 싶어 하니까."

언젠가 유담 언니가 말했던 것처럼, 자기 자신을 사랑할 수 없는 것은 괴로운 일이다. 정하얀은 그래서 이상해져 버렸을지도 모르겠다.

"…정하얀을 예전처럼 미워하지는 못할 것 같아요."

어깨를 도닥이던 리듬이 멎었다. 백록담은 잠깐 가만히 그 말을 곱씹는 듯했다. 그러더니 곧 마른 수건을 차분하게 컵 위에 덮었다.

"착하다니까, 진짜."

강아지를 어르는 것 같은 말투는 상냥하고 또 상냥해서 가슴을 뭉클하게 만들었다. 정하얀이 이런 사람을 만났더라면, 다시 한 번 그런 생각이 들었다.

오랜만에 다시 학교에 왔던 정하얀은 그날 그렇게 교실을 나간 이후로 쭉 나타나지 않았다. 온갖 소문들은 한동안 부풀려지고, 왜곡되고, 요란했지만 어쨌거나 조금씩 가라앉는 추세였다. 일단 소문의 주인공이 자취를 감췄기 때문이었다. 언제부턴가 나는 정하얀이 자신의 이미지를 만드는 데 희생된 희생양, 피해자로 인식되기 시작했는데 정하얀에 대한 반감이 커질수록 나에 대한 호감도가 상승하는 모양이었다. 승아는 이런 흐름을 몹시 달갑게 여겼다.

"정하얀이 그렇게 몰락한 건 좀 무섭긴 한데, 그래도 난 이 상태가 좋다, 미인아."

야간자율학습 1부가 끝난 쉬는 시간이었다. 함께 과자를 나눠 먹으면서 얘기를 하던 중이었다.

"지금이 편해. 정하얀이 그렇게 된 것도 어떻게 보면 자업자득이고."

나도 그렇게 생각한다. 하지만 마음이 개운하지는 않았다.

"응, 나도 지금이 좋아. 근데 한편으로는 좀…."

"응? 한편으론 뭐?"

"내가 진짜 착한 척하려고 그러는 건 아닌데…. 근데 나 솔직히 한편으론… 좀 그렇다. 맘이 아주 편하지는 않아."

승아는 진심이냐고 묻는 것처럼 인상을 찌푸렸다.

"아니, 사실 걔도 많이 괴로웠을 거 아니야."

목소리에는 자신이 없었다. 뭐라고 대꾸하려던 승아가 갑자기 입을 다물고 주춤했다. 시선은 내 뒤쪽을 향해 있었다. 누군가가 뒤에서 내 의자 등받이를 꾹 눌렀다. 등골이 오싹한 순간, 승아 말고도 몇몇 아이들이 질린 얼굴로 내 등 뒤를 바라보고 있다는 걸 알았다.

"지랄을 한다."

김미나였다. 고개를 돌리기도 전에, 뒤로 의자가 확 당겨졌다. 어어어, 하는 순간에 내 시야가 뒤집혔다. 교실 천장이 보이는가 싶더니 쾅, 하고 큰 소리와 함께 머리와 어깨, 등에 충격이 느껴졌다. 나는 의자째 바닥에 발랑 뒤집힌 채로 몇 초간 누워 있었다.

"미, 미인아!!"

승아가 후다닥 옆으로 와서는 나를 일으켰다. 아픈 것보다도 갑작스러운 봉변에 머리가 안 돌아갔다.

"니 걱정이나 해, 병신아. 너 그 얼굴로 어디 시집이나 가겠니?"

바닥을 꾸물꾸물 기어가는 벌레를 보는 듯한 표정이었다. 뒤통수가 서서히 아파 왔다.

"가만히 짜져 있을 것이지 뭘 나대고 지랄이야."

교실 바닥으로 가라앉는 것 같았다. 가슴에 켜켜이 내려앉은 많은 할 말들이 속을 들쑤셨다. 나는 이런 취급을 받아도 좋은 사람이 아니었다. 이전에는 느껴 본 적이 없는 충동-그게 뭔지 모르겠으나 두려움을 이겨 낼 만큼 강한 것이었다.-으로 입술이 떨렸다.

"야, 김미나!!"

아, 내가 김미나를 불렀구나 하고 깨달은 순간에 이미 일은 벌어져 있었다.

태연하게 걸어 나가던 김미나의 등이 놀라서 들썩이는 게 보였다. 곧 김미나가 성큼성큼 다가왔다. 그 애는 마치 지금 당장 날 눌러 버리지 않으면 안 될 것처럼 눈을 부릅뜨고 앞에 다가서자마자 손을 휘둘렀다. 내가 그 애의 손목을 덥석 붙든 것도 순식간에 일어난 일이었다. 성난 까마귀처럼 난폭하게 변하는 눈을 보자 무슨 말이라도 해야겠다는 생각이 들었다.

"김미나."

김미나는 어디 한번 말해 보라는 것처럼 턱을 치켜들었다.

"너 똑바로 들어. 얼굴 예쁘게 태어난 건 감사할 일이지, 남보다 잘났다고 생각할 건 아니야. 그 얼굴로 어디 시집이나 가겠느냐고? 야, 너는 남자한테 시집가려고 세상 사니?"

"뭐 이 썅…."

"욕하지 마. 나도 욕 들으면 기분 나쁘고, 때리면 아프고, 갈구면 화나. 알았어?"

알았어? 하고 말을 끝내는 순간 눈물이 찔끔 날 정도로 쾌감이 느껴졌다. 김미나는 붙잡힌 팔을 빼내려고 안간힘을 쓰다가 내가 놓지 않자 다른 팔로 내 얼굴을 세게 갈겼다. 그러더니 갑자기 머리끄덩이를 와락 잡아 왔다. 두피가 뜯겨 나갈 것 같았다. 물론 나도 이미 뵈는 게 없는 지경이었기 때문에 본능적으로 팔을 휘둘렀다. 그 뒤로 승아가 선생님들을 불러오는 그 짧은 시간 동안 나와 김미나는 그야말로 '개싸움'을 했다. 때리고 있는지, 맞고 있는지도 모르겠는 몸부림이 끝나고 나서 나는 보건실로, 김미나는 교무실로 불려 갔다. 아마 내 몰골이 더 처참했기 때문이었을 것이다.

"어휴, 진짜 어떡해. 이거 흉지는 거 아니에요? 병원 가야 하는 거 아니에요?"

승아가 울상을 하며 선생님께 물었다. 이미 퇴근한 보건 선생님 대신 수상쩍은 연고를 터진 입술에 툭툭 바르던 학생주임 선생님은 슬쩍 승아를 흘겨봤다.

"조용히 좀 해라. 어디가 부러진 게 아니니까 병원 안 가도 돼."

선생님의 투박한 손이 내 콧대를 꾹꾹 눌렀다. 이빨 흔들리는 데가 없는지도 확인했다.

"지금 이 저녁에 병원엘 갈라치면 응급실밖에 없는데 이 정도 상처로 응급실은 턱도 없어, 인마. 그렇게 친구가 걱정되면 싸움 나기 전에 말리지 그랬냐."

선생님은 모든 상처에 같은 종류의 연고를 바르고는 담임 선생님을 부르러 갔다. 나한테는 일단 하교 조치가 내려졌다. 교실에 다시 들어가기가 퍽 민망해서 승아에게 가방을 챙겨 달라고 부탁했다. 잠시 뒤, 내 짐을 바리바리 챙겨서 내려온 승아의 얼굴은 약간 상기되어 있었다.

"교실에 김미나 있었어?"

"아니. 아직 교무실에 있는 것 같았어. 근데 미인아, 지금 그게 중요한 게 아니야."

"응?"

"애들이 너, 진짜 달리 봤대."

"응?"

"나도 무슨 일인지 모르겠는데, 다들 그동안 말은 안 했어도 김미나 나대는 게 완전 꼴불견이었던 거지. 너가 한 소리 하는 거 보면서 내심 속 시원했나 봐."

승아는 끝에, "나도 그랬고" 하고 덧붙였다. 발갛게 홍분한 얼굴을 보니 가뜩이나 꿈 같은 기분이 더 몽롱해졌다.

집에 가는 길에 여러 가지 생각이 들었다. 자잘한 생채기들을 엄마에게 어떻게 설명할까 싶었고, 내일부터 김미나가 자기 친구들 불러와서 괴롭히면 어떡하나 하는 걱정도 들었다. 경찰 도움이라도 받아야 하는 걸까… 그런 고민을 하고 있는데, 맞은 자리가 점점 더 쑤셔 왔다.

'그래 나 김미나랑 싸운 거지, 처음으로.'

역시 잘한 일인지는 모르겠다. 아까의 그 충동은 뭐였을까? 내게 분명 무슨 일이 일어나고 있었다.

◆◆◆

다음 날 아침, 눈을 떴을 때의 기분은 참 묘했다. 가슴이 심하게 두근거렸다. 나는 아침도 전투적으로 먹었다.

학교에 도착하면 뭔가 달갑지 않은 일이 벌어질 거라고 생각했다. 담임선생님한테 불려 가서 사건의 개요를 낱낱이 보고하고 한껏 꾸중을 듣는 것은 생각했던 대로였다. (선생님은 그 와중에도 자신의 반에서 학교폭력, 왕따라는 중차대하고 성가신 문제가 발생했을까 봐 은근히 내 눈치를 살폈다.) 그러나 가장 신경이 쓰였던 김미나는 뭔가 격렬한 반응을 보이리라는 내 추측과 달리 조용했다. 그 애는 내 쪽을 살벌하게 노려보기만 할 뿐이었다. 어제 악착같이 달려들었던 덕분에 박미인도 생각보다 지랄 맞은 구석이 있구나, 깨닫기라도 한 걸까.

다만 한 가지 이상한 건 예상치 못하게 치솟은 나의 주가였다. 승아의 말대로 애들은 어제의 그 사건이 퍽 통쾌했던 모양이었다.

박미인이 옳은 소리 했다. 그간 김미나가 너무 심하긴 했다. 박미인도 아주 야무진 구석이 있더라. 어제의 대사건은 그러한 평가로 일축되어 있었다.

승아도 복도에서 애들이 떠드는 얘기를 듣고 와서는 방방 뛰었다.

"미인아, 다른 반 애들도 니 얘기해. 너 어제 진짜 멋있었대. 말도 잘하고. 니가 그렇게 똑 부러지는 애인 줄 몰랐다는 거야. 듣는 내가 다 뿌듯하더라."

새가 고개를 꺾고 가슴 깃털을 한껏 부풀리는 것처럼 승아는 정말로 뿌듯해 보였다. 긴가민가했지만 나도 기분은 좋았다. 그러고 보니, 백록담도 내 이야기를 들었을까? 만약 들었다면 먼저 날 찾아와 주지는 않을까? 어디 심하게 맞지는 않았는지 확인하러, 혹은 잘 대응했다고 칭찬이라도 해 주러….

'사람이 워낙 좋아서 아예 가능성이 없는 일은 아니지만….'

그래도 그렇게까지 주책을 떨 사람은 아니었다. 나는 뭔가 좀 아쉬워서 쉬는 시간에 괜히 백록담이 있는 3반 뒷문을 서성였다. 그런데 나오라는 백록담은 안 나오고 갑자기 담임 선생님이 떡 나타나더니 반가운 얼굴을 했다.

"어, 미인아! 잘됐다, 이거 좀 1학년 교무실에 드리고 와라."

선생님은 나한테 30센티미터 정도 높이로 쌓인 프린트물을 맡겼다.

"조금 있으면 수업 시작하는데요, 선생님?"

"나도 조금 있으면 수업 시작이야. 빨리 드리고 올라가."

담임 선생님은 "지각하면, 내가 심부름 시켰다고 해~" 하고 얄밉게 소리치면서 빠르게 멀어졌다. 학생의 수업 들을 권리를 이렇게 침해하다니, 그리고 이건 또 왜 이렇게 무거운 거야. 툴툴거리면서 프린트물을 와락 끌어안았다. 몇 걸음 걸어가는 중에, 누가 또 갑자기 불쑥 끼어들었다. 김한솔이었다.

"담임 선생님이 아까 나 찾았다던데 이거 때문이구나."

김한솔이 머쓱하게 웃으며 말했다. 담임 선생님은 김한솔이 나타나지 않자 급한 김에 눈앞에 있던 나를 발견하고 맡긴 모양이었다.

"줘, 내가 갖다 놓고 갈게."

"아니야, 이번엔 그냥 내가 할게."

"그럼 같이 가자."

생각지도 못한 말이었다. 당황해서 빤히 올려다보니 김한솔은 고집스러운 눈을 하고 있었다. 할 말이 있는 걸까, 문득 그런 생각이 들었다. 그래서 난 그냥 잠자코 고개를 끄덕였다.

"알았어."

"프린트물은 나 줘."

김한솔은 씩 웃으면서 내가 든 프린트물을 받아 들었다. 곧 종이 쳤고, 소란스럽던 복도도 순식간에 조용해졌다. 김한솔이 느릿느릿 걸었기 때문에 나도 걸음을 서두르지 않았다.

분명히 뭔가 말을 할 거라고 생각했는데 의외로 아무런 말도 하지 않았다. 조용한 복도에 얌전히 자박자박 걷는 소리만 들렸다. 나는 침묵이 민망했다. 이럴 거면 왜 같이 가자고 했나. 그냥 내가 먼저 아무 말이나 해 볼까. 그러나 무슨 말을 꺼내야 할지 막막했다. 우리 사이에 공통으로 꺼낼 주제라면 정하얀밖에 더 있을까.

"헤어지자고 했어."

정하얀은 어떻게 지내? 연락은 돼? 그렇게 운을 띄워 볼까 고민하던 차였다. 김한솔이 먼저 말을 꺼냈다. 평온한 투로 꺼낸 말이라고 하기엔 내용이 너무 엄청났다.

"뭐???"

나는 조용한 복도라는 것도 잊고 소리를 빽 질렀다.

"걔가 헤어지재."

"언제?"

"그날. 정하얀 학교 왔던 날. 내가 걔 따라 나갔었잖아. 붙잡는 건 어렵지 않았는데 애가 울더라고, 엄청나게. 울면서 헤어지재."

잘못은 자기가 해 놓고 끝까지 잡으니까 울면서 헤어지자고 했다고? 그게 대체 무슨 경우지? 얼굴에 내 생각이 고스란히 올라왔는지, 김한솔은 눈을 살짝 찡그렸다.

"정하얀은 그냥, 많이… 좀… 아파 보였어. 힘들어 보였고. 제정신이 아닌 것도 같았고."

"아… 그럴 만하지."

자기가 이제까지 써 왔던 가면이 완전히 부서진 데다가 호빵맨이었던 과거까지 다 들통난 마당에 태연할 수 있겠는가. 김한솔은 입술을 한 번 꾹 다물었다가 한숨을 쉬었다. 그 애의 발걸음이 더욱 느려졌다.

"그래서 너는 뭐라고 그랬는데?"

내가 물었다.

"나? 나는 그냥… 난 니가 예전에 어땠든 성격이 어떻든 괜찮다고. 니가 나한테 보여 준 모습이 다 거짓은 아닐 거라고. 난 그걸 믿고, 난 그런 정하얀을 좋아했던 거니까 괜찮다고. 기다린다고 했어."

정말로 보기 드문 좋은 애였다. 모든 게 완벽한 '엄친아'라는 수식어에 꼭 맞는 그런 애였다. 이러니 내가 김한솔을 좋아했던 것도 당연하지. 근데 왜 이 얘기를 굳이 나한테 하는 걸까. 그런 사적인 얘기는 아주 친한 사이에나 하는 게 아니었나. 나는 우물쭈물하며 김한솔을 힐끔 훔쳐보았다. 마음이 많이 복잡해 보였다.

'그냥 털어놓을 곳이 필요한 걸지도 모르지.'

그렇게 생각하기로 했다. 1학년 교무실에 프린트물을 전해 드리고 나오는 길에 김한솔은 혼잣말을 하듯이 물었다.

"정하얀, 괜찮아질 수 있을까?"

내 대답이 꼭 정답이 되지는 않을 거라는 걸 알면서도 물어 올 만큼, 마음이 절박한 모양이었다. 정하얀의 어디에 저렇게 매달릴 만큼 사랑할 구석이 있었던 걸까.

"응. 괜찮아질 거야. 너처럼 좋은 사람이 옆에서 기다려 주고 있으니까."

낯간지러운 말을 할 수밖에 없었다. 위로를 바라는 사람에게 현실적인 충고를 하는 건 현명한 일이 아닐 테니까. 최대한 웃는 낯으로, 마치 백록담과 유담 언니가 나를 위로할 때 그랬던 것처럼 부드러운 표정을 지으려고 했다. 잠깐 마주친 김한솔의 눈은 그제야 조금 편안하게 웃었다.

"박미인, 너 달라졌다."

"응??"

"예전에는 좀 주눅 들어 보였거든. 기운도 없어 보였고 약간 우울해 보이기도 했는데, 요즘은… 전혀 달라."

전혀 달라. 그 말이 뭐라고 속이 울렁거렸다.

야간자율학습이 끝나고 같이 가자는 카톡을 보낸 건 백록담이었다. 승아는 벌써 눈치를 채고, 오늘은 나 먼저 갈까? 하고 물었다. 물론 그럴 필요까지는 없었다. 꾸역꾸역 혼자 가겠다고 말한 건 승아의 고집이었고, 기어코 먼저 책가방을 둘러메고 인사를 하는 승아의 얼굴에는 흐뭇한 미소가 걸려 있었다. 나는 헛헛하게 웃을 수밖에 없었다.

"미인아, 잘 가!"

교실 앞에서 백록담을 기다리는데 윤선아가 잘 가라고 인사를 했다. 따라 나오던 김태연도 어색하게 손을 흔들어 보였다.

"어, 어! 너희도 잘 가!"

기쁘고 당황한 나머지 오버해서 인사를 했다. 윤선아와 김태연은 손을 흔들며 킥킥 웃었다.

"응, 내일 봐~."

작별인사를 한 손이 못내 어색해서 나는 괜히 손을 오그렸다 펴고, 폈

다가 다시 오그렸다. 잠시 후 백록담이 도착했다. 백록담은 예상대로 김미나와의 일을 물었다.

"나 어제 야자 안 해서 몰랐는데 어제 야자 때 한 건 했다며?"

"아니 그런 건 아니고요, 그냥…."

"대충은 들었어. 아주 속이 다 시원하더라."

"오늘 김미나가 어떻게 나올까 걱정이 좀 됐는데 다행히 아무런 일도 없었어요."

"시비 걸 건덕지가 없으니까 뭘 어떻게 할 수도 없었겠지. 네 편드는 애들도 은근히 생긴 모양이던데."

"그런 것 같더라고요. 놀랐어요…."

"놀랄 게 뭐 있어. 이제부터 시작인데."

그 말은 나를 들뜨게 했다. 못된 저주에서 풀려난 것 같은 기분이었다.

"있잖아요, 오늘 김한솔한테도 달라졌다는 말을 들었어요."

그 순간은 아마 몹시 들떠 있었던 것 같다. 그래서 김한솔이 나에게 무슨 말을 했었는지, 그 말을 듣고 내가 얼마나 이상한 기분이 들었었는지 모두 얘기했다. 심지어 나도 모르게 내가 예전에 김한솔을 좋아했던 얘기까지 털어놓고 말았다. 그 순간 좀 아차 싶었으나 이미 나온 말을 무를 수도 없어서 아무렇지 않은 척, 말을 이어갔다. 백록담은 웃고 있는 것도 아니고 그렇다고 정색을 하고 있는 것도 아닌 미적지근한 표정을 지었다.

저 어중간한 표정은 뭐지. 의미를 모르는데도 심장은 두근거렸다. 나는 점점 아리송해지는 묘한 기분을 피해서 말을 돌렸다.

“근데 오빠는 어제 김미나랑 내가 한바탕한 거 물어보려고 같이 가자고 한 거예요?”

“겸사겸사.”

“겸사겸사? 뭐가요?”

백록담은 잠깐 뜸을 들였다. 그러다가 하는 수 없다고 체념한 듯 대답했다.

“김미나라는 애 성격이 많이 지랄 맞은 것 같아서.”

“네?”

“혹시나 집 가는 길에 무슨 짓이라도 할까 싶어 가지고.”

백록담은 말하면서 괜히 눈을 피했다. 그 순간의 그가 좋았다. 좋아서 견딜 수가 없었다. 내 지글지글한 감정이 혹시나 눈에 나타날까 봐 나는 황급히 시선을 내리깔았다.

곧 헤어져야 하는 지점에 이르렀다. 백록담은 거길 지나쳐서 나를 조금 더 데려다주었다. 정말로 헤어져야 할 시간이 되자 나는 아까 학교에서 무심코 던졌던 말, 김한솔을 위로하기 위해서 서둘러 대꾸했던 그 말이 실제로 얼마나 그럴듯한 말인지 절감했다.

괜찮아질 거야. 너처럼 좋은 사람이 옆에서 기다려 주고 있으니까.

유담 언니가, 백록담이, 승아가 내 옆에 있었기 때문에 나는 괜찮아졌다. 좋은 사람들은 좋은 에너지를 준다. 그러니까 김한솔이 정하얀 옆에 남아 주면 정하얀도 언젠가는 정말 괜찮아질지 모른다. 문득 사람들은 서로 끌어 주고 당겨 주며 나아갈 때 진정으로 맑게 살아갈 수 있는 것이라는 생각이 들었다. 어두운 길에 툭 던져진 불빛같이 갑작스러운 깨달음이었다.

그로부터 얼마간… 그러니까 한동안은 정하얀에 대한 소식이 없었다. 정하얀이 학교에 잠시 들렀다가 사라진 지 그리 오래된 것도 아니었다. 그런데도 아이들은 정하얀이 원래부터 없었던 것처럼 기억하지 않았다. 정하얀 사건이 터지기 전에 퍼졌던 나에 대한 거짓 소문도 모두 없던 것처럼 되어 가고 있었다. 나쁜 기억이란 건 항상 상처를 받은 사람에게만 오래도록 남는 끔찍한 흉터였다. 아팠던 사람에게만 남는 것이었다.

어쨌거나 그렇게 잠잠하던 차에 정하얀이 돌연 학교에 나타났다. 반 애들 몇 명이 우다다 교무실로 달려갔다. 나랑 승아는 잠자코 교실에 남아 있었다. 교무실로 달려갔던 애들은 수업시간 종이 치고 나서야 아슬아슬하게 교실로 들어왔다. 발갛게 상기된 얼굴과 씩씩 콧김을 내뿜는 모습을 보고, 뭐 또 대단한 소식이 있나 보다 짐작했다. 애들은 수업 중에 정하얀에 대한 이야기를 소곤거렸다.

"정하얀 자퇴한다는 거 진짤까?"

"야, 담임이랑 면담할 정도면 이미 결정했다는 거 아니야?"

"하긴… 나 같아도 이런 분위기에 다시 돌아오진 못하겠다."

"자기가 뿌린 대로 거두는 거지 뭐."

갑자기 숨이 덜컥 멎는 기분이었다. 칠판 필기를 따라 적느라 바쁘게 움직이던 손이 저절로 멈췄다.

'정하얀이 자퇴를 한다고?'

상황이 이런데 태연하게 교실로 돌아온다는 것도 이상했지만 그렇다고 이렇게 빨리 자퇴라는 결정을 들고 올 줄이야. 문득 이 소리가 김한솔에게도 들렸으려니 싶었다. 슬쩍 바라본 김한솔은 역시 하얗게 질려 있었다. 티가 날 정도로 동요하는 김한솔을 차마 오래 보고 있을 수 없어 나는 다시 칠판을 바라보았다. 얼마 후, 김한솔이 번쩍 손을 들었다.

"선생님. 저 잠깐 화장실 좀…."

종이 칠 때까지 김한솔은 돌아오지 않았다. 반 애들은 정하얀과 김한솔 이야기를 하면서 급식을 먹으러 내려갔다. 아이들에게 이 사건은 한낱 가십거리에 불과한 것 같았다. 나와 승아도 느릿느릿 식당으로 향했다. 중간에 승아가 멍한 얼굴로 물었다.

"와, 정하얀 그럼 자퇴서 내려고 온 건가?"

"그런가 봐."

"아니 아무리 그래도 자퇴는 좀 그렇지 않나?"

"궁지에 몰린 거지, 뭐."

막 1층에 도착했는데 후문으로 통하는 현관 쪽에서 누군가 싸우는 듯한 소리가 들렸다. 어차피 식당하곤 방향도 다르고 남 싸우는 일에 굳이 기웃거리긴 좀 그래서 못 들은 척 지나치려는데 여자가 빽- 소리를 질렀다. 다들 식당으로 우아아- 달려가는 중이라서 아무도 신경 쓰지 않았지만 나는 그 소리가 어쩐지 익숙하다고 느꼈다.

"승아야, 잠깐만."

"왜? 빨리 가야 돼. 식당에 자리 없어~."

"미안, 미안. 잠깐만."

소리가 나는 곳까지 살금살금 다가가서 복도 벽에 등을 기대고 눈만 살짝 내밀었다. 사람들이 잘 가지 않는 체육창고 쪽에 익숙한 모습이 보였다. 역시 정하얀과 김한솔이었다. 승아가 헙, 하고 숨을 들이켰다. 둘과 우리 사이의 거리가 그리 가깝지는 않았지만 그 둘의 분위기가 심상치 않다는 건 알아볼 수 있었다.

"그만하자, 진짜. 니가 뭔데 자꾸 이래라 저래라야?!"

"정하얀!! 제발 사람 말 좀 들어라, 어? 아무리 그래도 자퇴는 아니지!"

"김한솔. 너 진짜 착각하지 마. 기다린다고 한 건 네가 멋대로 말한 거지, 일단 우리는 헤어졌거든?"

"그래서 이제 너한테 신경 싹 끄고 살라고?"

"어."

주고받는 말도 매서웠다. 승아가 등 뒤에서 "으아, 장난 아니다" 하고 소곤거렸다. 정하얀의 목소리가 점점 더 커졌다. 결국 김한솔을 밀치고 지나가려는데 김한솔이 정하얀의 팔목을 붙잡았다. 정하얀은 거의 발작적으로 손을 털어 냈다. 당장이라도 이쪽으로 올 것 같았다. 어서 자리를 피해야겠다고 생각했으나 발이 떨어지질 않았다. 잘못하면 오히려 들켜 버릴 것 같아서였다. 정하얀은 곧 몸을 확 꺾고 거침없이 우리 쪽으로 걸어왔다.

'아씨… 그냥 갈걸. 어떡하지?'

나는 그냥 눈을 꼭 감아 버리고 말았다.

"누가 숨어서 엿듣나 했더니 너였니?"

어이가 없다는 투의, 분노를 꾹꾹 억누르는 정하얀의 목소리가 머리 위에서 똑 떨어졌다. 정하얀은 내 팔뚝을 꽉 잡고 나를 끌어냈다. 김한솔이 황망한 표정으로 나를 바라보았다.

"아… 저… 들으려고 들은 건 아니고… 누가 싸우는 소리가 들리길래."

변명은 궁색했다. 정하얀이 픽 웃었다.

"아 그러셨어? 너는 처음부터 끝까지 미운 짓만 한다."

대체 내가 언제 정하얀한테 미운 짓을 했단 말인가. 몹시 억울했지만 일단 엿듣다가 걸린 입장에서는 할 말이 없었다.

"박미인, 난 니가 정말 싫어."

불똥이 나한테로 옮겨 왔다.

"내가 왜 그렇게 싫은데?"

"못생겨서 싫어."

짐작은 했다. 가슴이 팽팽하게 당겨지는 기분이었다. 허무할 정도로 직설적인 말은 역시 기분이 나빴다.

"왜? 과거의 너를 보는 것 같아서?"

김미나와의 한 판 이후로 깡다구가 생긴 걸까. 나는 일부러 되바라지게 대꾸했다.

정하얀의 예쁜 얼굴이 더욱 일그러졌다. 지뢰를 밟았구나. 그 애는 타깃을 김한솔에서 나로 바꾼 모양인지 갑자기 퍼붓기 시작했다.

"그래, 내친 김에 왜 니가 마음에 안 드는지 처음부터 끝까지 말해 줄게. 처음엔 그냥 가여웠어. 쟤도 참 얼마나 예쁘고 싶을까, 그런 불쌍한 마음이 들었지. 근데 나중에는 짜증이 나는 거야. 너만 보면 답답하고 짜증이 나서 속이 울렁거려, 지금도. 근데 언제부터 니가 정말 싫었는지 알아?"

"그걸 내가 어떻게 알아."

"이름값 못 하는 박미인이 감히 김한솔을 좋아한다는 걸 알았을 때? 그것도 과거의 나를 생각나게 해서 열 받긴 했지. 예전에 같은 반 남자애를 좋아한다고 소문이 퍼져서 남자애들한테 엄청나게 욕을 먹었거든. 뚱뚱하고 못생긴 게 어디서 감히 남자 좋아할 생각을 하느냐고. 근데 웃긴 건, 난 그 남자애 정말 눈곱만큼도 안 좋아했거든."

정하얀의 눈이 벌게졌다.

"흥, 웃기지도 않아 정말. 어쨌거나 그래, 니가 김한솔을 좋아하는 걸 보면 내 과거가 생각나서 너무 화가 났어. 너도 내가 그랬던 것처럼 욕을 먹어야 한다는 생각도 들었고. 근데 그게 결정타는 아니었어. 내가 박미인이 미치도록 싫다고 처음 생각했던 건 너랑 백록담이 같이 보건실에 있었을 때야."

아마도 금주금연 교육이 있던 날, 보건실에서 백록담을 마주친 그 일을 이야기하는 모양이었다. 그 일이 있은 뒤에 '박미인이 전학생을 스토킹한다'는 소문이 퍼졌었다.

"보건실에서 니가 나오고, 그 뒤에 백록담이 따라 나오는 걸 봤을 때는 그냥 놀라운 정도였어. 근데 백록담이 나한테는 눈길조차 안 주고 너한테 다음에 또 보자고 인사하는 순간 갑자기 머리가 빡 도는 거야. 미친년이 주제도 모르고 나대네, 딱 이런 생각이 들었어."

"그러니까… 대체 왜…?"

정하얀은 잠깐 입을 다물었다. 나를 빤히 쳐다보더니 눈을 더욱 사납게 치떴다.

“왜냐고? 불안하니까.”

불안하다니. 예상치 못한 대답이었다. 정하얀은 꼭 뺨이라도 한 대 칠 것처럼 거칠게 말했다.

“사람들이 나한테 관심을 갖지 않으면 불안해서 미칠 것 같거든. 예전의 나로 돌아가 버린 건 아닐까? 다시 못생겨지는 건 아닐까? 사람들이 함부로 대하던, 그런 못난 정하얀으로 돌아가면 난 어떡하지? 어떻게 살아야 하지? 그런 생각이 든다고. 왜? 정신병자 같니?”

“아니… 딱히 그런 건….”

“그 뒤로도 백록담이 너한테 잘해 주는 걸 볼 때마다 속이 뒤집히는 것같이 열불이 났어. 그러다가 어느 날은 이런 생각이 들더라고. 나랑 박미인이랑 다른 게 대체 뭐지? 내가 못생겼을 때는 아무도 나한테 살갑게 대해 주지 않았는데!! 그런데 왜 니 곁에는 백록담이 있는 거야? 왜 너한테는 그 소심한 껌딱지가 붙어 있는 거지? 김승아 말이야.”

싸늘한 눈동자가 잠깐 승아를 노려봤다.

“뚱보 정하얀이 경험한 건 외면뿐이었는데 왜 박미인은…?”

어느새 정하얀은 눈을 부릅뜬 채로 눈물을 한두 방울 뚝뚝 떨구고 있었다. 나는 아무 말도 할 수 없었다.

“그래서 난 니가 싫어. 박미인, 니가 너무 미워.”

정하얀은 눈가를 억세게 문질러 닦았다. 그 애는 마지막으로 나를 한껏 노려보다가 현관 바깥쪽으로 저벅저벅 걸어갔다.

동그란 어깨와 마른 팔, 무용을 하는 사람처럼 곧은 등을 보는데 문득 강렬한 예감이 머리를 스쳤다. 왠지 다시는 정하얀을 볼 수 없을 것 같은 느낌. 지금이 마지막인 것만 같은 직감. 어쩌면 깨져 버릴 것처럼 위태로운 그 애의 뒷모습 때문이었을 것이다. 손 닿으면 흩어지는 환상 같은 분위기, 건드리면 터지는 비눗방울 같은 느낌이 정하얀의 뒷모습에서 풍기고 있었다. 왠지는 모르겠으나 나는 그 애를 붙잡아야 했다. 죽어가는 사람을 그냥 지나칠 수 없는 것과 같은 심정이었다.

"정하얀, 잠깐만!!!!!"

정하얀은 들리지 않는 양, 멈추지 않았다. 나는 무작정 그 애 앞으로 뛰어갔다. 물기가 아직 촉촉한, 빨갛게 실핏줄이 터진 그 애의 눈이 다시 나를 쏘아볼 때 나는 비로소 정하얀의 마음을 본 듯했다. 심해 속에 갇힌 것처럼 어둡고 눅눅한 그 애의 마음이 보였다.

"현대아파트 쪽 주택가에 카페가 하나 있어. 되게 큰 2층짜리 카펜데, 이름이 '미인의 법칙'이거든? 나 거기서 아르바이트해."

"뭐?"

자기를 놀리느냐는 듯한 표정이었다. 나는 황급히 손을 내저었다.

"아니, 아니, 다른 게 아니라 그냥… 그러니까… 나, 나는 기분이 나쁠 때 바닐라 라테를 마시면 기분이 좀 좋아지거든? 그래서 너도 혹시 커, 커피를 마시고 싶다거나 하면…."

"미쳤구나?"

"아니, 그게 아니라… 거기엔 널 좀 도와줄 수 있는 사람들이 있거든. 그리고… 진짜 미인이 될 수 있는 방법이 있다고나 할까…?"

뒤로 갈수록 목소리가 작아졌다. 내가 생각해도 내 우발적인 행동이 이해되지 않았다. 미친 사람을 보는 듯한 정하얀의 시선이 날 너무 부끄럽게 만들었다. 정하얀은 혀를 한 번 쯧 차더니 나를 무시하고 지나쳤다. 김한솔이 다시 정하얀을 좇아갔고, 덩그러니 남겨진 내 등 뒤로 승아가 다가왔다.

"너 갑자기 무슨 짓이야…?"

승아가 정말 이해가 안 된다는 듯이 물었다.

Café

결국 정하얀은 자퇴를 했다. 며칠 전 교무실에 들렀을 때 이미 자퇴서에 부모님 동의까지 받아 왔다는 것이었다. 당사자와 부모까지 전부 마음을 굳힌 상황에 자퇴는 일사천리로 진행이 되었던 듯하다. 김한솔은 이 일로 한동안 매우 축 처져 있었다. 평범하게 행동했지만 우울한 얼굴이 언뜻 비치곤 했다. 정하얀이 자퇴를 하고 나서야 일각에서는 동정론이 슬며시 고개를 드는 모양이었지만, 대상이 사라진 마당에 그마저의 관심도 급속도로 시들었다. 학교는 평범했다. 상처를 준 사람도, 상처를 받은 사람도 없었던 것처럼 평소대로 굴러갔다.

"얘들아, 과학경진대회는 문과도 필수 참여니까 4~6명 조 짜서 명단 적어서 내야 된대. 지금 빨리 조 짜."

김한솔이 생물 선생님께 들은 공지를 전달했다. 아이들은 분주하게 조를 짰다.

"승아야, 일단 우리 둘 먼저 이름 올리자."

승아는 잠자코 고개를 끄덕였다. 명단에 이름을 적고 나서 혹시나 두 명 정도 남은 애가 없을까, 교실을 휙 둘러보았다. 애들은 소란스럽게 팀을 짜고 발표 주제를 정했다. 붕 떠 보이는 애들은 아직 없는 것 같았다.

"우리는 뭐 할까? 식빵에 곰팡이나 키울까?"

승아가 노트에 '곰팡이'라고 적으며 말했다.

"에이 곰팡이는 너무 시시하지 않아? 작년에 보니까 병아리 부화시키고 별자리 연구하고 뭐 그러더라."

"근데 만약에 애들 많이 안 모이면 곰팡이 키우는 게 제일 쉽지 않을까?"

승아는 우리 둘이서만 조를 짜게 될 경우를 이야기했다. 뭐 그럴 수도 있었다. 나도 따라서 노트에 '식빵'이라고 끄적이고 있는데 누군가가 우물쭈물 다가왔다.

"미인아."

윤선아였다. 그 뒤에서 김태연과 황수빈, 최지현이 어색하게 웃는 얼굴로 나와 승아를 보고 있었다.

"어, 어. 무슨 일이야?"

"너네… 곰팡이 연구하려고?"

"뭐 딱 정한 건 아닌데…."

혹시나 자기들이 한다고 우기려는 걸까? 승아는 제 아이디어를 빼앗길까 봐 걱정이 되었는지 내 등을 쿡 찔렀다. 그러나 윤선아는 의외의 말을 했다.

"우리도 곰팡이 연구하고 싶은데… 같이 할래?"

누가 나에게 뭔가를 같이 하지 않겠느냐고 한 게 얼마 만의 일인가.

정하얀과 김미나가 퍼뜨린 이상한 소문 때문에 은근하게 외면 받아 온 시간이 몇 개월이었다. 당황해서 눈만 깜빡이고 있으니, 뒤에서 승아가 불쑥 나섰다.

"그래, 그러자! 좋아, 좋아."

그제야 나도 씩 웃으면서 고개를 끄덕였다.

"와, 다행이다. 우리가 너무 갑자기 달라붙나 싶어서 좀 긴장했거든."

"맞아, 맞아. 고마워~."

"우리 그러면 오늘 야자할 때 같이 연구 계획 세우자."

김태연과 황수빈이 불쑥 끼어들었다. 최지현도 맞장구를 쳤다. 야자 때 함께 모여서 연구 계획이라니, 말만 들어도 좋았다. 웃음이 저절로 입술을 비집고 흘러나왔다. 우리는 쉬는 시간이 끝날 때까지 별것 아닌 이야기를 가지고 제법 길게 떠들어 대며 놀았다. 모처럼 들뜨고 기분이 좋았는데 종이 칠 무렵에 돌연 누군가가 나를 향해 비아냥거렸다.

"곰팡이 연구? 박미인 얼굴이 곰팡인데 연구까지 한대냐?"

나와 싸운 이후로 호시탐탐 기회를 노리고 있는 김미나였다. 옆에서 이진솔이 깔깔 웃고 있었다. 같은 조가 된 윤선아와 다른 애들이 인상을 쓰면서 나를 도닥였다.

"나 괜찮아. 별로 신경 안 써."

백록담은 쓸데없는 말은 쓰레기통에 버리라고 했다. 그래, 나는 앞으로 쭉 그렇게 할 거다.

"얘들아, 그보다 우리 이따가 석식 먹지 말고 맵떡 어때?"

맵떡은 학교 후문 쪽에 있는 커다란 떡볶이 집이었다. 매운 떡볶이와 튀김의 콜라보가 기가 막히게 맛있는 집이다. 애들은 찬성을 외쳤다. 김미나의 조롱을 아무렇지 않게 흘려보내자 그건 정말 아무렇지 않은 게 되었다.

나는 다음 날 저녁, 백록담을 만났다. 우리는 저수지 걷기 운동을 꾸준히 해 왔다. 가끔은 유담 언니도 끼곤 했는데 그날은 백록담과 나, 둘뿐이었다. 스물한 살에 가까워진 백록담은 점점 더 어른스러워졌다. 키도 좀 더 큰 것 같았다. 백록담이 더 성숙해질수록 내 마음도 함께 커졌다. 전보다 가까워진 관계도 감정을 키우는 데 한몫했다. 어쩐지 백록담이 더욱 부드럽게 웃는 것 같았다. 험상궂은 인상의 얼굴이 부드럽게 웃으니까 마음이 더욱 쉽게 허물어졌다. 나는 가끔 백록담을 보면서 '카페모카' 같다고 생각했다. 까무잡잡한 피부와 다정한 성격 때문이었다.

난 과학경연대회 조를 짜게 된 일, 김미나의 조롱을 흘려 넘긴 일을 얘기했다.

"작정하고 하는 말을 이렇게 쿨하게 넘긴 건 처음이에요. 이제는 진짜 남들이 나를 보는 시선보다 나 자신한테 집중하려고 노력할 거예요."

"이제 우리 누나가 달래 주지 않아도 스스로 잘한다?"

백록담은 차분하게 웃고 있었다. 어느 귀한 집 아들 같은 모습이라고 생각한 순간, 얼굴이 화끈했다. 그러나 백록담의 미소는 잘 자란 동생을 보는 것 같은 감상에서 온 것이었을 터였다.

"보기 좋다."

"아… 고마워요."

백록담이 갑자기 칭찬을 할 줄은 몰랐기 때문에 대답이 한 박자 늦었다. 그 한 박자 때문에 분위기가 뭔가 붕 떴다. 아니, 가라앉은 것 같기도 했다. 나는 심장이 뛰어서 당황했고, 그럴 때마다 할 말을 잃어버리곤 했다. 이번에도 마찬가지였다. 늘 말을 잘 끌어가는 백록담은 꼭 이럴 때만 같이 말이 없어졌다. 그러나 그걸 난감해하거나 불편해하지 않았다. 오히려 여유 있게 침묵 사이를 걸었다. 결국 대부분 그걸 견디지 못한 내가 먼저 아무런 말이나 해대는 편이었다.

"참, 어쩌면 정하얀이 카페에 올지도 몰라요."

거짓말이었다. 무엇이든 말을 꺼내자고 작정한 탓에 흘러나온 헛말이었다. 정하얀이 자퇴서를 내던 날, 마치 녹아서 땅으로 스며들 것만 같았던 그 애에게 무작정 카페 이야기를 했던 건 사실이지만 정하얀이 정말 거길 찾아올 리도 없거니와 나도 그런 일이 일어나리라고는 조금도 생각하지 않았던 것이다. 백록담이 눈썹을 들썩였다.

"정하얀? 걔 자퇴했다며. 걔가 왜 카페를 와?"

"정하얀이 자퇴서 내러 학교에 왔었다는 말 했잖아요. 그때 정하얀하고 김한솔이 싸우고 있었는데 제가 엿들었다고…. 그것도 말했죠?"

"응. 근데 정하얀이 카페에 올 거라는 말은 안 했어."

"그때 사실 정하얀한테 미인의 법칙 얘기를 했거든요. 딱히 생각하고 한 말은 아니었고요, 그냥 불쑥 튀어나왔어요. 동정 때문이었는지도 몰라요. 정하얀이 유담 언니를 만난다면 저처럼 뭔가 좀… 달라질 수 있지 않을까… 그런 생각을 했던 것 같기도 하고요."

조금 아차 싶었다. 유담 언니도 바쁜데, 입소문을 타기 시작한 카페도

요즘 많이 북적거리는데…. 백록담은 뭔가 생각하는 듯했다.

"음… 우리 누나가 심리 상담사나 정신과 의사도 아니고 딱히 무슨 도움이 될까 싶기도 한데, 일단 그보다는 정하얀이 오겠어?"

안 올 것이다. 김한솔도 본 체 만 체하는 정하얀이다. 그 애가 미쳤다고 내 말을 듣고 카페에 찾아올까. 하지만 내가 먼저 정하얀이 올지도 모른다고 말을 꺼낸 마당에 "역시 안 오겠죠" 하고 꼬리를 내리는 것도 이상했다.

"혹시 모르잖아요. 그 자리에 김한솔도 같이 있었으니까 걔가 설득해서 데리고 온다든가."

"아－그 반장이라는?"

"네. 애가 되게 괜찮거든요. 정하얀 옆에 걔가 있는 게 진짜 다행인데 정하얀은 그걸 모르나 봐요."

백록담은 갑자기 걸음을 멈췄다. 덕분에 반걸음 정도 앞선 내가 뒤를 휙 돌아보니, 눈을 가늘게 뜨고 놀리듯이 입술을 씰룩거렸다. 저녁이라 어두웠기 때문일까. 장난기 다분한 미소도 멋있어 보였다.

"부러워?"

"네?"

"정하얀 옆에 김한솔이 있어서 부럽냐고. 너 김한솔 좋아했다며."

전에 얼떨결에 그런 말을 한 적이 있다. 새삼 부끄러움이 몰려왔다. 나도 참 별말을 다 했구나 싶은 자책도 함께.

백록담은 김한솔이 좋아하는 정하얀이 부럽냐고 물었다. 얼마 전까지만 해도 그랬다. 과거야 어떻든 가만히 숨만 쉬고 있어도 주변에서 예쁘다 예쁘다 찬사를 받는 정하얀이 부러웠다. 김한솔과 같이 서 있으면 누구나 '잘 어울리는 커플'이라고 말할 게 빤해서 부러웠다. 내가 정하얀처럼 예뻤다면 김한솔의 손을 한번 잡아 보는 게 어렵지 않을 것이었고, 둘이서만 영화를 보러 가는 것도 이상하지 않았을 것이다. 저녁 늦게 통화를 하고, 꽃을 선물받고, 맛있는 걸 먹으며 함께 놀러 다니고 하는 모든 것들. 내가 바라는 그 모든 걸 손쉽게 할 수 있을 것 같았다. 지금은 어떤가? 물론 지금도 정하얀의 얼굴은 부럽다. 이왕지사 누구나 인정할 만큼 예쁘다면 얼마나 좋겠는가. 하지만 사람마다 다양한 장점이 있는 법이고, 나는 그냥 내가 가진 것에 집중하는 게 훨씬 바람직하다는 생각이 들었다. 내가 잠자코 고개를 흔들자 백록담은 만족스럽게 끄덕였다.

"그래. 부러워하지 마. 넌 나 있잖아, 나."

순간 손톱 끝부터 손가락 마디마디가 차갑게 굳는 기분이었다. 무슨 뜻이지? 내가 생각하는 그런 의미일까? 아니야, 그냥 농담이거나 평범하게 친구로서의 의미일 거야. 하지만 저 말은 너무…. 아니야 박미인, 별거 아니야.

나는 천천히 백록담을 쳐다보았다. 가볍게 아래로 내려다보는 눈에는 여전히 장난기가 있는 것 같기도 했고, 한없이 진지한 것 같기도 했다. 그 순간 나는 참을 수 없는 충동을 느꼈다. 정하얀을 붙잡아야겠다고 느꼈을 때처럼 강렬한 욕구였다. '나는 오빠가 좋아요'라고 말하고 싶었다.

"네, 안 부러워요."

난 그 충동을 간신히 억눌렀다. 목소리는 속삭이는 것처럼 작았다. 아까와 같은 이상한 분위기가 찾아왔다. 꼴깍, 침 삼키는 소리가 너무 크게 들리는 것 같았다. 숨을 쉬는 일마저 답답했다. 백록담의 손등과 내 손가락이 살짝 스쳤다.

이상했던 밤은 지나갔다. 그 이후로 처음 맞이하는 토요일이었다. 아침에 눈을 뜰 때부터 시작된 긴장감은 카페 문을 열면서 극대화되었다. 그러나 긴장했던 게 무색하게, 카운터에는 백록담이 아니라 유담 언니가 서 있었다. 순간적으로 실망감이 들었다. 나는 그걸 감추기 위해 더 밝게 인사하고 유니폼으로 갈아입었다. 언니는 재료를 소분하고 있었다.

"담이는 조금 있으면 올 거야. 내가 어제 재료 발주를 잘못 넣어 가지고 남편이랑 같이 공장에 좀 보냈어."

"아… 그래서 언니가 오픈하셨구나."

"응, 빵도 지금 없으니까 이따 재료 들어오기 전까지는 허니 브레드 받으면 안 돼~."

"넵."

카운터에 백록담이 아니라 언니가 있는 것을 봤을 때는 실망했으면서 막상 오빠가 조금 있으면 온다고 하니까 다시 긴장이 되기 시작했다. 이게 다 저번에 운동하던 날, "넌 내가 있잖아" 같은 이상한 말을 들은 탓이다. 사람 마음을 온통 헤집어 놓고는 그 뒤로 카톡 한 번 없이 이틀이 지났다.

"미인아, 너 여기서 일한 지 얼마나 됐지?"

"저 이제 4개월 끝나 가요."

"벌써? 와- 4개월이나 됐구나. 4개월… 그러고 보니 그동안 우리 미인이 많이 변했다."

달라졌다는 말을 많이 듣는다. 백록담에게도, 부모님에게도, 부쩍 늘어난 친구들에게도. 그 말을 들을 때마다 나에게 일어났던 일들을 쭉 생각해 보게 된다. 나를 사랑하게 되기까지 거쳐 온 시간과 사건들을 하나씩, 하나씩 떠올려서 마치 퍼즐 맞추듯 조각조각 맞추게 되는 것이다. 외모로 나를 차별하고 공격하던 사람들, 백록담을 만나게 된 일, 유담 언니가 해 줬던 조언들, 조금씩 내가 '괜찮은 사람'으로 보이기 시작했던 순간과 백록담을 좋아하게 된 순간, 그리고 김한솔과 정하얀에 대한 기억까지도.

"언니 덕분이에요."

말은 수줍게 나왔다. 언니는 눈을 마주치지 못하는 나를 가만히 내려다보다가 휴, 하고 낮게 한숨을 쉬었다. 언니는 나를 와락 끌어안았다.

"네가 강하기 때문이야. 대견해 죽겠어."

익숙한 자몽향 때문에 코끝이 시큰했다.

"미인아, 세상이 만만하지가 않아. 그래서 언제고 또 같은 일에 부딪혀서 마음이 아플지도 몰라. 그럴 때는 대담한 마음이 필요해. 약간 건방질 정도로. '흥, 그래서 뭐. 어쩌라고' 하는 그런 마음. 세상이 하는 거짓말에 '그래, 맞아' 하고 수긍하지 않을 정도의 강단 같은 거 말이야. 그래도 도저히 속이 상해서 견딜 수가 없을 때는 여기를 기억해. 꼭."

언니는 나를 끌어안은 팔에 힘을 꽉 줬다가 풀었다. "여기를 기억해"라는 언니의 말이 왕왕 울렸다. 카페 '미인의 법칙'은 내 성역이었고, 언니한테 배운 진짜 미인이 되는 '미인의 법칙'들은 마음의 푯대가 되었다. 언니 자체는 내 인생에서 가장 아름다운 사람이고, 백록담은 몹시 소중한 사람이다. 이곳이, 이 사람들이 언제든지 나를 기다려 줄 것만 같은 생각. 그런 기분 좋은 믿음이 가슴에서 솟아올랐다. 나는 끌어안긴 채로 고개를 끄덕였다. 언니가 내 어깨를 와락 안은 팔을 풀었을 때, 가게 안으로 두 남자가 들어왔다. 양손에 큰 봉투를 두 개씩이나 안고 들어오는 남자 중 한 명은 백록담이었다.

"아 누나. 발주 똑바로 못 넣어? 아침부터 이게 뭐야."

"담아. 너는 내 동생이기도 하지만 알바생이기도 하단다. 사장이 까라면 까는 거지."

"시간 외 알바수당 제대로 쳐줘."

백록담이 씩씩거리면서 한가득 들고 있던 짐을 카페 제조바 위에 올려놓았다. 유니폼으로 갈아입고 카운터 안쪽으로 들어온 그는 좀 짜증스러워 보일 뿐 평소와 똑같았다.

"우리 누나 너무하지?"

갑자기 백록담이 툭 물었다.

"네?"

"뭐야, 왜 그렇게 당황해?"

"아, 아니요. 당황은 무슨…. 그냥 갑자기 물어보니까요."

"너 좀 이상하다? 우리 누나랑 뭐 하고 있었어? 내 욕 했지?"

가벼운 농담일 뿐인데 갑자기 가까워진 얼굴이 당황스러워서 나는 정색을 하고 한 발짝 물러났다. 다행히 백록담은 푸핫, 웃었다.

장난 반, 진심 반으로 째려보자 백록담은 알겠어, 알겠어 하며 항복을 선언했다.

"담아, 미인아. 나는 이만 가 볼 테니까 가게 잘 부탁해. 무슨 일 있으면 전화하고!"

무려 네 보따리의 재료를 냉장고와 창고에 차곡차곡 분류하고 나온 유담 언니는 카페를 맡기고 나갔다. 옆에는 아까 백록담과 함께 들어온 건장한 체격의 남자가 함께 있었다. 언니는 깔깔 웃으며 남자가 열어 주는 차 문 안으로 들어가 앉았다.

유담 언니를 수렁에서 건져 준 그 장본인이구나.

새로운 감상이 밀려들었다. 다시 한 번 보니, 건장한 풍채와는 어울리지 않게 순박한 인상의 사람이었다. 미용 일을 한다고 했던 것 같은데 그렇게 세련된 스타일은 아니었고 단정해 보였다. 화려하고 우아하게 꾸미길 좋아하는 유담 언니와는 좀 반대되는 인상이었다. 그러나 이상하게 잘 어울렸다. 나는 가게 앞에 세워 둔 하얀 차가 언니를 태우고 떠나기 전까지 멍하니 그 차를 바라보았다. 정확히는 차 안의 커플을. 알콩달콩, 오순도순 뭐가 그렇게 즐거운지 서로를 보면서 해처럼 웃는 언니와 언니의 남편을 보고 있자니 내 가슴에야말로 꽃이 피는 것 같았다.

'부럽다. 부러워.'

문득 예전에 조퇴증을 끊고 무작정 학교를 나와서 헤매던 그날의 생각이 떠올랐다. 아직 오픈도 하지 않은 이 가게의 벽 아래 쪼그리고 앉아서 훌쩍훌쩍 울면서 했던 생각. 김한솔과 정하얀을 떠올리면서 혼자 했던 그 생각들. 정하얀처럼 얼굴이 예쁘면 연애를 할 수 있겠지, 누구에게나 사랑받을 수 있겠지, 그러니까 나한테 그런 건 평생 무리일 거야. 그래, 그런 생각을 했었다.

가슴 아래쪽이 약간 쑤시는 것 같았다. 나는 통증이 느껴지는 듯한 부분을 무심코 손으로 쓸었다. 괜찮아. 언니는 내가 나를 사랑하는 게 시작이라고 했어. 시작을 하고 있으니까 언젠가 결과가 나타나겠지. 그렇게 스스로를 달래다가 한편으로는 남자가 뭐 별거야? 난 남자랑 연애하기 위해서 내 인생을 사는 게 아니라고. 내 삶에 얼마나 값지고 아름다운 게 많은데! 하면서 괜히 혼자 씩씩거리기도 했다. 어쨌거나 마음이 싱숭생숭했다.

"너 뭐 하냐?"

"네?"

"얼굴이 막 좋았다 나빴다 한다. 무슨 생각 해?"

"그냥… 삶이란 얼마나 아름다운가, 뭐 그런 생각을…."

백록담은 흐음, 하고 숨을 내쉬었다.

"그런 좋은 생각을 하고 있던 것처럼 보이지는 않았는데."

백록담은 머그잔을 슬쩍 내 앞에 내려 주었다.

"이게 뭐예요?"

"바닐라 라테."

"어… 감사합니다."

뜻밖의 친절에 기분이 금세 몽글몽글해졌다. 내가 바닐라 라테 좋아하는 걸 알고 있었던 걸까?

우리는 한동안 말이 없었다. 그러나 오늘은 침묵이 별로 어색하게 느껴지지 않았다.

활짝 열어 놓은 카페 테라스에서 바람이 불었다. 마음은 한결 상쾌해졌다. 바닐라 라테 영향도 있는 것 같다. 방금까지 이래저래 소란했던 마음이 차분히 가라앉았다. 손님도 없어서 잠시 후엔 약간 나른하고 졸렸다. 아, 잠이 오네, 하고 생각하던 순간이었다.

"박미인."

백록담이 나를 불렀다. 난 무거운 눈꺼풀을 애써 들어올렸다. 그런 내 표정이 웃겼는지 낮게 들썩이는 웃음소리가 들렸다. 그 소리도 참 듣기 좋다는 생각을 하고 있을 때 백록담이 무언가 짧은 한마디를 건넸다. 꿈결에 불어오는 바람 같은 말이었는데, 그게 뭐였는지 나는 제대로 듣지 못했다. 머리맡에서 들리는 기분 좋은 한숨 소리가 꼭 자장가 같았다.

#에필로그

최근 카페가 입소문을 타기 시작하면서 손님이 많아졌다. 가뜩이나 일손이 부족한 와중에 평일 저녁 아르바이트생 한 명이 일을 그만뒀다. 유담 언니는 급하게 아르바이트 급구 공고를 냈지만 사람을 뽑고 일을 가르치는 동안은 정신이 없기 때문에 백록담이 가끔 평일 저녁에도 일을 돕곤 했다. 그 덕에 토요일이 되면 백록담은 종종 피곤한 얼굴을 했다. 오늘도 마찬가지였다.

"카페가 잘 되는 건 좋은데, 아르바이트생이 빨리 다 차야 좀 여유가 생기겠어요."

"그러니까. 나 이러다가 말라 죽겠어."

"에이, 그건 아니다. 오빠가 일 좀 했다고 말라 죽을 체격은 아니죠."

키득키득 웃으며 장난을 걸자 백록담은 어쭈 하고 눈을 흘겼다.

"너 요즘 은근히 나 가지고 놀지?"

말은 그렇게 하지만 눈은 싱글싱글 웃고 있다. 사실은 백록담이 날 데리고 노는 거였다. 나는 오빠의 팔을 가볍게 탁 때리고 원두를 갈았다.

"내가 언제요, 바빠 죽겠는데. 얼른 모카시럽 담아 줘요."

"이제 막 시키기까지 하네? 와~."

순순히 모카시럽 두 펌프를 꾹꾹 눌러 가져오면서 괜히 또 타박이다. 우리는 항상 이런 식으로 장난을 쳤다. 나도 백록담도 이런 게 즐거웠다.

"많이 컸다, 박미인."

때때로 백록담의 손길이나 말투에서 조금 색다른 것을 느끼곤 한다. 그럴 때마다 나는 내 착각이려니, 정신을 가다듬곤 했다. 그렇지 않으면 나도 모르게 '좋아해요' 하고 매달릴 것 같았다.

나는 대꾸하지 않고 묵묵히 모카라테에 생크림을 올렸다. 음료가 나가고 딸랑, 카페 문 종소리가 울렸다.

"어서 오세요, 미인의 법칙입니다!"

나와 백록담은 자동으로 인사를 했다. 시끌시끌하게 들어온 여대생들은 음료를 주문하고 바로 2층으로 올라갔다. 메이크업을 받으려고 온 것 같았다. 주문 받은 음료를 열심히 만들어서 쟁반에 세팅을 했다. 진동벨 번호를 꾹꾹 누르고 있는데 다시 딸랑, 종소리가 들렸다.

"어서 오세…."

주문을 외듯이 바로 인사를 하면서 고개를 들었다.

까만 플레어 스커트에 하늘색 브이넥 셔츠. 살짝 수그린 얼굴과 불퉁한 표정. 잔뜩 찡그린 인상이었음에도 감탄이 나오는 새하얀 미모. 그리고 그 옆에 선 멀끔한 남자애. 정하얀과 김한솔이었다. 김한솔이 나를 보고 손을 흔들며 반가운 표정을 했다. 정하얀은 그런 김한솔의 손에 이

끌려서 투덜거리며 카운터 가까이로 다가왔다. 마지막으로 정하얀을 봤을 때, 나는 한편으론 이 애가 못 견디게 가여웠었다. 그 때문에 카페에 놀러 오라는 말도 안 되는 소리를 해댔던 걸지도 모른다.

정하얀은 삐딱하게 눈을 치뜨고 반항적으로 카페를 둘러보았다. 여전히 하얗고 예쁜 얼굴로.

왠지 왈칵 뜨거운 게 솟구쳤다. 코가 맹맹해졌다. 인사, 인사를 해야지, 하고 생각하는데 목구멍이 뜨겁고 코가 막혀서 말이 나오지 않았다. 눈가도 뻑뻑해지려는 순간,

"어서 오세요, 미인의 법칙입니다."

뒤에서 백록담이 씩 웃으며 말했다.